EDITION W

Caroline Stadsbjerg

CARNIVORA

Aus dem Dänischen
von Justus Carl

Edition W

Die Originalausgabe erschien 2023 bei Straarup & Co, Aarhus.

Die Übersetzung dieses Buches wurde von der Danish Arts Foundation gefördert.

Danish Arts Foundation

Mehr über unsere AutorInnen und Bücher:
www.edition-w.de

Die Deutsche Nationalbibliothek verzeichnet diese Publikation in der Deutschen Nationalbibliografie; detaillierte bibliografische Daten sind im Internet über http://dnb.d-nb.de abrufbar.

FSC www.fsc.org
MIX
Papier | Fördert gute Waldnutzung
FSC® C014889

ISBN 978-3-949671-20-3

Umschlaggestaltung: Michaela Spohn Design
Satz: Publikations Atelier, Weiterstadt
Druck und Bindung: Pustet, Regensburg
Printed in Germany

Ich danke Dorthe, Erik und Nanna,
ihr seid unschätzbar und unersetzbar.

Ich danke meiner Familie und meinen Freunden,
die selbst die makabersten Ideen unterstützen.

We are all Earthlings

Prolog

Das Mädchen an der Haltestelle ahnte nichts von den dunklen Augen, die es aus dem Lieferwagen heraus beobachteten. In ein paar Minuten würde sie in den Bus steigen, und sie freute sich über den kurzen Schultag, über die Freiheit, vor den anderen gehen zu dürfen. Der Zahnarzt machte ihr längst keine Angst mehr.

Der Klang von Schritten ließ sie aufsehen. Ein Mann kam auf sie zu. Sein Blick ruhte auf ihr, die Mundwinkel hinter seinem Bart bogen sich leicht nach oben. Ihre Augen wandten sich wieder dem Boden zu. Mit dem Alter waren Männer allein durch die Existenz ihres Geschlechts immer bedrohlicher geworden, und das Mädchen wartete darauf, dass er vorbeiging. Er lief langsam, kam näher. Sie nestelte am Haargummi um ihr Handgelenk, noch immer auf den Asphalt schauend. Jetzt war der Mann direkt vor ihr, bewegte sich an ihr vorbei, und sie ließ die Luft aus ihrem Körper weichen.

Dann blieb er stehen.

Unsicher blickte sie auf, der Mann stand still neben ihr. Es dauerte noch immer ein paar Minuten, bis der Bus kam.

Das Mädchen rückte ein Stück nach links, weg von dem Mann, und schielte zu ihm hinüber. Sein Alter ließ sich schwer einschätzen, mit Bart wirkten Männer immer älter.

Sie bemerkte nicht, dass ihr Blick nicht länger diskret war, und der Mann drehte ihr sein Gesicht zu.

Sie sah entschlossen die Straße entlang. Der Bus musste gleich da sein.

Der Mann räusperte sich, sie reagierte nicht. Stattdessen ließ sie den Blick durch die Umgebung wandern. An einem Dienstagvormittag war in der Provinz weder viel Betrieb noch waren viele Leute unterwegs. Das Mädchen biss sich auf die Lippe und hielt nach Menschen in der Nähe Ausschau. Es war niemand da.

Er kehrte ihr den Rücken zu, sah in die entgegengesetzte Richtung. Vielleicht merkte er, dass sie seinetwegen verunsichert war und machte ihr Platz. Sie fühlte sich ruhiger, ließ die Schultern fallen und begann, das Haargummi um ihr helles Haar zu binden.

Nun sah sich der Mann auf die gleiche sorgfältige Weise um, wie das Mädchen es gerade getan hatte. Er nahm Blickkontakt zum Fahrer eines Lieferwagens auf und nickte. Sie hatte gerade ihre Haare mit einer Hand zusammengenommen und das Gummi mit der anderen aufgespannt, da wurde sie von Händen gepackt und von der Sitzbank gezerrt. Als sie zu schreien versuchte, presste sich eine große Hand mit Gewalt auf ihren Mund. Sie trat in die Luft. Ein paar Schritte, eine knallende Autotür und ein aufheulender Motor, und dann – Stille. Es dauerte nicht länger als einen Augenblick, dann war alles leer.

Der Bus fuhr an der Haltestelle vorbei, an der niemand aus- und niemand einsteigen wollte. Nur ein hellgrüner Schulranzen lag verlassen auf dem grauen Asphalt.

Kapitel 1

Kleine Lippen schlossen sich um das rosafarbene Stück Fleisch auf der Gabel. Milchzähne kauten in stetem Takt, während ein Tropfen des saftigen Fleischs über das Kinderkinn rann.

»Schmeckt es dir, Agnes?«

»Mhm.« Meine Nichte lächelte mit dem Mund voller Essen. Ich strich mit der Hand über ihr Haar.

»Wir reden nicht mit vollem Mund.« Meine Schwester blickte Agnes mit nach oben gezogenen Augenbrauen an, die nun ein wenig schneller kaute und herunterschluckte.

»Es schmeckt sehr, sehr gut.« Wieder steckte sie die Gabel ins Fleisch und versuchte, sich noch ein Stück abzuschneiden. Mit ihrem Buttermesser hatte das Projekt zwar keine großen Erfolgsaussichten, aber weder meine Schwester noch ihr Mann fanden ein Steakmesser passend für eine Vierjährige. Ich übernahm und half ihr, mehrere neue Fleischstücke auf dem Teller freizuschneiden.

»Ich finde, die Bordelaise ist nicht ganz gelungen. Ich hätte doch besser einen Pinot und keinen Merlot genommen.« Leicht verärgert blickte Adam auf die Flasche auf dem Tisch und ließ die rote Flüssigkeit in seinem Glas kreisen.

»Für die Soße?« Emmy schaute auf Agnes' Teller, der in Bordelaise schwamm.

»*Sauce*, mein Schatz. Aber nur mit der Ruhe, der Alkohol ist verkocht. Nächstes Mal nehme ich Bordeaux.«

Ich nahm noch einen Happen, ohne etwas von den kulinarischen Eigenschaften zu verstehen, die Adam während des Kochens erörtert hatte. Nichts von dem, was er sagte, ergab Sinn, aber es schmeckte gut.

»Die Pilze sind nice«, merkte ich an, hauptsächlich um wenigstens irgendetwas zu sagen.

»Ich habe sie fermentiert, es sind Steinpilze, Pfifferlinge und Röhrlinge. Momentan verdammt schwer aufzutreiben.«

Agnes riss die Augen auf und starrte ihren Vater an.

»Nicht verdammt, sorry.«

Emmy schüttelte den Kopf. »Gut, dass du ein Auge auf ihn hast. Wir fluchen zu Hause nicht, richtig?«

»Genau.« Agnes widmete ihre Aufmerksamkeit wieder dem Teller und schob eine Kartoffel durch die Soße. Die *Sauce*.

»Gestern war ich bei Metzger Brynson, dort gibt es den besten Homo Cibus überhaupt.«

»Er gibt viel zu viel Geld fürs Essen aus«, wandte Emmy sich an mich und aß einen Bissen.

»Hey, du hast schließlich auch was davon.« Er küsste sie seitlich auf den Kopf und griff nach der Schüssel mit den Kartoffeln.

»Haben nicht alle Metzger das gleiche Fleisch?«, fragte ich und hob das Weinglas an den Mund. Ich hatte ihm drei Monate gegeben, als sie anfingen, sich zu treffen, aber jetzt saß er immer noch da. Die dunkle Flüssigkeit floss meine Kehle hinab. Merlot, ich versuchte den Namen und den Geschmack miteinander verschmelzen zu lassen, wohlwissend, dass es für mich nichts anderes war und bleiben würde als Rotwein. Guter Rotwein.

Adam seufzte.

»Genieß es lieber, Hannah. So eine Mahlzeit bekommst du nicht jeden Tag.« Er hatte recht, und er wusste es. Tiefkühlpizza, Mikrowellengerichte und Tütensuppen waren meine Spezialität. Für mich ergaben selbst die kompliziertesten Computercodes mehr Sinn als die Rezepte, die ich auf *Your Favorite Foodgasm* unter der Überschrift *Making You Moan Three Times a Day* fand.

Bislang hatten sie mich nur dazu gebracht, den Ofen anzubrüllen und einen Topf mit einer verbrannten Schicht von irgendetwas wegzuwerfen.

»Seid lieb zueinander.« Emmy blickte von Adam zu mir; die Rivalen, die um ihre Aufmerksamkeit kämpften, ihre Zeit, ihre Nähe. So hatte es begonnen, und so war es geblieben. »Du könntest uns ab und zu ruhig auch einmal zu dir einladen.«

Adam verschluckte sich, und ausnahmsweise war ich mit seiner Reaktion einverstanden.

»Ja, natürlich. Bringt ihr das Essen mit?«

»Okay!«, antwortete Agnes schnell, und ich stieß sie leicht mit der Schulter an. Sie lächelte und rümpfte gleichzeitig die Nase, ich erwiderte ihre Grimasse.

Dann schnitt ich noch ein Stück Fleisch ab und ließ das kleine Viereck in einer Mischung aus Bordelaise und Fleischsaft über den Teller tanzen, bevor es seinen Weg in meinen Mund fand. Das Fleisch war weich und zart, es zerging beinahe auf der Zunge.

»Wie läuft es mit der Arbeit?«, wollte Emmy wissen. Das ewige Thema.

»Es läuft gut.«

»Aus dir könnte eine gute Lehrerin werden.«

»Ich unterrichte nicht, es ist nur ein Minijob.« Ich zuckte mit den Schultern.

»Ja, ja, aber in einer Schule.«

»Im Sekretariat.«

»Trotzdem. Die Bewerbungsfrist für das Lehramtsstudium endet im Frühjahr, oder?« Emmy holte ihr Handy heraus und tippte darauf herum.

»Wie ist das Sicherheitssystem der Schule?«, fragte Adam und lieferte wieder einmal einen Beweis für sein schlechtes Situationsgespür.

»Schlecht. Die Rektorin verkauft nach einer Scheidung gerade ihr Haus, wenn ihr also etwas Neues sucht, es liegt direkt am Wasser. Ihr Mann – oder Ex-Mann – verdient sicherlich gut als Anwalt, aber sie kommt aus einer wohlhabenden Familie.«

»Hannah!« Emmy sah nicht vom Display auf, doch sie klang vorwurfsvoll. Es war schließlich nicht meine Schuld, wenn die Schule die Daten ihrer Angestellten nicht verschlüsselte.

»Das war ein Scherz.«

»Ich bin fertig, darf ich Kolge und Kiki gucken?« Agnes legte ihr Besteck auf den Teller.

Emmy runzelte die Stirn und scrollte weiter, Adam hatte den Mund voll und gab Agnes zu verstehen, dass sie Emmy fragen sollte.

»Maaama.«

»Ja?«

»Darf ich aufstehen?«

»Aber Schatz, willst du nicht sitzen bleiben, bis wir anderen fertig sind?«

Agnes antwortete mit Schweigen.

»Hier, am 30. April, Hannah, das ist die Frist!«

»Paaapa …«

»Ist in Ordnung, Spatz, du darfst gern Fernsehen schauen«, sagte Emmy schnell und legte das Handy mit dem Display auf den Tisch. »Adam, kannst du ihr nicht helfen?«

»Ich kann's alleine!« Agnes hüpfte vom Stuhl und lief ins Wohnzimmer. Wir blieben im Esszimmer sitzen. Zwischen den beiden Zimmern gab es eine doppelflügelige Tür, in Weiß, bei ihnen war das Meiste in Weiß, Glas und Stahl gehalten. Ich zog die Beine auf den Stuhl.

Adam schwenkte die Weinflasche in Richtung meines Glases, und ich nickte. Emmy schob ihm ihr Glas hin, und er füllte auch ihres.

»Ist immerhin Donnerstag«, sagte sie mit einem Grinsen und setzte sich wie ich auf den Stuhl, das Weinglas in der einen Hand, die Gabel in der anderen. Sie wirkte jünger, wenn sie so saß, entspannt, gemütlich. Sie piekte einen Pilz auf, dann eine Kartoffel und schob beides ein wenig über den Teller, bevor sie die Gabel zum Mund führte.

»… Vandalismus auf dem Schlachthof Mølledalvej, wo noch unbekannte Täter die Türen des Schlachthofs sowie die zu den Privatwohnungen der Angestellten mit roten Kreisen beschmiert haben. Die Kreise scheinen mit Blut gemalt worden zu sein. Die Polizei geht davon aus, dass die aktivistische Organisation ALF hinter der Attacke steht, hat aber noch …«

Mit einem Satz sprang Emmy auf und lief mit schnellen Schritten zu Agnes.

»Das ist nichts für dich, Schatz, guck, jetzt schalte ich Kogle und Kiki ein. Ich stelle es ein wenig leiser, okay?«

»Was denn für Blut?«, fragte Agnes. Ich lehnte mich nach hinten, um ins Wohnzimmer zu schauen, und sah die Angst in ihren Augen.

»Da ist kein Blut, es ist weg. So, dann ist es auch nicht so laut. Soll ich mich ein bisschen zu dir setzen?« Agnes nickte.

»Die sind komplett wahnsinnig, diese Cibus-Rechtler. Die sollten sowas hier mal probieren.« Adam schob das letzte Stück Fleisch von Emmys Teller auf seinen.

»Mhm.« Ich trank einen Schluck. Mir fehlte die Energie, mit einem Mann zu diskutieren, der so viele Meinungen hatte wie Adam.

»Begreifst du denn nicht, wie heuchlerisch das Ganze ist. Sie predigen einem vor, dass man die Cibus anständig behandeln soll, dass man kein Fleisch essen sollte, und dann betreiben sie so eine Horrorkampagne gegen Privatleute, die gerade genug verdienen, um über die Runden zu kommen.«

Ich zuckte mit den Schultern.

»Ist es nicht eher faszinierend, dass manche Menschen so leidenschaftlich für eine Sache brennen, dass sie wirklich alles tun würden, um sie zu erreichen?«

Adam starrte mich lange an, bevor er den Mund öffnete. »So wie dir die Regeln egal sind, wenn du gerade mal austestest, wie gut du hacken kannst?«

»Sagt der, der für die perfekte Soße morden würde.«

»*Sauce.*«

»Tante, komm und guck mit mir.« Ich stand auf, hielt mein Glas in einer und Emmys in der anderen Hand. Agnes klopfte auf den Sofaplatz neben sich.

Kapitel 2

»Gib das her!«, sagte Leah laut und griff nach dem grünen Notizbuch, das Tristan vor ihr in der Luft schwenkte. Ich sah den Frust in ihrem Gesicht, die Tränen, die aufstiegen.

»Ehrlich, wer benutzt überhaupt noch Papier? Ey, entspann dich, was ist denn so Wichtiges da drin?« Tristan grinste, während er das Buch weiter außerhalb ihrer Reichweite hielt. Er stand mit dem Rücken zu mir, aber ich stellte mir den Gesichtsausdruck vor, der mit seiner Machtdemonstration einherging. Ich lief mit schnellen Schritten auf sie zu, versuchte den Kaffeebecher ruhig zu halten, damit ich nichts verschüttete. In der Regel passierte nichts Dramatisches auf dem grauen Schulhof; es gab Zeit, um mit den Schülern zu sprechen, wenn sie am enthusiastischsten und energischsten waren. Vielleicht kannte ich sie deshalb schon so gut.

»Man reißt niemanden auf, wenn man sich wie ein Idiot benimmt. Her damit.« Ich streckte Tristan meine freie Hand hin, und seine Selbstsicherheit verschwand, während sich meine eigene manifestierte. Er legte das Notizbuch sofort in meine Hand, und aus Leahs Gesicht strahlte Erleichterung.

»Ich will niemanden aufreißen«, murmelte Tristan.

»Dann warst du einfach ein Idiot, um ein Idiot zu sein?« Ich gab Leah das Notizbuch zurück.

»Nein, also … Nein. Es war nur aus Spaß.« Er wandte den Blick ab und lächelte zerstreut.

»Ich höre niemanden lachen.«

Tristan zögerte, dann kicherte er.

»Whatever«, sagte er und drehte sich zum Gehen um.

Ich holte tief Luft, eigentlich sollte ich es an mir abprallen lassen.

»Weißt du, es könnte für deine Zukunft nützlich sein, wenn du anderen Menschen nur ein bisschen Respekt entgegenbringen würdest. Nur so als Tipp.«

»Klar.«

Ich konnte die Arroganz nicht gewinnen lassen.

»Du willst gern zur Polizei, hast du das nicht in deinen Karriereplan geschrieben?« Tristan blieb stehen und drehte sich wieder zu mir um, die Augenbrauen eng zusammengekniffen.

»Wieso hast du überhaupt meinen Karriereplan gesehen? Ich dachte, der wäre vertraulich oder so? Das hat die Studienberaterin gesagt.«

»Man braucht einen ziemlich guten Durchschnitt, um die Ausbildung antreten zu können.«

»Und?«

»Es wäre wirklich ärgerlich, wenn du den Schnitt nicht schaffst.« Ich warf einen gleichgültigen Blick zur Seite, sorgte dafür, dass die Drohung in den Worten keine Spuren in meinem Gesicht hinterließ.

»Du kannst doch gar nichts an meinen Noten machen.«

»Ich kann vieles.« Meine Stimme war freundlich. Tristan blickte mir lange in die Augen, versuchte einen Bluff zu erkennen, der nicht existierte. Dann glitt sein Blick zu Boden. Ich hatte eine Grenze überschritten, das wusste ich, aber seine Miene stellte mich zufrieden. Es vergingen einige Sekunden, ehe er sprach.

»Darf ich jetzt gehen?«

Ich schielte zu Leah, die nickte. Ich wiederholte ihre Geste. Tristan machte augenblicklich einen weiten Bogen um mich und lief in Richtung der asphaltierten Fußballfelder.

»Alles okay mit dir?« Leah nickte wieder und presste das grüne Notizbuch an ihre Brust.

»Ich habe darin über meine Mutter geschrieben«, sagte sie leise. »Nur damit nicht alles in meinem Kopf herumschwirrt. Falls das Sinn ergibt.«

Ich legte ihr eine Hand auf die Schulter, um ihr mitzuteilen, dass es keine Rolle spielte, ob es für mich Sinn ergab, solange es das für sie tat.

»Sie wird sicher bald wieder gesund«, sagte ich und hoffte, dass es stimmte.

»Ja.« Sie wischte sich mit der Hand über die Augen, vergewisserte sich, dass sie trocken waren, bevor sie zu den Stahlbänken lief, auf denen die anderen Mädchen der Klasse saßen.

»Das war eine ordentliche Drohung«, erklang eine Stimme hinter mir. Ich erkannte sie nicht, aber sie klang heiter. Ich drehte mich um, und auch die Person hinter der Stimme löste keine Reaktion bei mir aus – ein grauhaariger Mann, nicht viel größer als ich selbst, mit dunklen Augenbrauen und einem dichten Stoppelbart.

»Hallo.« Ich vermied es, auf seine Worte einzugehen. »Wir sind uns noch nicht begegnet, oder?«

»Nein, das sind wir nicht. Ich heiße Leonardo Maniro.« Er streckte mir die Hand hin, ich ergriff sie. Sein Name war mir bekannter als die Stimme, aber ich wusste nicht, wo ich ihn schon einmal gehört hatte.

»Hannah Albrecht«, stellte ich mich dem heiteren Mann vor.

»Ja, ich wollte mich eben einmal umsehen«, sagte der und sah über den Hof. Tristan steckte bereits mitten im Fußballspiel. Ein paar der Kleineren hüpften auf selbstgemalten Bahnen mit viel zu kleinen Kästchen, und einige aus der Fünften spielten Seilspringen, das Seil klatschte in einem stetigen Rhythmus auf den grauen Asphalt. Mehrere Schüler saßen in Gruppen zusammen und guckten auf die eigenen und anderen Handys, sie deuteten und lachten, lasen sich Dinge vor. Rund um uns tobten Lärm und Schreie, hauptsächlich aber von der fröhlichen Art.

»Hübsch sieht's hier aus«, sagte er dann, nickte vor sich hin und wandte sich zum Gehen um. Ich warf einen weiteren Blick über den grauen Schulhof, wo sich Asphalt und Beton abwechselten.

Ich überlegte, ihn zu belgeiten, blieb aber stehen. Seine Vorstellung war nicht wirklich ausreichend gewesen. War er ein Großvater, der nach einem Enkelkind suchte?

Unabhängig davon schien er die Episode mit Tristan nicht weiter kommentieren zu wollen, und das war wohl das Wichtigste. Ich stellte mich an eine südlich ausgerichtete Mauer, in der Hoffnung, einen Sonnenstrahl einzufangen, sofern die Wolken Lust bekamen, aufzureißen. Ich setzte den Becher an den Mund und füllte meinen Mund mit kaltem Kaffee.

***

Das Lehrerzimmer war fast leer, als ich es betrat, die meisten befanden sich auf dem Weg in die Klassenzimmer, um zu unterrichten.

Ich kippte den Rest des kalten Kaffees in die Spüle und stellte den leeren Becher unter die Kaffeemaschine. Zweimal Drücken, ein sachtes Räuspern, und schon spritzte ein Strahl Kaffee aus der Düse.

»Ja, so sieht man sich wieder«, erklang es neben mir. Ich drehte mich zur Stimme. Leonardo. »Hannah war der Name, richtig?«, fragte er.

Ich versuchte, meine Verwirrung darüber zu verbergen, ihn im Lehrerzimmer zu sehen, einem verschlossenen Land für Unbefugte.

»Hannah, genau.«

»Ja, das dachte ich mir. Ich habe eine ganz leichte Frage«, sagte Leonardo und nahm sich einen Becher, als wäre er hier zu Hause. Er arbeitete nicht an der Schule, das hätte ich gewusst. »Du sitzt nicht etwa jeden Tag im Büro, oder?«

»Doch«, antwortete ich und spürte eine plötzliche Unruhe, so als müsste ich ihn kennen.

»Wunderbar, sieh einer an, wie sich die Dinge doch lösen. Ich habe eine kleine Aufgabe. Denn ich habe meinen Login ins Schulsystem verlegt, und so wie ich es verstehe, kannst du mir vielleicht helfen.« Seine nach oben gezogenen Brauen zeugten von Hoffnung, und ich war eine mögliche Retterin.

»Ins Schulsystem?«

»Ja, ich bin die Elternzeitvertretung für Ibeka«, erwiderte er. »Leonardo Maniro. Aber nenn mich einfach Leo.«

»Natürlich, daher kenne ich den Namen. Elternzeitvertretung, klar doch.« Ich lächelte ihn an, und augenblicklich passte er besser in die Umgebung.

»Wäre es wohl möglich, dass du meine Zugangsdaten findest – oder mir einen neuen Login einrichtest?«, fragte er.

»Oh, ich fürchte, leider nicht«, sagte ich. »Zu solchen Dingen habe ich keinen Zugang. Du solltest dich an Benedicte wenden.«

»Benedicte, ja, sie ist ziemlich beschäftigt, kann das sein? Aber es ist auch völlig in Ordnung, wenn du dich mit solchen technischen Dingen nicht auskennst.«

Ich gab keine Antwort. Natürlich bekam ich das hin.

Ein Klicken ertönte, ich nahm meinen Becher und machte Platz für Leonardos. Er platzierte seinen sorgfältig unter der Düse und beäugte die Maschine neugierig. Ein langer Moment verging.

»Was möchtest du denn?«, fragte ich ihn.

»Bloß einen gewöhnlichen schwarzen Kaffee.«

Ich drückte auf die Anzeige vor uns. Dunkle Flüssigkeit schoss in den weißen Becher.

»Sieh einer an, was du alles kannst«, sagte er. »Sehr freundlich von dir. Ich bin auch selbst schuld wegen des Logins, ich muss einfach warten. Bin die nächste Aufgabe auf der Liste von Benedicte.«

Ein weiteres Klicken. Er nahm den Becher und machte sich bereit zum Gehen. Ich seufzte.

»Warte, ich kann mal versuchen, es mir anzusehen. Schadet sicher nichts.«

Kapitel 3

»Benedicte ist die Sekretärin, ich bin … zurzeit helfe ich ein wenig aus.« Ich öffnete die Tür zu unserem gemeinsamen Büro.

Ich ging hinüber zu Benedictes Schreibtisch, setzte mich auf ihren Stuhl und rollte an den Tisch. Er war größer als meiner, aber trotz des Größenunterschieds standen, wenn möglich, doppelt so viele Dinge auf meinem – alte Becher, Gläser, Schlüssel, ein Lippenbalsam, Kaugummi, Haargummis, ein hübscher Stein, ein Ladekabel. Benedictes Schreibtisch war aufgeräumt, ordentlich. Neben der Schale mit Schreibutensilien waren entlang der rechten Tischseite fünf Klebezettel befestigt, natürlich farblich sortiert. Ich las sie der Reihe nach durch, aber es stand nichts darauf, was ich hätte nutzen können.

Ich klickte leicht auf den Bildschirm, er war gesperrt. Natürlich.

»Es macht nichts, wenn du es nicht findest«, meinte Leo.

»Schon okay, das schaffe ich locker.« Die Frage war eher, ob ich es sollte … und die Antwort lautete Nein. Ich lauschte nach Geräuschen vom Flur draußen. Es war still. »Zwei Sekunden, ich brauche nur eine Sache.«

Schnell ging ich hinüber zu meiner Tasche, wühlte einen Augenblick darin, fand einen USB-Stick und steckte ihn selbstsicher in Benedictes Computer. Leos mangelnde technische Fertigkeiten ließen mir Freiraum, er würde nicht wissen, dass das Programm ihr Passwort knackte. Dass ich genau das hier nicht tun sollte. Der Bildschirm reagierte auf der Stelle, ein Fenster ploppte auf, in verschiedenen Kombinationen flimmerten sechs Buchstaben und drei Ziffern über die Anzeige, so setzten sich die Passwörter der Angestellten zusammen.

Willkommen, Benedicte.

Ich grinste in den Bildschirm.

Ihr digitaler Schreibtisch war genauso organisiert wie ihr realer. An der rechten Seite des Bildschirms waren feinsäuberlich Notizen angeheftet, geordnet nach Wichtigkeit und aktuellem Status – in Arbeit, ausstehend, dringlich oder erledigt. Ich klickte mich weiter durch die Dateiübersicht und den Ordner mit den Angestellten, bis ich einen Ordner mit dem Titel »Vertraulich« fand. Benedictes Ordnungssinn machte es mir leicht, mich zurechtzufinden. Für den Zugriff auf den Ordner war ein weiteres Passwort nötig. Ich ließ das Programm arbeiten, um es zu knacken, stolz darüber, wie gut es funktionierte – und, dass ich es selbst entwickelt hatte.

Ich suchte nach Leonardo Maniro, Elternzeitvertretung Ibeka, aber ohne Erfolg. Benedicte musste die Informationen gelöscht haben, sobald Leonardo sie erhalten hatte. Generierte ich jetzt einen neuen Login, wäre das in der digitalen Historik zu sehen, und ich wollte keinerlei Spuren hinterlassen.

»Ich habe es fast«, sagte ich, die Augen auf den Schirm geheftet. Entschlossen tippte ich auf die Tastatur, jetzt wurde alles in Codes angezeigt. Ich überflog die Seite, fand die gelöschten Notizen und endlich auch Leos Daten.

»Da! Dann hätten wir das geregelt«, sagte ich, zufrieden mit meinem Einsatz. Ich schrieb den Benutzernamen und das Kennwort auf einen hellroten Klebezettel von Benedictes Schreibtisch und riss den Zettel ab.

»Fantastisch, vielen lieben Dank dir«, sagte er, als ich ihm den Zettel reichte. »Auf deine Dienste komme ich bestimmt noch einmal zurück.«

»Keine Ursache.« Ich loggte mich an Benedictes Computer aus, nahm den USB-Stick und setzte mich an meinen eigenen Schreibtisch, während Leonardo in der Tür stehen blieb. Ich schielte zu ihm, er wirkte wie jemand, der noch etwas sagen wollte, aber er war still.

Schritte auf dem Flur.

»Leonardo, hier bist du. Es gab irgendein Problem mit deinem Login, habe ich gehört, darum kümmern wir uns am besten sofort«, sagte Benedicte warm, als sie mit langen Schritten hinter ihm durch die Tür kam. Sie setzte sich und schob sich eine unsichtbare Haarsträhne hinter das Ohr; ihre Haare waren bereits zu einem straffen Dutt gebunden, so wie immer.

»Weißt du was, ich bin gerade gekommen, um zu sagen, dass sich die Sache gelöst hat.« Leo lächelte sie an und verschwand aus der Tür.

»Ah, na gut, okay. Super. Wir hören uns einfach später«, erwiderte sie, aber er war schon fort. Sie räusperte sich und blickte konzentriert auf ihren Bildschirm.

»Hallo nochmal«, sagte ich.

»Ja, ja, ist gut.« Ihre Stimme hatte wieder die normale, kühle Tonlage.

Kapitel 4

Im Flur klebte der Fußboden, und ich sah bereits die ersten umgekippten Bierdosen auf dem Boden im Wohnzimmer liegen. Ich beschloss, die Schuhe anzubehalten, und trat vorsichtig über ein Pärchen, das sich zwischen Schuhen und Jacken auf dem Boden gegenseitig erkundete. Im Wohnzimmer war keine Ida zu finden, auch kein Andreas oder andere, zu denen ich mich mit einem sicheren Gefühl hätte gesellen können. Ein Mädchen mit langen Dreadlocks lächelte mich vom Sofa aus an. Obwohl mir ihr Name nicht einfiel, überlegte ich, mich zu ihr zu setzen.

Auf allen Oberflächen des Zimmers standen Dosen und Flaschen herum, die Musik dröhnte aus irgendwelchen alten Lautsprechern. Ich hätte den Lärm durch den Boden meiner eigenen Wohnung hören können, und das war eigentlich der Hauptgrund, warum ich zur dieswöchigen Party bei Ida heruntergekommen war. Das … und Andreas.

Ich bewegte mich an den Wänden entlang, wo es sicherer war als dort, wo jetzt die Tanzfläche entstanden war. Dabei hielt ich Ausschau nach Gläsern, Alkohol, irgendetwas, das die Stimmung lockern könnte, das es mir leichter machte, dass ich niemanden richtig kannte.

»Hannah, du bist gekommen!« Ida umarmte mich, ihr süßes Parfüm stieg mir in die Nase.

»Natürlich«, antwortete ich, dankbar darüber, sie zu sehen. »Und alles Gute zum …«

»Halbgeburtstag«, beendete sie meinen Satz, als ich ins Stocken geriet. »Es ist genau ein halbes Jahr bis zu meinem nächsten Geburtstag. Ich nehme jede Ausrede, um zu feiern, right?« Sie strahlte.

»Ich habe ein Geschenk für dich«, sagte ich.

»Echt jetzt, dass du da bist, ist schon ein Geschenk für sich!« Sie schaute neugierig auf die Tüte in meiner Hand. »Kann man es trinken, oder soll ich es erst morgen auspacken?«

»Es ist zum Trinken, aber man kann es nicht auspacken, ich hatte kein Geschenkpapier.«

»Scheiß auf Geschenkpapier.«

Ich reichte ihr die Schachtel aus der Tüte. Wenigstens war die Flasche in einer hübschen Schachtel verpackt, und ich hatte so ein Gefühl, dass das immer noch besser war als meine Verpackungskünste.

»Hör auf, das wäre nicht nötig gewesen!« Sie legte den Kopf schief und nahm die Flasche fröhlich entgegen. »Das ist echt die Crème de la Crème – was weißt du denn von Whisky?«

»Gut geraten.« Ich hatte einmal erlebt, wie sie einen Kerl angeschrien hatte, weil er Whisky mit Cola mischte, sie hatte es als Blasphemie bezeichnet. Ein klebriger Fußboden, kaputte Sachen und ein unmenschliches Chaos machten ihr nichts aus, aber mangelnder Respekt für einen guten Whisky war offenbar eine Todsünde.

»Scheiße, du bist echt ein Schatz. Danke! Komm, du brauchst was zu trinken, oder? Ich kann meine Gäste doch nicht mit leeren Händen rumlaufen lassen.« Sie deutete mit dem Kinn in Richtung Esstisch, auf dem alle möglichen flüssigen Substanzen beisammenstanden.

»Ja, das könnte durchaus sein.« Ich folgte ihr zu dem Tisch, nahm mir ein unbenutztes Glas und schenkte mir ein.

»Prost!« Ida stieß ihr Glas an meines, und ich trank von der zimmerwarmen Flüssigkeit, die wie Feuer in meinem Hals brannte.

»Hallo, schau mal, wer da kommt!«, stieß sie aus und warf mir einen wissenden Blick zu, ehe sie sich auf den Weg zum Eingang machte. Ich sah weg, spürte die Hitze auf meinen Wangen und nahm noch einen Schluck.

Sie umarmte Andreas, er redete in ihre Haare.

»Hannah, mach Andreas gleich auch noch ein Glas.« Ida brüllte es beinahe mit erhobenem Glas durch die Wohnung, als wäre es selbstverständlich, dass ich mich ihnen anschließen würde. Andreas lächelte mir zu und hob eine Hand zum Gruß. Ich tat das Gleiche, aber traf einen Kerl hinter mir, der gerade Kurze einschenkte.

»Oh, verdammt, sorry«, murmelte ich und nahm einen Stapel Servietten von der einen Seite des Tisches.

»Egal, ist ja nichts passiert.« Rote Flüssigkeit färbte die einmal weiß gewesene Tischdecke, die aus gegebenem Anlass aber viele verschiedene Farben angenommen hatte. Der Kerl ignorierte das Missgeschick und schenkte einfach mehr von dem roten Zeug ein.

»Geht's?« Ich schaute zu der tiefen Stimme und sah Andreas neben mir.

»Ja, alles in Ordnung.«

»Die gute Hannah, immer so tollpatschig«, sagte Ida und strich mir über den Rücken. »Ihr habt euch schon einmal gesehen, oder?«

»Ja. Das heißt, ich weiß nicht, ob du dich erinnern kannst, es ist eine Weile her, aber …«

»Natürlich kann ich das«, unterbrach er mich. Seine Grübchen kamen zum Vorschein, und für einen Moment stockte mir der Atem. Er setzte zu einer Umarmung an, ich nahm sie entgegen. Eine warme Umarmung, eng, fest, obwohl sie schnell war. Er duftete nach süßlichem Schweiß und Parfüm.

»Sorry, hab ich irgendwas verpasst?«, fragte Ida direkt und schaute von Andreas zu mir.

»Was meinst du?«, erwiderte Andreas.

»Wie gut kennt ihr zwei euch?«

Andreas verdrehte die Augen, ich konnte nicht anders, als über seine direkte Art zu grinsen. Mir wurde klar, dass ich nichts mehr dagegen hatte, hier zu sein.

»Nicht *so* gut«, antwortete er und gab mir einen Blick, der womöglich genau das sagte, was ich selbst dachte. *Noch nicht.*

Obwohl ich ihn natürlich ein wenig kannte. Ich hatte seine Profile auf mehreren Plattformen ausfindig gemacht, und auch wenn er sie nicht oft nutzte, hatte ich mir einen einigermaßen guten Überblick über sein Leben verschafft. Die Angaben waren immer unvollständig, er aktualisierte sie selten. Alter, Schule, Familie und Freunde waren sichtbar, er würde bald seine Ausbildung in der Gastronomie beenden, er hörte Punk und Rock und wurde oft auf Fotos von einem Kind verlinkt, das anscheinend seine Nichte war. Keine Pärchenfotos, süße Kommentare oder sonstiges, das auf eine Beziehung hindeutete. Ich hatte mich davon abgehalten, mich in seine Accounts einzuloggen, und empfand Stolz über meine Fähigkeit, nur von außen zu observieren.

»Na, ihr beiden, kommt ihr mit raus, einen rauchen?« Ida legte die Arme um mich und Andreas und schob uns weg vom Esstisch.

»Ich rauche nicht«, sagte Andreas.

»Ich auch nicht«, schloss ich mich an. Ida sah mich mit hochgezogenen Augenbrauen an, kommentierte es aber nicht weiter.

»Dann kommt mit raus, ein bisschen frische Luft schnappen, was ist denn dabei, eine Runde vor die Tür zu gehen?« Ida ließ meinen Arm los und drückte die Wohnungstür auf. Andreas übernahm und hielt mir die Tür auf, dann gingen wir die Treppe nach unten und ins Freie.

»Oh Gott, wo ist jetzt mein Feuerzeug? Ihr raucht nicht, da gehe ich mal davon aus, dass ihr keins habt?« Ida fixierte mich mit dem Blick, ich schüttelte den Kopf, sie ließ uns stehen und ging zu einer kleinen Gruppe, die ein paar Meter entfernt zusammenstand und rauchte.

»So ist sie immer«, sagte Andreas und sah ihr nach. »Woher kennt ihr euch noch einmal? Wir hatten beim letzten Mal nicht sonderlich viel Gelegenheit, uns zu unterhalten. Es ging vor allem darum, dir beizubringen, wie man einen Ball in einen Becher wirft, nicht wahr?« Er hatte ein Funkeln in den Augen, mit dem ich nicht klarkam.

»Hey!« Ich versuchte, beleidigt auszusehen, obwohl ich wusste, dass er recht hatte. »Wir kennen uns von hier. Ich wohne über ihr.«

»Du wohnst hier!«, rief er aus und sah zu den Fenstern des Gebäudes nach oben. »Das ist gut zu wissen.«

»Warum?«

»Falls ich einmal vorbeikommen sollte.«

»Wirst du das denn?« Ich unterdrückte ein Lächeln.

»Man kann immer hoffen.« Er setzte sich auf die Treppe zum Haus und bedeutete mir, das Gleiche zu tun.

»Was ist mit dir, woher kennt ihr euch?«, fragte ich, obwohl ich die Antwort nur zu gut kannte. Ich setzte mich neben ihn, achtete darauf, wie nah ich ihm dabei kam. Sein Knie zeigte nach außen, und mein Bein berührte seines, als ich mich setzte.

»Aus der Schule. Das heißt, wir haben nicht viel miteinander geredet, aber wir haben uns beide in einen der Zwillinge verliebt, Maddy und Milly.«

»Dann wart ihr quasi gegenseitig eure Wingmen?«

»Exakt.« Er lachte, ich hörte ihn zum ersten Mal lachen. Der Ton kam aus seiner Brust, und seine Kiefer bewegten sich, während meine Wangen heiß wurden.

»Außer Ida im Zaum zu halten …«

»Eine unmögliche Aufgabe«, unterbrach ich ihn und schielte zu ihr hinüber. Sie hatte ihren Joint auf den Boden gelegt und zeigte gerade, dass sie ein Rad schlagen konnte.

»… was machst du sonst so?«

Ich trank einen Schluck, es war, als hätte ich keine ordentliche Antwort darauf.

»Ich arbeite an einer Schule.«

»Lehrerin?« Er stützte sich mit den Ellbogen auf die Stufe hinter sich, und sein bloßer Arm lag dicht an meinem. Ich spürte seine Körperwärme durch die kühle Luft.

»Nicht richtig. Es ist nur übergangsweise, ich bin gerade dabei herauszufinden, was ich will.«

»Der Part allein kann schon schrecklich sein.«

»Absolut.«

»Gibt es denn nichts, was dich interessiert?« Er setzte sich ein wenig auf, sein Bein kam näher an meines.

»Computer.« Ich ließ mein Bein an seinem lehnen. Es kribbelte, sich auf diese Weise näherzukommen, langsam und diskret, mit bewussten Bewegungen. Er ließ mich so sitzen und drehte sein Gesicht ganz zu mir.

»Bist du ein kleiner Nerd, Hannah?« Er kniff die Augen zusammen, während er mein Gesicht musterte und mir die Zeit gab, das Gleiche mit seinem zu tun.

»Ist das ein Problem?«

»Nein, ich find's cool.«

Ich trank wieder, brauchte eine Pause. Seine Augen waren intensiv.

»Was ist mit dir Andreas, was machst du beruflich?« Ich wusste es zwar, natürlich wusste ich es, aber ich wollte es lieber von ihm selbst hören. Ich wollte alles hören, mit seinen Worten, seiner Stimme.

»Ich mache eine Ausbildung zum Koch, bin sogar bald fertig. Das wird fantastisch.«

»Dann weißt du alles über Bordelaise und den Unterschied zwischen Soße und Sauce?«

Er lachte. »Das ist eine von deinen ganz großen Leidenschaften, was?«

»Nicht direkt. Ich bin nicht gerade eine Meisterköchin, deshalb muss ich mir ja jemanden suchen, der für mich sorgen kann.«

»Ich denke, ich kann für dich sorgen.« In seinen Augen lag etwas, das meinen Blick lange festhielt. Mein Herz hämmerte in der Brust.

»So, ich habe Feuer gemacht, rückt mal ein Stück, Freunde«, sagte Ida, die im gleichen Augenblick auftauchte.

Kapitel 5

Als die Sonne durch die Jalousien fiel, traf sie meinen Körper mit liebevollen Streifen, die mich wie lange, warme Finger wachstreichelten. Ich streckte mich und stieß dabei etwas neben mir um. Pommes frites kippten ins Bett, und kleine Salzkörner schmückten das grüne Laken. Die Fritten waren weich und labbrig, genauso, wie ich mich fühlte.

Ich schaute auf mein Handy, es war Mittag, und ich lag noch immer im Bett. Da erschien eine Nachricht auf dem Display.

»*Ich bestelle Pizza, willst du auch eine?*«

***

Eine Bettdecke kam in die Wohnung gewackelt, eine Hand schaute heraus und balancierte zwei Pizzakartons. Ich saß unter einer dünnen Decke auf dem Sofa, und Ida reichte mir einen der Kartons. Ich war in einen Schlafanzug geschlüpft, konnte aber sehen, dass Ida die Treppe in nichts anderem als Unterhose, einem T-Shirt und der Bettdecke nach oben gekommen war.

»Ist es okay, wenn ich hier esse? Unten in der Wohnung sind noch Leute«, sagte sie und ließ sich auf das Sofa fallen.

»Leute?«

»Ja, eine liegt im Bett und zwei auf dem Sofa. Bei einer Party ist es toll, wenn viele auf engem Raum zusammengepresst sind, aber echt, am Tag danach erträgt man das wirklich nicht.«

Ida öffnete ihren Pizzakarton, aus dem langsam Dampfschwaden aufstiegen.

»Solltest du sie dann nicht wecken?« Ich nahm mir selbst ein Stück Pizza und faltete es zusammen.

»Bestimmt«, murmelte sie mit vollem Mund. So saßen wir eine Weile da.

»Du warst auf einmal weg, als wir in die Stadt sind?«, sagte Ida. Es war eine Frage.

»Ich bin nur eine Runde spazieren gegangen.«

»Allein?« Sie beäugte mich schief von der Seite.

»Mit Andreas. Wir haben uns bloß was zu essen geholt.«

»Dann hast du ihn aufgerissen?« Die Lautstärkte ihrer Stimme stieg beträchtlich.

»Hör auf, wir haben nur geredet. Ihr seid auch spät losgegangen.« Ich nahm mir noch ein Stück, mit dem Mund voller Essen war es schwerer, zu grinsen.

»Hannah, erzähl!«

»Es gibt nichts zu erzählen. Wir sind runter zum Imbiss gelaufen, haben Pommes gekauft und eine kleine Runde gedreht und uns unterhalten. Dann haben wir ein paar von seinen Freunden getroffen, sie haben ihn mit in die Stadt genommen, und ich bin nach Hause ins Bett. Er ist in Ordnung.« Ich versuchte, uninteressiert zu klingen.

»Klar.« Sie schüttelte den Kopf. »Gut, wenn du nichts erzählen willst, frage ich einfach ihn. Und ich kann selbst was erzählen – weißt du, Kiwa, die mit den Tattoos an den Händen und den Dreadlocks? Megaheiß! Sie liegt unten in meinem Bett«, sagte sie mit einem stolzen Lächeln.

»Solltest du deine Beute nicht füttern?« Mein Kopf machte eine Bewegung in Richtung ihrer Pizza, und sie schnitt eine Grimasse.

»Man füttert seine Beute doch nicht, man frisst sie einfach.« Sie lachte über ihren eigenen Witz. »Aber ja, kann gut sein.«

Wieder saßen wir einen Moment schweigend da, Ida starrte auf ihre Pizza.

Mein Handy brummte.

»*Sollen wir dich abholen, oder treffen wir uns einfach da?*«

Jetzt verzog ich das Gesicht. »Ich habe eine Verabredung mit meiner Schwester vergessen, ich muss in …«, ich warf einen Blick auf die Uhranzeige in der Displayecke, »… einer Viertelstunde los.«

Ida klappte den Karton mit einer Hand zu, während sie mit der anderen die Decke wie einen Mantel um sich schloss.

»Das ist dann wohl mein Signal. Ich ziehe ab.«

»Danke für die Pizza.« Ida war schon auf dem Weg aus der Tür und hob den Pizzakarton zur Antwort. Die Tür fiel ins Schloss. Meine Augen entdeckten einen langen Streifen auf der Pizza, und zwei Finger griffen nach dem hellrosa Stück. Der lange Schinkenstreifen baumelte von meinen Fingern und legte sich weich auf meine Zunge.

***

Emmy band Agnes' die Schuhe, während ich versuchte, mich auf der Karte zu orientieren, die wir am Eingang des Museums ausgehändigt bekommen hatten. »Als Tiere Alltag waren« hieß die Ausstellung. Im Hinblick auf Agnes' große Kunststofftiersammlung zu Hause war das ein optimaler Samstagsausflug. Emmy genoss die Möglichkeit auf lehrreiche Art in einem kulturellen Forum unterhalten zu werden, ich dagegen genoss einfach ihre Gesellschaft.

»Die Tiere sind da drüben, glaube ich.« Ich deutete in den Gang rechts von uns.

»Nein, Tante, ich kann das Schwein da sehen!« Agnes lief in die entgegengesetzte Richtung.

»Warte, mein Schatz, denk dran, wir wollen zusammenbleiben!« Emmy rannte Agnes halb hinterher, und ich musste unwillkürlich über die beiden schmunzeln, trotz der Kopfschmerzen, die mich mit ins Museum begleitet hatten. Ich faltete das Papier wieder zusammen. Wir näherten uns der Ausstellung mit den lebensechten Modelltieren in Naturgröße.

»Die sind so süß, guckt mal!« Agnes schlug sich vor schierer Begeisterung beide Hände vor den Mund, als sie die Schweine auf dem nachgebauten Hof hinter der Absperrung betrachtete.

»Wow«, imitierte ich ihre helle Stimme. Mein Blick folgte der kleinen Hand, die das Schwein streichelte, das am nächsten am Zaun stand.

»Drück mal hier drauf«, schlug ich vor und deutete auf einen Knopf an der Absperrung.

»Es *öfft*!«, quietschte Agnes.

»Es grunzt, heißt es«, berichtigte Emmy sie mit einem Lächeln.

»Ich will so gerne auch ein Schwein haben«, sagte Agnes und ging in die Hocke, um das hellrosa Wesen zu bewundern.

»Aber das geht nicht, mein Schatz, das weißt du doch? Sie sind ausgestorben. Es bedeutet, dass es sie nicht mehr gibt.« Emmy strich Agnes über den Kopf und sah sich das Schwein ebenfalls an. Ohne uns länger wahrzunehmen, redete Agnes fröhlich zu den Tieren und befühlte das Schwein mit den Händen. Sie gab der Schweineschnauze einen sanften Druck, kraulte das Tier hinter den Ohren und zog an seinem Ringelschwanz.

»Bist du gestern ausgegangen?«, fragte Emmy.

»Wohin?«

»Wolltest du nicht zu einer Party bei deiner Nachbarin?«

»Sie heißt Ida.«

»Ach, ja, Ida. Du siehst ein bisschen fertig aus.«

»Danke.« Ich setzte mich neben Agnes in die Hocke.

»Gab es Dramen, wurde rumgemacht oder habt ihr einfach nur heftig gesoffen, oder was ihr jungen Leute heute eben so treibt?« Emmy lächelte, sie war nur ein paar Jahre älter als ich, aber sie redete, als lägen Jahrzehnte zwischen uns.

»Manchmal klingst du echt alt, weißt du das?« Zusammen mit Agnes streichelte ich das Schweinchen. Es war weicher, als ich gedacht hatte, aber man spürte, dass es von den vielen Berührungen allmählich verschliss.

»Erzähl mir was Neues, es ist hundert Jahre her, dass ich auch nur annähernd auf so etwas wie einer Party gewesen bin.«

»Okay, okay«, sagte ich und stand wieder auf. »Ich habe mich ein bisschen mit diesem Typen unterhalten …«

»Ein Typ! Wer ist er?«

»Nur weil es sich um jemanden des männlichen Geschlechts handelt, macht das die Sache nicht automatisch spannend.« Ich rollte mit den Augen, um meine Pointe zu unterstreichen.

»Aber?«, erwiderte Emmy geduldig.

»Aber er ist ziemlich süß. Er heißt Andreas, er ist ein Freund von Ida. Er macht eine Kochausbildung, ich kann gut mit ihm reden, er sieht gut aus.« Emmy sah mich mit hochgezogenen Augenbrauen an und lehnte sich mit verschränkten Armen an die Absperrung.

»Du weißt schon, dass du einen roten Kopf hast, oder?«

Ich blickte zu Agnes, die sich jetzt die anderen Tiere um uns herum ansah.

»Halt, du hast ihn mit nach Hause genommen?«

»Nein, wir haben nur geredet.« Ich zuckte mit den Schultern. »Und wenn ich es getan hätte?«

»Es ist einfach besser, es ruhig angehen zu lassen«, sagte sie. »Also wenn etwas draus werden soll.«

»Hat das mit Adam nicht mit einem One-Night-Stand angefangen?«, fragte ich.

»Ich will die Kuhen sehen!«, rief Agnes und tätschelte dem Schwein den Rücken.

»Die Kühe. Siehst du, wo sie stehen?«, sagte Emmy und ignorierte meine Frage. Voller Eifer suchte Agnes zwischen den Zäunen und riss die Augen auf, als sie die beiden Kühe entdeckte.

»Da! Ich beeile mich, okay?« Sie sah ihre Mutter mit großen Augen an, die nicht aufhören konnte zu schmunzeln.

»Ja, ist in Ordnung, Schatz. Und gut, dass du daran gedacht hast, lieb zu fragen!« Agnes eilte davon. »Meinst du, ich muss mir Sorgen machen, weil sie es nicht richtig sagt? Manchmal wiederhole ich mich hundert Mal, aber sie macht immer noch so viele Fehler, wenn Wörter gebeugt werden.«

»Sie ist erst vier«, antwortete ich.

»Ja, aber trotzdem.« Wir folgten Agnes, die schon auf einem Hocker stand und ihre Hände nach einem der großen Tiere ausstreckte. Im Ausstellungsraum waren Schafe, Pferde, Ziegen, Gänse und Enten in falschen Lebensräumen platziert, aus einer Wand hatten sie ein strohgedecktes Bauernhaus gemacht, vermutlich das Zuhause des fiktiven Landwirts.

»Hast du schon von der Kastone-Schule gehört?«, wandte Emmy sich an mich.

»Nein, ich glaube nicht, was ist damit?«

»Noch eine Entführung«, sagte Emmy mit gedämpfter Stimme.

»Echt jetzt? Das geht ja einfach so weiter.« Ich biss mir auf die Lippe.

»Sie kommen immer näher, jetzt ist es in der Westregion passiert. Janice von meiner Arbeit hat einen Sohn an der Schule, in die das Mädchen ging.« Ein Schatten glitt über ihr Gesicht, als sie auf ihr blondes Kind schaute, das auf die Knöpfe an der Absperrung drückte und mit dem Lautsprecher muhte.

»Du musst dir keine Sorgen machen, die Mädchen, die verschwinden, sind älter.«

Sie schüttelte den Kopf.

»Nein, muss ich natürlich nicht. Es ist nur so verrückt.«

»Ja, das ist es auf jeden Fall«, antwortete ich.

»Tante, guck dir die Kuhen an!«

»Die Kühe«, korrigierte Emmy wieder und warf mir einen vielsagenden Blick zu.

»Ach, die sind aber niedlich«, sagte ich und streichelte der Kuh vor uns über den Rücken.

»Ich will darauf reiten«, sagte Agnes. Ich kitzelte sie, sodass sie sich auf dem Hocker wand, auf dem sie stand.

»Du kannst auf mir reiten, meine Kleine!« Agnes lachte und sprang auf meinen Rücken, als vor ihr in die Knie ging. »Wo reiten wir hin?«

»Zu noch mehr Tieren!«, rief sie von meinem Rücken.

»Gut, dann finden wir mal welche. Tante Kuh zeigt dir den Weg«, sagte Emmy.

Agnes winkte den Kühen zu, und wir ritten weiter ins Museum hinein.

Wir kamen an Tieren in allen erdenklichen Farben und Größen vorbei, eins war faszinierender als das andere. Agnes war hellauf begeistert, und das steckte an.

»Hunde!«, japste Agnes. Sie sah sehr verzückt aus, aber näherte sich dem Zaun mit vorsichtigen Schritten. Ein gelblicher Hund, dem die Zunge halb aus dem Mund hing, wedelte vor ihr mechanisch mit dem Schwanz.

»Diese Art hier nennt man Golden Retriever«, erklärte ich, nachdem ich auf das Schild vor der Ausstellung geschaut hatte.

»Es heißt Rasse. Diese Rasse heißt Golden Retriever«, berichtigte Emmy.

»Der ist hübsch. Darf ich ihn streicheln?«, wollte Agnes wissen.

»Na, klar«, sagte ich und streichelte ihn zuerst.

»Der hat aber echt scharfe Zähne.« Agnes zögerte. Auf beiden Seiten der Zunge ragten weiße Spitzen nach oben, und wenn man genau hinsah, erahnte man noch weitere unter der Haut rund um die Schnauze.

»Er ist nicht lebendig, also beißt er nicht.« Emmy lächelte Agnes an, die nach ihrer Hand griff.

»War er denn gefährlich, als er noch lebendig war?«

»Ja«, sagte Emmy.

»Naja, nicht richtig gefährlich«, warf ich ein. »Früher hat man sich Hunde in den Häusern gehalten, oder? Da hat man sie auch gestreichelt und solche Dinge.«

»Schon, aber beißen konnten sie trotzdem.«

Langsam streckte Agnes ihre Hand nach dem Hund aus und vergrub ihre kleinen Finger im Fell des Tiers. Ich ging neben ihr in die Hocke, kam auf ihre Höhe.

»Er ist so weich«, flüsterte sie. Die großen, dunklen Hundeaugen schauten mich an, und ich betrachtete sie fasziniert.

Plötzlich ertönte ein Bellen aus dem Lautsprecher vor mir, dass ein Zucken durch meinen Körper fuhr.

»Ich habe auf den Knopf gedrückt!«, stieß Agnes mit ihrem hellen Lachen aus. »Hast du dich erschreckt?«

»Ein bisschen.« Ihr Lachen war eines der besten Geräusche, das ich kannte. Mit ihren herrlichen Glucksern verdampften meine Kopfschmerzen.

Kapitel 6

Im Lehrerzimmer summte es leise. Es war die letzte Pause des Schultags, und die Lehrer waren genauso bereit für den Schulschluss wie die Schüler.

Leo saß mit dem Rücken zur Eingangstür an dem runden Tisch, gegenüber der Rektorin Eva Ravn.

»Wir hoffen auf jeden Fall, dass du dich hier gut einlebst«, hörte ich sie sagen, bevor sie ging. Als sie Leos Tisch verließ, näherte ich mich und setzte mich neben ihn.

»Hallo«, sagte ich.

»Hannah, guten Tag. Was für ein Wetter da draußen.« Er sah aus dem Fenster, und ich tat das Gleiche.

»Ja, es ist deprimierend«, erwiderte ich. »Ich wollte mich nur kurz bedanken.«

»Wofür denn?«, fragte Leo.

»Dass du Benedicte letzte Woche nicht gesagt hast, dass ich dir geholfen habe. Sie ist kein großer Fan davon, wenn man in ihren Sachen herumwühlt«, sagte ich und schielte zur Kaffeemaschine, wo Benedicte sich gerade eine Tasse machte und zwischendurch zu uns hinüberlächelte.

»Ach, mach dir darüber keine Gedanken, ich bin einfach froh über deine Hilfe.« Leo richtete seine Aufmerksamkeit wieder auf das Tablet, das vor ihm auf dem Tisch lag.

Ich sah ihn an. Wegen der Falten und der grauen Haare hatte ich ihn zunächst für einen älteren Mann gehalten, aber er wirkte eher erschöpft als alt. Seine Augenbrauen waren dunkler als die

Haare auf dem Kopf, und sie wurden von langen, geraden Linien auf der Stirn in Richtung Augen gedrückt. Seine Haut hatte die Farbe von Oliven, und die Augen waren … grün? Sie bewegten sich hin und her, er las etwas auf dem Tablet. Aus der Haut an den Wangen, dem Kinn und dem Hals ragten hell- und dunkelgraue Stoppeln.

»Dass man sowas überhaupt feiert«, stieß er plötzlich aus und klang verärgert. Mein Blick folgte dem von Leo auf das Tablet. Ich überflog die Seite, deren Überschrift Leos Worten einen Sinn gab.

Fleischereiangestellte mit Kuchen belohnt: Wir haben Cibus Nummer 55 555 555 geschlachtet. Aus dem Augenwinkel nahm ich sein Kopfschütteln wahr, ehe ich weiter auf dem Bildschirm las.

Wöchentlich werden in dem Fleischereibetrieb rund 100 000 Cibus geschlachtet. Als Cibus Nummer 15 277 für diesen Tag aus dem Stall auf das Produktionsband kam, waren es seit Eröffnung des Schlachthofs 55 555 555 Cibus gewesen, die dort geschlachtet wurden. Dieser magische Augenblick ereignete sich um 21.10 Uhr.

»Magischer Augenblick«, murmelte ich.

»Entschuldigung, was hast du gesagt?«, fragte Leo.

»Da steht bloß, es wäre ein magischer Augenblick gewesen. Das klingt ein wenig makaber.«

»Nicht wahr? Was ist so magisch daran, einen Menschen umzubringen?«

»Also einen Cibus«, sagte ich.

»Homo sapiens, homo cibus, der Unterschied besteht eigentlich nur im Namen. Und natürlich darin, dass Cibus in Käfigen aufwachsen. Ansonsten sind wir gleich.«

Ich runzelte die Stirn. Der Unterschied bestand doch darin, dass Cibus dafür gezüchtet waren, uns Sapiens zu ernähren, das war kein neues Konzept. Seine Haltung dazu war deutlich, weshalb ich darauf verzichtete, sie zu kommentieren.

»Und all das Töten einzig und allein für das Vergnügen anderer Menschen.« Er schüttelte den Kopf.

Ich sah wieder auf das Tablet und las eine kleinere Meldung neben dem Artikel.

Vier Mädchen innerhalb einer Woche aus Schulen verschwunden. Alle waren zwischen zehn und fünfzehn Jahre alt. Ich dachte daran, was Emmy gesagt hatte – dass es immer näher kam. In der Meldung hieß es, man sollte auf sich und seine Kinder aufpassen, aber nicht, wie.

»Witzig, dass der Artikel über die Entführungen auf derselben Seite gedruckt ist wie der über den Schlachthof«, sagte Leo.

»Warum ist das witzig?« Ich hob die Augenbrauen.

»Witzig ist vielleicht nicht das richtige Wort. Vielleicht ist es nur ein eigenartiger Zufall. Bist du fertig mit Lesen?« Ich nickte und er wischte zur nächsten Seite.

Mir war nicht klar, was er damit meinte, aber mit dem Umblättern hatte er das Thema beendet.

***

Ich erkannte das Lachen schon von Weitem wieder und drehte mich um. Andreas kam in meine Richtung gelaufen, er redete fröhlich vor sich hin und lachte tief, er telefonierte. Noch hatte er mich nicht gesehen. Vorgeblich um mir die Schuhe zu binden, stellte ich meine Einkaufstüten auf den Boden. Ich blieb so lange knien, bis er kurz hinter mir war, und stand auf, als er mich überholen wollte.

»Oh, Entschuldigung«, murmelte er, als er mich beinahe angerempelt hätte.

»Ach, das macht nichts.« Endlich blickte er auf.

»Hannah!« Seine Mundwinkel schossen auf der Stelle in die Höhe, eine Reaktion, mit der ich sehr zufrieden war. »Hey, gib mir zwei Sekunden, ich rufe gleich zurück, okay?«

Er drückte leicht auf den Kopfhörer in seinem Ohr.

»Hi«, sagte ich. Ein Luftstoß fuhr sanft in seine Haare, die sich wie Wasser im Wind bewegten.

»Was machst du hier?«, fragte er, während seine Hand durch die Wellen schwamm.

»Ich bin auf dem Weg nach Hause.«

»Dann haben wir den gleichen Weg, zumindest ein Stück. Wir könnten zusammen gehen?«

»Na, klar.« Wir folgten dem Pfad. Der Kunstrasen schuf einen grünen Fleck mitten in der grauen Stadt. Eine meiner Tüten schlug gegen Andreas' Bein.

»Soll ich dir was abnehmen?«

»Brauchst du nicht.«

»Ich nehme eine.« Er nahm mir die Tüte, die zwischen uns hing, aus der Hand, und stellte sich zwischen sie und mich. »Die andere kann ich auch tragen.«

»Die schaffe ich.« Ich lächelte ihn an.

Wir gingen ein Stück, ohne etwas zu sagen, begleitet vom Rauschen des Winds und den Gesprächen von anderen Menschen auf dem Weg. Manchmal spürte ich seine Haut an meiner vorbeistreifen, zu schnell, um zu registrieren, ob sie wärmer oder kälter als meine war. Sie musste wärmer sein, dachte ich, denn ich fror, aber ich ließ meine Hand in der Luft hängen, statt sie in die Jackentasche zu stecken.

»Es war schön auf Idas Party. Und auch danach«, sagte er.

»Sehr.«

»Und danke für die Pommes, ich weiß gar nicht, ob ich das schon gesagt habe.«

»Hast du, aber gern geschehen – nochmals.«

»Vielleicht geht die nächste Runde auf mich?«

»Was meinst du?«

»Wir könnten woanders was essen gehen, als um zwei Uhr nachts beim Imbiss. Oder etwas anderes machen. Uns einfach treffen.« Er zuckte mit den Schultern.

»Das könnte gut sein«, sagte ich.

»Das war keine Antwort.«

»Du hast keine Frage gestellt.« Er schüttelte den Kopf, und seine Grübchen kamen zum Vorschein.

»Hannah, hast du Lust, mal mit mir essen zu gehen?«

Kapitel 7

Der Computerbildschirm strahlte mir zornig ins Gesicht, und ich starrte leer zurück. Eigentlich sollte ich mich auf ein Studium bewerben, irgendeine neue Fachrichtung finden, nachdem mir mein Lieblingsfach weggenommen worden war. Oder vielmehr, nachdem ich es selbst versemmelt hatte. Ich seufzte und tippte »Lehrerin« in das Suchfeld.

Lehrkraft für Englisch, Mathematik, Gesellschaftskunde, vorbereitende Praxisstudien, Kunst und Informatik. Das Letzte konnte ich ebenso gut bleiben lassen, nochmal würde ich nicht dafür angenommen werden. Sprachen begeisterten mich nicht, Mathematik wurde überschätzt, bei Gesellschaftskunde ging es hauptsächlich darum, die Nachrichten zu verfolgen, und konnte zu den Schlagzeilen zusammengefasst werden, die täglich die Medien füllten. Kunstfächer erforderten eine Form von Kreativität und waren damit ausgeschlossen. Vorbereitende Praxisstudien erforderten einen generellen Überblick und Orientierung im Erwachsenenleben und damit eine breite Reihe an Kompetenzen, die ich weder interessant fand noch besaß. Sicherlich war es praktisch und nützlich, aber unerträglich, sich jeden Tag mit Steuern, Investments und Jobsuchen zu beschäftigen. Ich seufzte.

Da ploppte ein Fenster in der Ecke des Bildschirms auf.

»Liebe Hannah,
wegen deines Interesses an dem Artikel neulich schicke ich dir hier einen Link zu einer spannenderen Lektüre. Sieh es dir einmal an, falls du Lust hast.
Leo«

Er hatte an meine private Mailadresse geschrieben, und ich fragte mich, woher er sie bekommen hatte. Ich zögerte, ehe ich auf den Link klickte. Ein Artikel öffnete sich.

»Forscher: Wir vergessen, dass Fleisch von lebenden Individuen kommt.«

Je mehr ich las, desto stärker runzelte ich meine Stirn.

»Forscher haben das sogenannte Fleischparadox untersucht, nach dem Menschen einerseits behaupten, Lebewesen zu lieben, und sich gegen Misshandlungen derselben aussprechen, andererseits aber nichts dagegen haben, dass sie gezüchtet, geschlachtet und gegessen werden.

Ausgehend von mehreren psychologischen Studien fanden die Forscher heraus, dass die ›sterile Art‹, auf die Fleisch in der westlichen Welt präsentiert und verkauft wird, unsere Empathie und unseren Ekel mindert, was letzten Endes den Fleischverzehr unterstützt.

›Stark verarbeitetes Fleisch erleichtert es den Verbrauchern, sich von der Tatsache zu distanzieren, dass es einmal ein lebendiges Wesen war‹, sagt der leitende Autor der Studie, Jonas Kunst vom Institute of Psychology der University of Winds, auf der Homepage der Universität.«

Am Ende des Artikels waren mehrere Links aufgelistet, die zu weiteren Links führten, und meine Augen flackerten über den Bildschirm, die Wörter, die Bilder.

»Homo cibus ist ein Konzept, das wir geschaffen haben, und um die Menschen zu dehumanisieren, die wir essen. Wir vergessen, dass wir da Menschen züchten. Wobei der Begriff Zucht Sklaverei vertuscht, Befruchtung Vergewaltigung und Schlachtung Mord.«

Die Worte klangen wütend – es kam mir vor, als würde ich ausgeschimpft, während es vor Neugierde in mir kribbelte. Ich war die Sklaventreiberin, die Vergewaltigerin, die Mörderin. Ich war gleichermaßen wütend wie fasziniert.

In einem Artikel gab es ein Video. Es war unscharf und dunkel – man erkannte einen Mann und ein paar Cibus, aber nur undeutlich. Allerdings glichen die Geräusche den fehlenden visuellen Eindruck aus. Schnelle, flache Atemzüge. Ein tiefes Fluchen und dann ein »Mach, was ich dir sage« von dem Mann. Geräusche, die an das Schnalzen eines Gummis erinnerten, und mehrere dumpfe Klänge gefolgt von Stöhnen und Brüllen. Gellende Schreie und Stampfen, die dann aber verschwanden. Man sah, wie sich Hosenbeine vorwärtsbewegten, nackte Beine wackelten nebenher. Ein Knirschen und ein schweres metallisches Klopfen. Ein halb ersticktes Weinen.

Die Härchen an meinen Armen stellten sich auf, ansonsten rührte ich mich nicht. Ich bemerkte, wie fest ich meine Zähne aufeinanderpresste und lockerte den Kiefer. So blieb ich still sitzen, bis das Video fertig war und wieder von vorn begann. Schnell huschte meine Hand zum Pause-Button. Ich wollte es nicht noch einmal ansehen.

***

»Hallo, entschuldige, dass ich so spät dran bin!« Im Eingang waren Schuhe und Jacken ordentlich in Regalen und auf Kleiderbügeln verstaut. Ich streifte meine Stiefel auf dem Teppich ab und warf meine Jacke über das Schuhregal.

»Schon okay, dann ist ja alles wie immer«, sagte Emmy mit einem Kopfschütteln. Ich umarmte sie von hinten, klopfte Adam auf die Schulter und setzte mich dann neben Agnes.

»Tante Hannah, du kommst immer zu spät!« Agnes' große, dunkle Augen überfielen mich mit ihrer Liebe. Ich küsste Agnes auf ihre glatte Stirn.

»Ich weiß, Agnes, es tut mir leid. Aber jetzt bin ich hier. Habt ihr schon mit dem Essen angefangen?«

»Nein, wir haben gewartet. Das heißt, Agnes durfte schon eine Frikadelle essen. Schatz, würdest du die übrigen Frikadellen holen? Sie stehen im Ofen. Und schalte ihn bitte wieder aus.«

»Yes Ma'am«, antwortete Adam und stand auf.

»Frikadellen, richtig was Feines.« Ich warf Adam einen Blick zu, wohlwissend, dass er solche Proletariergerichte nicht besonders gern sah. Agnes aber liebte Frikadellen, außerdem waren Frikadellen eines der wenigen Gerichte, die Emmy auswendig kannte.

Adam ging in die Küche, aus der ein Duft nach gebratenem Fleisch ins Wohnzimmer strömte. Mit einem Mal lief mir das Wasser im Mund zusammen, aber meine Gedanken kehrten zurück zu dem Video.

»Ich weiß gar nicht, ob ich das essen kann«, sagte ich.

»Hast du keinen Hunger?«

»Doch, aber … Nein, das ist Quatsch. Leo, mein neuer Kollege hat mir neulich einige Artikel über die Fleischindustrie und Cibus geschickt, die waren wirklich schlimm. Ich habe da ein Video gesehen …« Ich schielte zu Agnes, die am Tisch mit zwei Hundefiguren spielte. »Sie wenden Gewalt an, wenn die Cibus nicht tun, was sie sollen.«

»Unsinn, machen sie nicht. Wo hast du das denn gesehen?« Emmy zerquetschte eine Kartoffel mit der Gabel und dann noch eine und noch eine, sodass sich der weiße Teller gelb färbte.

»Doch, tun sie, es war eine Aufnahme mit versteckter Kamera. Um ehrlich zu sein, habe ich gerade keine Lust darauf, Frikadellen zu essen.«

»Also hier bei uns werden Cibus gut behandelt – das war irgendwo anders, wo es keine ordentlichen Kontrollen gibt oder so.«

»Das Video war von hier, man konnte den Züchter reden hören.« Ich nahm die Salatschüssel und gab erst Agnes und dann mir davon auf den Teller.

»Dann war das bestimmt irgendein schmuddeliger Hof. Aber warum schickt er dir sowas? Das ist schon komisch.«

»Wir haben uns in der Schule darüber unterhalten, das ist alles«, sagte ich und zuckte mit den Schultern. »Wahrscheinlich ist er Vegetarier.«

»Und das willst du jetzt auch werden?« Emmy wirkte skeptisch und blickte kopfschüttelnd zu Agnes. »Deine Tante spinnt ein bisschen, weißt du?« Agnes verzog ihre kleine Nase zu einer fragenden Miene, ehe sie sich eine ganze Cherrytomate in den Mund steckte.

»Das habe ich nie behauptet«, sagte ich.

»Es gibt Frikadellen!«, brummte Adam und hielt eine Schüssel hoch über seinen Kopf.

»Solange du ein wenig misstrauisch bleibst. Stell dir mal vor, er wäre so ein aktivistischer Psychotyp«, sagte Emmy.

»Wer ist ein Psychotyp?«, fragte Adam und griff nach der Wasserflasche auf dem Tisch.

»Niemand«, antwortete ich.

»Hannahs neuer Kollege, er will sie dazu bekehren, kein Fleisch mehr zu essen.«

»Hey, immer mit der Ruhe«, sagte ich und guckte zu den Frikadellen. Sie dufteten nach Kindheit.

»Jetzt nimm dir eine«, sagte Emmy von der anderen Tischseite.

***

»Danke, dass du mir mit dieser, ähm, dieser E-Mail geholfen hast, du weißt schon.« Adam sah mich nicht an, sondern schaltete den Fernseher ein.

»Keine Ursache. Denk beim nächsten Mal einfach dran, den richtigen Anhang mitzuschicken, dann muss ich dich nicht retten.« Ich sprach leise, denn Emmy würde ausrasten, wenn sie erführe, dass Adam mich gebeten hatte, auch nur irgendetwas zu hacken. Andererseits wäre sie wahrscheinlich froh darüber, dass Adams Chef keine Mail mit einem angehängten Dokument über ihre Privatfinanzen bekommen hatte. Gewissermaßen war es mit den Finanzen für sie wie mit Unterwäsche auf der Wäscheleine – auch wenn sie sauber war, sollte kein anderer sie sehen.

»Sie hatten beide ein Datum als Dateinamen.«

»Dann wäre es doch eine gute Idee, ein bisschen kreativer zu werden und dir ein paar neue Namen auszudenken.«

Adam antwortete mit einem Brummen.

Agnes saß auf meinem Schoß und knabberte konzentriert an einer Karotte, sodass nur der innere, runde Teil übrigblieb. Die kleinen Zähne kauten sorgfältig daran, und ihren Augen waren ganz auf das Orange gerichtet. Ich beobachtete ihre Bewegungen, die auf irgendeine Weise noch immer ein wenig unkoordiniert waren. Vorsichtig legte ich meine Wange an ihren Kopf und spürte, wie sie ihren Körper gegen meinen lehnte.

»Victor isst Karotten immer so.« Agnes hielt die halb abgenagte Karotte nach oben, sodass ich sie mir richtig ansehen konnte.

»Na, das sieht auch witzig aus. Ist das schwierig?«

»Nur ein bisschen, ich hab's im Kindergarten gelernt.«

»Schön, dass Victor und du dort sowas macht. Kannst du ihm auch etwas beibringen?«

»Ja, ich kann zum Beispiel richtig gut klettern, Victor nicht.«

»Du bist wirklich ein kleines Kletteräffchen.« Ich rieb meine Nase an ihrem Kopf.

»Adam!« Emmys Stimme war leise, aber scharf genug, um meine Aufmerksamkeit zu fangen, als sie zu uns auf das Sofa kam. Sie deutete mit dem Kinn auf den Fernseher, wo die Nachrichten liefen. Adam stellte den Ton ab. Es war wieder ein Mädchen verschwunden.

»Agnes, gehst du bitte deinen Schlafanzug anziehen? Dann kannst du ihn Tante Hannah zeigen, wäre das nicht toll?« Der kleine Körper schoss plötzlich auf und reichte mir die Reste der Karotte.

»Halt die mal, Tante Hannah, ich beeile mich – es ist echt ein toller Schlafanzug!« Die weichen Füße tappten weich und schnell über den Fußboden, als Agnes in ihr Zimmer lief. Adam stellte den Ton wieder ein.

»Hørlykke, die Schule ist ganz in der Nähe«, sagte Emmy mit einem Kopfschütteln. Ich zog die Beine aufs Sofa und legte die Arme um sie.

»Weiß man denn mit Sicherheit, dass sie gekidnappt wurden?«, fragte ich. »Die Täter hat keiner gesehen, oder?«

Emmy seufzte tief. »Es ist von einem schwarzen Transporter die Rede, aber niemand hat wirklich etwas gesehen. Einfach schrecklich, diese Sache.«

»Könnte es nicht sein, dass sie einfach abgehauen sind?«, mutmaßte ich. Für Mädchen in der siebten Klasse erschien mir das nicht undenkbar.

»Ihre Ranzen waren noch immer in der Schule«, sagte Adam.

»Was?«

»Wenn sie abhauen wollten, hätten sie etwas eingepackt oder irgendetwas mitgenommen. Ich bin mir hundertprozentig sicher, dass sie entführt wurden.« Er lehnte sich auf dem Sofa zurück und schüttelte den Kopf.

»Unfassbar, dass sie nicht mehr darüber sagen können.«

»Bestimmt sagen sie alles, was sie wissen«, meinte ich und biss ein Stück von Agnes' Karotte ab.

»Schon, aber sie sollten wirklich bald mehr herausfinden. Kleine Mädchen können nicht einfach so verschwinden. Ich will gar nicht daran denken, was aus ihnen wird.« Emmy legte sich eine Hand über die Stirn.

Ich musste an den Videoclip denken. Das erschrockene Atmen, die Schreie und das Weinen der Cibus. Die Angst, gegen den eigenen Willen der Freiheit beraubt zu werden. Mir fuhr ein Schauer über die Haut, während meine Gedanken zu den Frikadellen in meinem Bauch wanderten.

»Guck dir meinen Schlafanzug an!«, meldete sich eine stolze Stimme. Ich lächelte und fing Agnes auf, die direkt in meine Arme gelaufen kam. Adam schaltete den Fernseher aus, und alle lächelten dem kleinen, unschuldigen Wesen zu.

Kapitel 8

Meine Beine führten mich auf dem üblichen Weg durch das Lehrerzimmer. Una wühlte in ihrer Tasche, Bio-Bent wischte sich auf seinem Tablet durch den Stundenplan, und Leo stand an der Kaffeemaschine.

»Magst du eine Tasse?«, fragte er, bevor ich bei ihm angekommen bin. Ich nickte. »Setz dich, ich bringe dir eine.«

Ich wollte schon protestieren, doch irgendetwas in Leos Stimme ließ mich gehorchen. Also zog ich meine Jacke aus, hängte sie über den Stuhl und setzte mich an den Tisch neben den Fenstern. Una hängte sich ihre Tasche über den Arm und verschwand mit langen Schritten aus dem Zimmer.

Leo stellte eine Tasse vor mich. Durch die Bewegung schwappte der Kaffee ruhig vor und zurück. Ich hielt eine Hand über den aufsteigenden Dampf, sodass meine Hand feucht wurde.

»Es gibt da was, das ich dich gern fragen würde.« Leo pustete auf seinen eigenen Kaffee.

»Okay.« Meine Stimme klang rostig, und mir wurde klar, dass dies mein erstes Wort seit dem Aufstehen war. Ich räusperte mich.

»Ich würde gern einen Klassenausflug machen und dachte, es wäre gut, wenn noch jemand Erwachsenes mitkommt, um die Schar im Zaum zu halten.« Er legte den Kopf schief, als wäre er fertig mit reden und als wäre das seine Frage gewesen.

»Klingt nach einer guten Idee.«

»Es ist ein großer Gefallen, um den ich jemanden bitten müsste, denn es verursacht ein ziemliches Chaos, für so einen Ausflug die Unterrichtsstunden zu verschieben.«

»Irgendjemand wird schon können«, sagte ich und schlürfte an dem brennend heißen Kaffee. Ich stand auf und holte etwas Milch, während Leo weitersprach.

»Bevor ich einem Haufen Leute auf die Pelle rücke, dachte ich einfach an dich. Falls du Lust hast, mitzukommen? Nicht weil ich glauben würde, du hättest nichts zu tun, aber es wäre ein Vergnügen, dich dabei zu haben.«

»Mich?« Die Milch färbte die Flüssigkeit in der Tasse hellbraun.

»Ja, dich.«

»Äh, ja, ich weiß nicht genau. Vielleicht.« Wieder räusperte ich mich. »Wohin geht der Ausflug?«

»Ich wollte nach Lundgården fahren.«

Ich hustete und mühte mich, den Kaffee nicht auszuspucken. »Lundgården? Ist das nicht ein Schlachthof?«

»Es ist ein Hof mit Cibuszucht, aber ja, sie haben eine eigene Schlachterei vor Ort, um die Transportwege zu sparen und solche Dinge.« Ich kannte den Ort, man konnte den Hügel gar nicht übersehen, auf dem sich die grauen Gebäude ausbreiteten, wenn man nach Osten aus der Stadt fuhr.

»Warum willst du einen Schlachthof besuchen? Ich dachte, du wärst gegen so etwas.«

»Es ist wichtig zu sehen, wie die Welt funktioniert, damit man sich der Entscheidungen bewusst wird, die man fällt.« Er nahm einen Schluck von seinem Kaffee.

»Bekommen die Leute dort gern Besuch von einer Schulklasse?«

»Ja, ich habe mit dem Hofbetreiber gesprochen, es ist völlig in Ordnung. Wir brauchen bloß noch die Einverständniserklärung der Eltern, aber die brauchen wir ja immer.«

In meinem Kopf spukten die Bilder und Wörter aus den Artikeln vom Wochenende herum, und mein Magen zog sich unwillkürlich zusammen. Widerwille kam in mir auf. Ich wusste ziemlich genau, was auf einem Schlachthof vor sich ging, und ich hatte keinen Bedarf, es zu sehen.

»Es ist eine sehr lehrreiche Erfahrung. Jeder sollte wissen, woher sein Essen kommt. Das zu sehen, tut allen gut. So wie es heutzutage in der Welt läuft, ist Unwissenheit eine Entscheidung.«

»Warum wollen sie eine Schar Kinder dort herumlaufen lassen, wo sie Cibus schlachten?«

»Sie sind stolz auf ihren Betrieb. Sie sorgen dafür, dass andere Menschen etwas zu Essen auf dem Tisch haben, und mit Sicherheit haben sie auch für die meisten Pausenbrote der Kinder gesorgt. Wahrscheinlich werden wir bei der eigentlichen Schlachtung nicht dabei sein dürfen, aber die Ställe dürfen wir uns gern ansehen. Dann können sie zeigen, wie gesund ihre Kreaturen sind, wie viel Milch sie geben und solche Dinge.«

Ich trank einen Schluck Kaffee. Die Milch hatte die Temperatur und Farbe des Kaffees verändert, und jetzt bewegte sich die Flüssigkeit angenehm durch meinen Hals. Ich hatte keine Lust, Stellung dazu zu beziehen, woher mein Essen kam – es war bequemer, es nicht zu tun. Mich für die Unwissenheit zu entscheiden.

»Klingt spannend, daran liegt es nicht – ich fürchte nur, es geht nicht. Benedicte wird mich wohl nicht mitfahren lassen, leider. Gerade gibt es viel zu tun.« Mit einem entschuldigenden Lächeln stand ich auf. »Und apropos Arbeit, ich sollte besser nach unten gehen und damit anfangen.«

***

»Ich habe eine gute Neuigkeit.« Benedicte eilte ins Büro, während meine Augen am Computerbildschirm hingen. Ich schob ein Bonbon in meinem Mund an die Seite, ehe ich antwortete.

»Was denn?« Es klang, als lispelte ich. Es war ein großes Bonbon. Zeigefinger und Daumen verschwanden in meinem Mund und legten die harte Zuckermasse zurück auf das Papier, aus dem ich es gerade erst geholt hatte. Dann leckte ich die Finger sauber, aber sie fühlten sich noch immer klebrig an.

»Ich habe mit Leonardo gesprochen, und er hat mir von dem Ausflug erzählt, den er plant.« Mit einem schnellen Blick versuchte ich, ihre Miene zu entschlüsseln. Sie sah mild gestimmt aus. Kein gutes Zeichen.

»Ja?«

»Er hat gefragt, ob es in Ordnung wäre, wenn er dich mitnimmt. Ich finde es sehr nett, dass er so rücksichtsvoll ist, hier unten haben wir schließlich genug zu tun. Aber er hat mich sehr freundlich gefragt, und es wäre bestimmt gut für dich, mal ein wenig rauszukommen.«

»Ach, nein Benedicte, das ist nicht nötig. Ich habe mit ihm gesprochen und ihm gesagt, dass ich besser arbeite.«

»Quatsch, ist schon in Ordnung. Er ist jemand, der gleich von Anfang an Initiative zeigt, und sowas sollte man unbedingt unterstützen. Etwas ganz anderes als Ibeka. Genau so etwas brauchen wir hier.«

Ich beobachtete ihr Gesicht, während sie sich weiter über Ibekas mangelnde Kompetenzen als Lehrerin ausließ. Vielleicht glaubte sie, mir etwas Gutes zu tun. Vielleicht wollte sie das Büro auch gern einen Tag für sich allein haben. Leonardo war freundlich, er nahm Rücksicht und ergriff die Initiative. Er war ein hübscher, grauhaariger Mann. Benedictes Wangen waren gerötet. Sie hatte seinetwegen zugestimmt. Natürlich.

Kapitel 9

»Ach, übrigens, Hannah?«, sagte Benedicte und streckte den Kopf über den Bildschirm auf ihrem Schreibtisch.

Ich seufzte. »Ja?«

»Leonardo hat gesagt, du darfst in der zweiten Stunde gern in die 7b kommen. Er erzählt vom Ausflug am Freitag, da ist es durchaus sinnvoll, wenn du dabei bist.« Sie blickte wieder nach unten, und ihre Finger tippten über die Tastatur. »Ich habe ihm versprochen, dass du kommst.«

Es war eine effektive Methode, damit ich mich klein fühlte, wenn sie solche Dinge für mich entschied. Ich blieb auf dem Bürostuhl sitzen, mein Zeigefinger pochte leise auf die Punkttaste. Die Unterrichtsstunde begann in zwei Minuten. Abgesehen von meinem Zeigefinger saß ich unbeweglich auf dem Stuhl und presste die Lippen aufeinander.

»In der 7b«, sagte Benedicte noch einmal und hörte auf zu tippen. Ohne aufzublicken, wusste ich, dass ihre Augen jetzt auf mir ruhten. Wortlos verließ ich das Büro und schloss die Tür eine Spur zu fest hinter mir.

***

Leo nickte mir zu, als ich das Klassenzimmer betrat, in dem noch die Stimmen der Schülerinnen und Schüler durcheinanderhallten. Meine Augen fanden einen freien Stuhl ganz hinten im Raum, aber Leo räusperte sich schnell und deutete auf einen Stuhl neben dem Lehrerpult.

»*Wollen wir uns Donnerstag zusammen was zum Essen suchen?*« Die kurze Nachricht von Andreas auf meinem Display verwandelte meine Laune von genervt in begeistert. Ich setzte mich, tippte zögernd auf dem Handy und versuchte dabei, eine neutrale Miene beizubehalten.

»*Klingt gut. Wo?*«

Allmählich beruhigten sich die Schüler, ohne dass Leo etwas gesagt hatte. Frida und Tristan standen an Mikas Tisch, ansonsten saßen aber alle auf ihren Plätzen.

»Guten Tag miteinander, wären auch die letzten von euch so nett, sich hinzusetzen?« Die drei reagierten auf der Stelle auf Leos Worte, sogar mit freundlichen Gesichtern. In der Stille ließ Leo seinen Blick über die Schüler gleiten, bis er bei mir landete und sich räusperte.

»Wir beginnen heute mit etwas, das ich als größte Veränderung unseres Alltags in der Geschichte betrachte. Mehr möchte ich im Moment nicht dazu sagen – will jemand von euch raten, was das wohl sein könnte?«

»Die Plastikkrise.«

»Irgendeine Erfindung?«

»Vielleicht das *Ölverbot*?«

»Alles gute Vorschläge, aber nein. Es ist etwas, das wir häufig übersehen. Es geht um unser Essen.«

»Künstliche Befruchtung!«

»Lol, das hat doch nichts mit Essen zu tun, du Depp.«

»Ja, wie heißt das denn, irgendwas mit geklontem Essen?«

»Meinst du genmodifizierte Lebensmittel und sowas?«

»Bestimmt.«

»Ach, jetzt hör auf.« Kichern und durcheinanderredende Stimmen ließen die Lautstärke im Klassenzimmer ansteigen.

Ein Vibrieren. Ich schaute diskret auf mein Handy.

»*Kalinka, um 19 Uhr?*« Ich unterdrückte ein Grinsen, tippte selbstsicher eine Antwort und tat so, als wäre es eine wichtige Nachricht, die mit der Arbeit zu tun hatte.

»*Perfekt, wir sehen uns.*«

»Vielleicht fange ich einfach selbst an. Es geht um das, was wir essen, nämlich Fleisch. Und im Zusammenhang damit um Ressourcenmangel und Überbevölkerung. Dämmert es jemandem jetzt? Alina, vielleicht?« Leo deutete auf Alina. Mehrere Blicke folgten seinem Finger und landeten ebenfalls auf ihr. Ihre Augenbrauen bewegten sich nach oben, und sie sah sich um. Alina redete nie viel, sie setzte ansonsten alles daran, Aufmerksamkeit zu vermeiden – und Leo hatte ihr gerade viel zu viel davon beschert.

»Homo Cibus?«

»Richtig, gut gemacht.« Er nickte ihr zu. »Kannst du uns erzählen, wie dieses Phänomen entstanden ist?«

Alinas hochgezogene Augenbrauen wandten sich Mads zu.

»Ich kann das übernehmen«, setzte Mads an und sprach um einiges lauter als Alina. Die Augen der Klasse richteten sich auf ihn und ließen von Alina ab. Mein eigener Blick blieb noch so lange auf ihr, dass ich sehen konnte, wie die Erleichterung über ihr Gesicht strömte. »Vor eine Milliarde Jahren oder so haben wir Menschen Tiere gegessen. Das ist wohl so lange her, dass nicht einmal du dich dran erinnern kannst, oder Leo?« Mads liebte es, frech zu sein, und das Funkeln in seinen Augen ließ ihn mit dem Meisten unbehelligt davonkommen.

»Ja, danke Mads, das war vor meiner Zeit, aber eine Milliarde Jahre ist ein bisschen zu hoch angesetzt. Schön, dass du geantwortet hast, aber beim nächsten Mal wartest du bitte, bis du dran bist. Abgemacht?« Leo zwinkerte. Mads warf Alina einen Blick zu und zuckte mit den Schultern. Er hatte es versucht.

»Alina. Wärst du so lieb und erzählst weiter? Es ist auch völlig okay, wenn du nicht mit der gleichen Erzählerstimme wie Mads sprichst.« Ein paar Schüler lachten. Ich hielt Ausschau nach Namensschildern auf den Tischen, entdeckte aber keine. Es waren viele neue Namen, die man sich merken musste, doch Leo schien sie alle zu kennen.

Alina biss sich auf die Lippe.

»Ich weiß nicht, worauf ich antworten soll.«

»Warum haben wir damit aufgehört, Tiere zu essen?«

»Also, sie sind verschwunden. Es gab da diese Krankheiten. Schweinepest, Rinderwahn und Vogelgrippe. Sowas halt.«

»Wieder richtig, sehr schön, Alina. Du weißt eine Menge! Vielen Dank. Warum konnten wir nichts für die kranken Tiere tun? Wer weiß es?« Alina lächelte und schaute auf den Tisch. Eine Hand meldete sich.

»Ja, Karen?«

»Man hat es versucht, aber in ihrem Futter waren schon so viele Medikamente, dass die Tiere resistent dagegen wurden.« Karen hob das Kinn, ihr fiel die Schule nicht schwer. Obwohl ich die Kinder nur aus den Pausen auf dem Schulhof kannte, war es leicht zu erraten, wie sie sich im Klassenverband verhalten würden.

»Genau so war es«, stimmte Leo zu. »Was haben wir dann getan, als die Tiere nach und nach verschwanden? Lasse?«

»Äh, was? Also, wir haben sie beerdigt. Oder?« Lasse sah verwirrt aus, das Gekicher nahm zu.

»Pssst, wir lachen uns nicht gegenseitig aus.« Leo blickte über die Klasse, und mir fiel auf, dass ich ihn zum ersten Mal ohne ein Lächeln im Gesicht sah. »Lasse, hör bitte besser zu.« Dann lächelte Leo wieder.

Karen meldete sich noch einmal, aber Leo schaute weiter in die Klasse. Er zog die Frage in die Länge, gab dann aber auf.

»Ja, Karen?«

»Es gab viel zu viele Menschen, und auf einmal gab es viel zu wenig Essen. Wegen all der Krankheiten konnten wir die restlichen Tiere nicht mehr essen, und die Leute hatten große Angst, dass sie selber krank werden könnten. Deshalb hat man angefangen, Homo Cibus zu züchten. Sie sind auch gesünder als Tierfleisch, habe ich gehört.«

»Stimmt, danke Karen. Unser Planet war überbevölkert, und das bedeutete auch Ressourcenmangel. Kannst du mir sagen, warum das Fleisch von Cibus gesünder ist als das von Tieren?«

»Irgendwas mit … Vitaminen?« Jetzt wirkte sie unsicher.

»Ja, so in etwa. Man hat herausgefunden, dass Menschenfleisch genau die Menge an Aminosäuren enthält, die Menschen selbst brauchen. Deshalb war es logisch, Tierfleisch durch Menschenfleisch zu ersetzen. Homo Cibus ist eine Menschenart, das wisst ihr natürlich, aber es ist die erste unserer Art, die nicht durch Evolution entstanden ist. Homo Cibus existiert nur, weil wir ihn geschaffen haben. Die Menschen hatten Angst, welche Auswirkungen die Situation auf die allgemeine Gesundheit haben würde, und Angst kann die Leute zu vielen merkwürdigen Dingen bewegen, wie zum Beispiel, ihre eigenen Artgenossen zu essen. Zwar machen wir heute genau das, aber für uns ist es etwas, womit wir alle aufgewachsen sind, und deshalb finden wir es nicht eigenartig. Damals war es das.«

Leo sah sich um, um sich zu vergewissern, dass seine Worte Sinn ergaben, aber die gerunzelten Stirnen in der Klasse ließen erkennen, dass es viel Information auf einmal war. Ich wusste nicht einmal, ob man in der siebten Klasse schon von Aminosäuren gehört hatte. Ich konnte mich kaum selbst daran erinnern, was das war.

»Wie war es möglich, eine neue Menschenart ohne natürliche Evolution zu erschaffen?«

Alle Hände blieben auf oder unter den Tischen. Emil stützte den Kopf auf die Hände und schaute an die Decke.

»Lasst mich die Frage anders stellen: Hat man Tierfleisch einfach von einem Tag auf den anderen durch Menschenfleisch ersetzt?«

Stille. Ich bemerkte, wie ich selbst die Schüler imitierte – bewegungslose Hände, ausweichender Blick und der Versuch, sich unsichtbar zu machen. Also richtete ich mich auf und versuchte, Leos Selbstsicherheit nachzuahmen. Vorsichtig streckte sich eine Hand in die Luft.

»Ja, Alina?«

»Es hat als ein Versuch angefangen.« Leo nickte mit hochgezogenen Augenbrauen und sah sie weiter an. »Zuerst hat man die zum Tode Verurteilten genommen, denn sie sollten ja sowieso sterben, und hat sie als Erste zu den Schlachthöfen gebracht.« Meine Mundwinkel hoben sich voller Achtung darüber, dass Alina sich getraut hatte, auf eigene Initiative eine Frage vor der gesamten Klasse zu beantworten.

»Stimmt genau. Will jemand anderes weitermachen? Sam?« Zwar hatte Sam sich nicht gemeldet, aber er antwortete trotzdem unbeeindruckt.

»Der Versuch lief gut, denn Menschenfleisch und Tierfleisch haben genau gleich funktioniert. Dann hat man die Gesetze und all solche Sachen geändert, und durch härtere Strafen wurden noch mehr Verurteilte zu den Schlachthöfen gebracht.« Sam grinste überlegen.

»Yes! Und warum war das gut?« Wieder wurde es still, und keiner rührte die Hände. »Keiner? Kommt schon! Na gut, dann erkläre ich es selbst. Je weniger Menschen im Gefängnis saßen, desto weniger Ressourcen wurden an Kriminelle verschwendet. Das bedeutete erstens, dass die Kriminalität augenblicklich abnahm, und zweitens, dass wir mehr Ressourcen für die restliche Gesellschaft zur Verfügung hatten. Ergibt das Sinn?«

Die Schüler nickten, und einige machten sich Notizen. Karen schrieb eifrig auf ihrem Tablet. In meiner Vorstellung notierte sie jedes Wort aus Leos Mund.

»Wir gehen einen Schritt weiter, jetzt müsst ihr wieder mitmachen. Gibt es heute immer noch Kriminelle, die auf dem Teller landen? Ja, Mika?«

»Nein, gibt es nicht.«

»Wie kann das sein? Erzähl weiter.«

»Also, erstens gab es nicht mehr so viele Verbrecher. Und zweitens wollten die Leute sich nicht selbst essen, es sollten also nicht nur Menschen sein – sondern etwas andere, es sollte einen Abstand geben. Und außerdem hatten viele Kriminelle Drogen genommen, und das konnte man nicht essen.«

»Mehr Abstand, ja, so kann man es wunderbar ausdrücken. Was essen wir also dann?« Wieder streckte Karen emsig ihre Hand nach oben. »Ja?«

»Cibus ist eine Menschenart, die, wie du sagst, gezüchtet und gehalten wird. Sie sind also eine eigene Art, die sozusagen als Schlachtmenschen aufwächst. Sie sind nur keine richtigen Menschen, sondern eben Cibus.«

»Darüber lässt sich streiten, aber ja, danke Karen. Eine ziemliche Entwicklung, findet ihr nicht auch? Das Endresultat erkennen wir fast nicht wieder – wir essen unsere Nuggets und Steaks und Wurst und behaupten, wir wüssten, woher all das kommt. Wie viele von euch haben schon einmal einen Hof mit Cibus oder eine echte Schlachterei besucht?«

»Ich war schon einmal in einem Metzgerladen«, meldete sich einer.

»Ein Metzgerladen, immerhin. Aber auf einem richtigen Hof, wo Cibus gehalten werden?«

Stille. Ein paar schüttelten die Köpfe.

»Ich bin die Vertretung für Ibeka, also nur für eine kurze Zeit hier, aber in dieser Zeit gehen wir nach draußen und erleben die Welt, statt nur über sie zu reden. Wie klingt das für euch?« Gedämpfter Jubel erklang im Klassenraum. »Unser erster gemeinsamer Ausflug findet schon in der nächsten Woche statt. Hannah wird uns begleiten, deshalb habe ich sie gebeten, heute dabei zu sein.«

Der Lärm wuchs an, je weiter sich die Mundwinkel der Schüler kollektiv nach oben zogen. Ich genoss den Enthusiasmus, der sich plötzlich in der Klasse ausbreitete.

»Wo fahren wir hin?«, drang eine einzelne Stimme schließlich durch das wilde Gerede. Das Gemurmel wurde leiser, alle warteten gespannt auf die Antwort.

»Wir besuchen Lundgården.« Sofort wurde es wieder lauter. »Ich habe alle Informationen übers Intranetz geschickt. Der Ausflug ist schon bald, denkt also dran, eure Eltern so schnell wie möglich unterschreiben zu lassen!« Leos Stimme verklang, seine Lippen schlossen sich, und er betrachtete seine Schülerschar.

Kapitel 10

Seine braunen Augen bewegten sich konzentriert über die Speisekarte. Meine eigenen sollten eigentlich das Gleiche tun, aber er war interessanter als das Essen. Rund um uns klapperte Geschirr, Stimmen murmelten, und die festen Schritte der Kellner schlugen auf den Boden. Er hatte ein gemütliches Lokal ausgesucht. Hübsch, aber nicht zu hübsch. Die Ziegelsteinwände und die Lampen aus Blechdosen erzeugten eine Atmosphäre, in der man gern lange sitzen blieb.

Ein Kellner nahm unsere Bestellung auf, ich entschied mich für ein zufälliges Gericht und schätzte mich glücklich, nicht wählerisch zu sein.

»Hier bringst du also alle deine Damen her?« Zur Begrüßung hatte er mich auf die Wange geküsst, und ich spürte noch immer, wo seine Lippen mich berührt hatten.

»Damen, Männer, Nicht-Binäre – ich diskriminiere nicht.« Er strahlte.

»Oh, wow.« Ich spielte an der Tischdecke herum.

»Ist das schlimm?«

Meine Augen fanden seine, sie hielten mich fest.

»Nein.«

»Gut.« Er hob das Glas. »Ist auch egal. Am liebsten sitze ich mit dir hier.«

Ich trank gleichzeitig mit ihm, ein Versuch, mein breites Grinsen unter Kontrolle zu bekommen.

»Hier hätten wir einmal geschmorte Cibushaxe mit Bratkartoffeln, eingelegtem Spitzkohl und Pfeffersauce?« Der Kellner hielt einen Teller fragend hin, bis Andreas nickte und den Platz auf dem Tisch vor sich freiräumte.

»Und ein Entrecote mit Bratkartoffeln, gegrillter Paprika und Rotweinsauce?« Jetzt sah der Kellner mich abwartend an.

»Ja, danke«, sagte ich und richtete mich auf. Auf der Speisekarte waren es nur Worte gewesen, doch jetzt lag wieder ein Stück Fleisch auf meinem Teller und wartete darauf, verzehrt zu werden. Wieder schwirrten Leos Artikel durch meinen Kopf, ich versuchte, sie beiseitezuwischen.

»Sieht nicht schlecht aus.« Andreas griff zum Besteck und schnitt sein Essen an. Ich tat es ihm gleich und ließ das Messer vorsichtig durch das Fleisch gleiten. Es erinnerte nicht an etwas Lebendes. Das Messer traf auf den Teller stieß den kreischenden Laut von Metall auf Porzellan aus.

»Mhm, perfekt.« Andreas kaute mit geschlossenen Augen. »Wie schmeckt deins?«

Ich führte die Gabel zum Mund und zog das Fleisch mit den Zähnen herunter. Es war weich und fiel in meinem Mund augenblicklich auseinander.

»Wirklich gut.« Ich nickte und kaute.

»Sie beziehen ihren Cibus von einem regionalen Hof, das ist echte Qualität. Es schmeckt tausendmal besser, wenn sie ein gutes Leben hatten – finde ich jedenfalls.« Er spießte ein weiteres Stück von seinem Teller auf. Ich lächelte.

»Was denkst du gerade?« Er sah mich mit leicht geneigtem Kopf an.

»Einfach, dass es schön ist.«

»Das finde ich auch.« Unser intensiver Augenkontakt ließ meine Wangen heiß werden.

Ich richtete den Blick wieder auf den Teller, einen einigermaßen neutralen Ort, um mich zu sammeln. Andreas hatte dafür gesorgt, dass es sich nicht falsch anfühlte, und ich aß den nächsten Bissen mit gutem Gewissen.

***

»Du magst also Punk, kannst kochen, engagierst dich für Cibuswohl und spielst Rollenspiele. Schon eine wilde Mischung.« Ich betrachtete ihn, während die Spitze meines Fingers Linien auf dem kalten Wasserglas zeichnete.

»Das Letzte ist gar nicht so nerdig, wie es klingt. Es sind einfach Brettspiele mit verschiedenen Charakteren und Geschichten. Man bestimmt selbst, wer man sein will, und es gibt einen Spielmeister, der das Spiel leitet.«

»Und wer bist du dann?«

Er blickte zum letzten Stück Brot im Korb und riss sich ein Stück ab.

»Das ist gar nicht so schlimm, sondern macht echt Spaß. Du kannst nicht darüber urteilen, bevor du es nicht selbst einmal ausprobiert hast.«

»Du hast mir noch keine Antwort darauf gegeben, wen du spielst.«

Er schüttelte den Kopf.

»Okay – momentan bin ich eine Halbelfe namens Khalian. Ihre Mutter war eine Elfe, ihr Vater ein Mensch, aber die Mutter hat den Vater dazu gebracht, auszuhauchen.«

»Aushauchen?«

»Ja, das tun die Elfen. Sie sind Frauen und hypnotisieren die Männer auf eine Art, dass sie alles für die Elfen tun würden. Dann hauchen sie ganz freiwillig ihr Leben aus und geben es an die Elfen weiter. So halten sie sich jung und gutaussehend.

Aber Khalian wurde als Mann geboren, und eigentlich sollte er an Mutter Erde geopfert werden, aber … Shit, okay, vielleicht ist es doch ein wenig nerdig.«

Ich konnte nicht aufhören zu lachen.

»Was wäre ich, wenn ich mitspielen würde?«, fragte ich. Andreas' Bein berührte meines, und ich achtete darauf, mich keinen Millimeter zu bewegen.

»Eine Art Nymphe.«

»Wie sind Nymphen?«

»Sie sind schöne Wesen, die nicht so aufbrausend und bösartig wie Elfen sind. Sie bleiben meist unter sich, aber sie kümmern sich um all die anderen in ihrer Nähe. Vielleicht sind sie sowas wie die Schutzengel des Waldes.«

»Das klingt lieb.« Ich trank einen Schluck Wein, und es beruhigte mich, dass ich damit eine Ausrede für meine roten Wangen hatte.

»Okay, genug Rollenspiel, ich will mich wieder cool fühlen.«

Wachs tropfte von der Kerze in der Tischmitte. Ich tauchte einen Finger nach dem anderen in das warme Wachs. Zeigefinger, Mittelfinger, Ringfinger, kleiner Finger.

»Was hast du nach der Ausbildung vor? Du meintest, du wärst bald fertig?«, fragte ich.

»Ja, bald. Ich habe einen Nebenjob, aber das ist nichts, was ich unbedingt weitermachen möchte. Ich könnte mir gut vorstellen, einmal ein Restaurant wie das hier zu führen.«

Ich blickte mich noch einmal um und knibbelte das Wachs von den Fingern. Jetzt kam mir die Beleuchtung schummriger als am Anfang vor, ich hatte nicht bemerkt, dass sie sich verändert hatte. Vielleicht war es draußen dunkler geworden.

»Klingt nach einer tollen Idee. Dann kannst du mich die ganze Zeit bekochen.«

»Ich würde es lieben.« Er sah wie jemand aus, der es ernst meinte.

***

Auf dem Heimweg hatten sich unsere Hände mehrmals berührt, aber dieses Mal war es kein Zufall – dieses Mal suchten seine Finger nach meinen und umschlossen sie.

»Wie kannst du so warme Hände haben, wenn es so kalt ist?« Ich genoss es, dass seine Temperatur auf mich überging.

»Frierst du?«

»Nein, aber die Luft ist kühl, und deine Hand ist so schön warm.«

»Deine Hand ist auch echt kalt.« Er führte sie an seinen Mund, hauchte dagegen, sodass die feuchte Wärme sich an meine Hand schmiegte. Dann legte er meine Hand an seine Wange. Ich ließ sie dort liegen, strich über seinen Kiefer. Er wandte mir sein Gesicht zu, und erst da fiel mir auf, dass wir stehen geblieben waren. Ich trieb meine Beine wieder zum Gehen an, er folgte mir. So gingen wir in Stille, besonderer, warmer Stille. Wenig später standen wir vor dem Hauseingang. Ich sah zur Tür und spürte mein Herz hämmern.

»Das war schön heute«, lächelte Andreas, meine Hand lag noch immer in seiner.

»Sehr.« Ich musste mich selbst daran erinnern, dass nur ich mein pochendes Herz hören konnte.

»Ich sollte dann besser mal …«

»Du kannst auch mit nach oben kommen?«, unterbrach ich ihn. Ich biss mir auf die Lippe, wusste nicht, ob ich es zu schnell anging, zu direkt war, aber ich wollte nicht, dass er ging. Ich wollte ihn für mich haben.

»Hättest du denn gern, dass ich mit nach oben kommen?«, fragte er mit einem schiefen Lächeln.

»Sehr gerne.« Er legte die Arme um mich und zog mich an sich, während meine Hände sich um seinen Nacken schlossen. Unsere Lippen kamen einander so nah, wie es nur ging, ohne sich zu berühren.

»Ich sollte lieber nach Hause gehen«, flüsterte Andreas meinem Mund entgegen. Meine Augenbrauen schoben sich zusammen, ehe sich seine Lippen auf meine drückten. Sie waren weich, bewegten sich ruhig, aber bestimmt, als hätte er genauso lange darauf gewartet wie ich. Seine Hände um meine Lende pressten mich dicht an ihn, meine Finger fuhren durch sein Haar. Dann zog er den Kopf ein Stück zurück, ich spürte meine Lippen pochen.

»Komm«, sagte ich und bewegte meinen Kopf Richtung Haustür. Er kniff die Augen zusammen, antwortete aber nicht. »Andreas?«

»Ich mag es, wenn du meinen Namen sagst.« Es war dunkel, aber ich sah das Funkeln in seinen Augen aufleuchten.

»Du bist verrückt. Andreas.« Ich biss mir auf die Unterlippe.

»Ich muss morgen früh arbeiten. Nächstes Mal?« Er strich mir eine Strähne aus dem Gesicht und sah mich durchdringend an.

»Es gibt also ein nächstes Mal?«

»Wenn es nach mir geht, schon.« Er küsste mich noch einmal, dieses Mal kurz und sanft. Meine Lippen folgten seinen, als er den Kopf zurückzog. Ich wollte ihn gar nicht mehr loslassen.

Kapitel 11

Mein Bein hüpfte auf und ab, und mein Finger klopfte leise auf die Tischplatte. Benedicte hatte noch einmal in meinem Namen mit Leo gesprochen, weshalb ich schon wieder auf den Beginn einer Unterrichtsstunde in der 7b wartete. Ihre Allianz ließ meinen Ärger über sie auf Leo übergehen, und ich hatte meinen Stuhl ein Stück vom Lehrerpult weggerückt.

In der Klasse herrschte eine gute Stimmung, vermutlich wegen der Aussicht auf einen Tag weg von der Schule.

»Ruhe bitte«, wandte Leo sich an die Klasse, seine Wangenknochen traten deutlich hervor, wenn er sprach. »Wir sollten darüber sprechen, was morgen passiert – vielleicht hat jemand von euch Fragen zum Ausflug, über Viehzucht oder Schlachtung oder auch über mich, da ich ja kein Fleisch esse. Manche Fragen hebt ihr euch vielleicht besser für morgen auf, denn der Besitzer von Lundgården kann sie sicher sehr viel besser beantworten als ich.«

Im Gegensatz zu dem, worüber sich die anderen Lehrer im Lehrerzimmer oft beschwerten, schossen auf der Stelle mehrere Hände in die Höhe.

»Mein Vater sagt, man soll Fleisch essen, damit man genug Proteine und Vitamine und so zu sich nimmt«, sagte Karl.

»Mhm. Und was ist dann deine Frage?«

»Bekommst du genug von all den Sachen, die man in seiner Ernährung braucht, wenn du kein Fleisch isst?«

»Bekommst du alles, was du brauchst?«

»Also, ich esse Fleisch.«

»Aber weißt du, ob du genug Proteine und Vitamine zu dir nimmst?«, fragte Leo und klang dabei genauso besorgt, wie Karl es gerade getan hatte.

»Ja. Oder, nein, ich weiß es nicht, aber ich esse auf jeden Fall Fleisch. Und wird man denn nicht krank, wenn man kein Fleisch isst?«, fragte Karl weiter.

»Was denkst du denn, essen die Cibus?«

»Was meinst du?«

»Essen sie Fleisch?«

»Nein, sie bekommen doch bestimmt Pflanzenfutter, oder?«

»Genau das bekommen sie. Das Fleisch wird für uns gezüchtet, und in der Zucht bekommen sie eine ganz normale pflanzenbasierte Ernährung. Und hast du schlechtes Fleisch auf deinem Teller?«

»Ähm, nein …«, stammelte Karl, ehe Leo ihn unterbrach.

»Was sagt der Metzger über das Fleisch, das er verkauft? Was steht auf den Wurstpackungen?«

»Ich weiß nicht?«

»Dort steht, dass es eine hohe Qualität hat, und dass die Cibus, die du isst, gesund sind. Wenn sie ohne Fleisch leben können, können wir anderen das auch. Reicht dir das als Antwort?« Karl nickte, aber auf seiner Stirn hatte sich eine Falte gebildet. »Dann stelle ich jetzt eine Frage an euch alle: Wenn die Cibus leben können, ohne Fleisch zu essen, warum können wir anderen es dann nicht?«

»Weil Fleisch lecker schmeckt«, antwortete Mika grinsend.

»Weil Fleisch lecker schmeckt, ja, das könnte ein Argument sein. Vielleicht nicht das überzeugendste, aber das ist ein Argument, ja. Gibt es noch andere?«

»Weil wir schon immer Fleisch gegessen haben«, sagte Leah.

»Weil wir schon immer Fleisch gegessen haben. Stimmt, aber nach dieser Logik würde sich ja nie etwas verändern.

Dann würden wir noch immer in Höhlen leben und unser Essen mit Speeren jagen. Ihr würdet nicht zur Schule gehen, und die Gesellschaft würde sich nicht um euch kümmern, wenn ihr krank werdet. Die Welt ändert sich die ganze Zeit, und wir passen uns ständig den technologischen Fortschritten an – warum passen wir uns also nicht in Bezug auf ethische Fragen an?« Leo sah mit mildem Blick über die Klasse, seine harten Worte klangen nicht urteilend, sondern neugierig.

»Warum ist das eine Frage der Ethik?«, meldete sich Alina vorsichtig.

»Mord ist doch immer eine Frage der Ethik«, erwiderte Leo.

»Auch noch Mord«, murmelte Mika in der ersten Reihe und verdrehte die Augen. Leo lächelte sie an.

»Habt ihr schonmal jemandem von einer ›humanen Tötung‹ reden gehört?«, fragte er. Ein paar Köpfe im Klassenraum nickten. »Kann mir einer von euch erklären, wie man jemanden auf eine humane, auf eine menschliche Art und Weise tötet?«

Für einen Moment war es still.

»Ja, Tristan?«

»Man sorgt dafür, dass sie ein gutes Leben haben, bevor sie geschlachtet werden.«

»Ja, das ist eine Idee. Aber die Schlachtung selbst, die Tötung, wie wird die human?«

Tristan zuckte mit den Schultern.

»Man macht es schnell«, sagte Frida. »Wenn sie nicht wissen, dass sie sterben werden, und es so plötzlich ist, dass sie es nicht merken können, dann ist es human.«

»Jedenfalls hilft das, den Schmerz soweit wie möglich zu verringern, das verstehe ich. Aber man löscht immer noch ein Leben aus. So etwas nennt man ein Oxymoron – zwei Begriffe, die sich eigentlich widersprechen. Humanes Töten.«

Mika streckte die Hand nach oben und winkte.

»Was ist, wenn jemand leidet und man ihn dann tötet – das ist doch human?«

»Da könnte was dran sein, ich gebe dir recht. Doch wenn wir uns die Cibus wieder ansehen – leiden sie? Nein, denn sie sollen ja gesund sein, damit ihre Körper verkauft werden können.«

»Aber es ist auch eine Arbeit«, wand Mads ein. »In der Landwirtschaft steckt eine Menge Geld. Nicht nur für die Züchter, sondern auch für das Land und so.«

»Keine Frage, dabei geht es um wirklich viel Geld. Aber nur, weil man mit etwas Geld verdienen kann, heißt das nicht, dass es auch ethisch ist, oder?«

Wieder wurde es still, und Mika zuckte mit den Schultern.

»Ich finde, es ist in Ordnung«, sagte Lasse gerade laut genug, dass ich es hören konnte.

»Das Fleisch, das du isst, wird gezüchtet. Es sind Menschen, die in ein Leben geboren werden, bei dem sie nur für unseren Appetit leben. Am Tag, an dem sie auf die Welt kommen, werden sie zum Tod verurteilt. Das findest du in Ordnung?« Jetzt klang Leos Stimme scharf.

Im Klassenzimmer war es still. Mir wurde mulmig zumute, und mehrere angespannte Gesichter blickten entweder auf den Tisch vor sich oder zu Leo. Ein paar schauten zu mir, als erwarteten sie eine Reaktion, aber ich wusste nicht, welche. Ich saß bewegungslos da und verzog keine Miene.

»Das ist ziemlich düster«, sagte Leah.

»Ja, ist es«, entgegnete Leo, ehe er wieder milder wurde. »Schon eigenartig, wie leicht man von einer Diskussion über Essen zu ethischen Fragen kommt. Hat jemand von euch zu Hause schon einmal darüber gesprochen?«

Kollektives Kopfschütteln.

»Da seht ihr mal. Es ist so normal für uns, dass wir es nicht einmal in Frage stellen. Es sind Dinge, die wir jeden Tag tun.

Aber wenn ich euch heute eines mitgeben möchte, dann, dass ihr immer Fragen stellen sollt.«

»Was ist mit der ALF?«, fragte Sam. »Die kämpft für die Rechte von Cibus, aber sie handelt doch auch unethisch?«

Leo lächelte.

»Ja, das ist eine spannende Frage. Lasst uns darüber sprechen. Jetzt kommen wir zwar ein wenig vom Thema ab, aber dafür muss auch Zeit sein. Wissen alle, was die ALF ist?«, fragte er.

Die meisten Gesichter sahen ihn reaktionslos an. Das bedeutete Nein.

»ALF steht für«, Leo begann auf dem Bildschirm hinter sich zu schreiben, »Animal Liberation Front. Ihre Anhänger sind der Ansicht, dass wir alle Tiere sind, nur verschiedene Arten, und dass keine wichtiger ist als die andere. Nach ihrer Meinung sind Homo Sapiens gleichwertig mit allen anderen Lebewesen und damit auch mit Homo Cibus.«

»Das klingt doch voll in Ordnung«, meldete sich Signe. »Aber sind sie böse, oder was?« Sie warf Sam einen Blick mit hochgezogener Augenbraue zu. Er reagierte mit einem Schulterzucken und sah zurück zu Leo.

»Ah, die alte Frage nach Gut und Böse. Ist die Welt wirklich so schwarz und weiß?« Leo schüttelte den Kopf. »Ihre Absichten sind gut. Und genauso glaube ich, dass alle Menschen gute Absichten haben. Im Grunde unternimmt niemand etwas aus böser Absicht. Aber alles hat nun einmal seine Konsequenzen.«

Leo setzte sich auf seinen Stuhl und sah Sam an. »Magst du uns erzählen, was du an den Aktionen der ALF unethisch findest?«

Sam streckte den Rücken durch und blickte sich um.

»Das ist so eine Aktivistenorganisation, die fordert, dass Cibus als gleichwertig mit uns anerkannt werden, wie du gesagt hast, Leo. Aber ihre Aktionen sind die reinste Zerstörung für die Cibusproduzenten. Das ist doch auch nicht okay?«

»Zerstörung. Sehen wir uns ein paar Beispiele an. Vor Kurzem haben wir von Blut an den Händen und Blut an den Türen gehört. Das habt ihr sicher mitbekommen, oder? Gut. Karen?«

»Sie haben die Wohnungstüren von den Angestellten von Schlachthöfen mit Blut beschmiert«, antwortete sie.

»Ja, das haben sie. Sie sind auch in Höfe und Schlachtereien eingebrochen, um dort zu filmen. Sie protestieren und demonstrieren vor verschiedenen Firmen, die mit Cibus arbeiten – vielleicht haben manche von euch den Kerl gesehen, der vor einer Schlachterei geweint hat? Ja? Sie haben in mehreren Fällen sogar Cibus von den Höfen befreit.« Leo nickte sich selbst zu.

»Was bedeutet das jetzt? Sind Einbrüche und Zerstörung also in Ordnung, wenn sie einem guten Zweck dienen?«, fragte Karl.

»Ich weiß nicht, sind sie das?«, erwiderte Leo. »Lasst mich euch ein Beispiel geben. Ein Mann hat eine sehr kranke Partnerin. Die Person kann geheilt werden, wenn sie die richtigen Medikamente bekommt. Nur ist das Problem, dass sie sich diese Medikamente nicht leisten können. Also können sich entscheiden, nichts zu tun und auf den Tod zu warten. Oder der Mann stiehlt Geld für die Medikamente und sorgt dafür, dass seine Partnerin wieder gesund wird. Wie viele von euch fänden das okay?«

Ein paar Hände hoben sich, die meisten ein wenig zögerlich.

»Man kann doch nicht einfach stehlen, um seine Probleme zu lösen«, sagte Tristan. Ich sah ihn an, denn ich hätte nicht erwartet, dass jemand, der Notizbücher stahl, in anderen Kontexten so starke Moralvorstellungen hatte.

»Stellen wir uns vor, es wären eure Eltern. Einer von ihnen wäre schwer krank, aber ihr könntet sie retten, wenn ihr einen Diebstahl begeht. Wenn ihr es nicht tut, sterben sie. Wer von euch würde stehlen?«, fragte Leo die Klasse.

Jetzt schossen überall Hände in die Höhe, manche schnell und entschlossen, andere zögernder. Mein Blick ruhte auf Leah, die starr auf den Tisch sah, den Arm bestimmt in die Luft gestreckt.

»Da seht ihr mal. Vielleicht ist es nicht das Richtige, aber das bedeutet nicht, dass man es nicht trotzdem tun würde. Wenn man sein Leben führen könnte, ohne andere Lebewesen zu verletzen – warum sollte man das nicht tun?« Leo stand wieder auf und wischte die digitale Tafel.

»Findest du, die Leute von der ALF sind gut?«, fragte Mika. Für einen Moment waren alle Augenpaare auf Leos Rücken gerichtet, dann reagierte er.

»Ich finde, wenn man etwas unternimmt, um die Welt zu einem besseren Ort zu machen – und um jemanden zu beschützen, der das nicht selbst kann -, dann ist das bewundernswert.«

»Dann heiligt der Zweck also die Mittel? Alle Tricks sind erlaubt?«

Leo lächelte Mika an.

»So in der Art«, antwortete Leo, ehe er sich wieder umdrehte und die Tafel fertig wischte.

***

Die Rollen meines Einkaufswagens quietschten, sodass jeder im Supermarkt mitbekam, wohin ich mich bewegte. Ich brauchte nicht viel und beschloss, dass es sich nicht lohnte, mir einen neuen Wagen zu holen. Zuerst kam ich in die Obst- und Gemüseabteilung, wo mich ein frischer Duft und klare Farben begrüßten. Äpfel, Ananas, Karotten und Gurken fanden ihren Weg in meinen Wagen. Dann tauchten Gefriertruhen rechts und links von mir auf, ehe die Fleischabteilung in der Ecke des Ladens zu sehen war. Aus Neugier zog es mich dorthin, obwohl ich dort nie etwas kaufte. Fertiggerichte und simple Rezepte waren mir lieber. In der Auslage stapelten sich abstrakte hell- und dunkelrote Formen, während Buchstaben den Inhalt der Schalen beschrieben. Ich brachte die Worte nicht mit menschlichen Körpern in Verbindung: Schulterstück, Lendchen, Flankensteak. Für mich waren es Bezeichnungen für Essen, nicht für einen Körper.

Ich ging an der Theke entlang und entdeckte die weniger abstrakten Fleischstücke. Eine Zunge, viel länger, als ich mir meine eigene vorstellte, zierte eine Schale in der Auslage. Nach dem Schildchen an der Schale daneben handelte es sich bei den dunkelroten, fast bräunlichen Formen um Leber. Am Ende der Theke stand eine gläserne Vitrine, in der ein Torso ohne Haut und ohne Kopf hing. Die Arme und Beine waren nicht mehr am Körper befestigt. An manchen Stellen war das Rote von Weiß bedeckt, vielleicht waren es Sehnen, vielleicht Muskeln, ich wusste es nicht. Wo sich einmal der Kopf befunden hatte, war jetzt nur noch ein Stumpf. Unwillkürlich fasste ich mir an den eigenen Hals, der sich mir zuschnürte.

»Wenn Ihnen ein Stück Fleisch fehlt, kann ich es Ihnen gern besorgen. Wir haben gerade eine frische Lieferung erhalten, das Kühlhaus ist voll, und ich bin gerade dabei, die Theke aufzufüllen. Ich bin nur noch nicht ganz fertig.« Ich drehte mich zu dem Mann um, der eine Schürze trug und breit lächelte. »An was hatten Sie gedacht?« Mit einer gummibehandschuhten Hand deutete er auf die Theke, vor der ich stand. Auf dem Handschuh prangten rote Tropfen, ich gab keine Antwort. Konnte an nichts anderes als an das Blut denken und daran, woher es kam.

»Hoppla, ich kann sie ruhig ausziehen, das sieht sicher gefährlich aus.« Der Mann streifte sich die Handschuhe ab. Dabei schnalzte ein Handschuh schmatzend zurück und spritzte einen roten Tropfen auf die Wange des Mannes. Ich wich mit dem quietschenden Einkaufswagen zurück und verließ die Fleischabteilung ohne ein Wort.

Kapitel 12

»Guten Morgen, meine Liebe, du siehst ein wenig müde aus, finde ich?« Wie gewöhnlich schenkte Leo mir ein warmes Lächeln und tätschelte meine Schulter.

»Ich habe nicht viel geschlafen«, antwortete ich und sah zum Bus. Nervosität hatte meinen Körper in Beschlag genommen, und in der Nacht hatte ich nie länger als dreißig Minuten am Stück schlafen können.

Die Schüler, die schon gekommen waren, standen in Grüppchen vor dem Bus, zu zweit, zu dritt, und wirkten munter trotz der frühen Uhrzeit. Statt Schulranzen trugen sie Stoffbeutel oder Umhängetaschen, statt der üblichen Müdigkeit herrschte Aufregung und Begeisterung.

»Es ist schließlich ein spannender Tag«, meinte Leo. »Heute werden wir ihnen das echte Leben zeigen.« Sein Enthusiasmus darüber, auf all das zu treffen, wogegen er sich engagierte, bereitete mir ein mulmiges Gefühl. Irgendetwas an dem Ausflug stimmte nicht, ich hatte eine Ahnung, dass er keine gute Idee war. Wir sollten ihn ausfallen lassen und unsere Unwissenheit genießen. Ich schielte zu Leo und versuchte, zu erkennen, was er sich dabei dachte, aber er sah aus wie immer. Keine verdächtigen Blicke, keine Stimmungsschwankungen, keine Falten im Gesicht, alles war wie sonst auch. Es schien, als wäre der Ausflug seine Mission. Ich holte tief Luft.

»Ich glaube, ich finde die Sache nicht so spannend wie du.«

Alina und Signe kamen an und lächelten mir zu. Ich erwiderte die Geste, wie man es tut. Bald würden sie Cibus als etwas anderes als die leblosen, verarbeiteten Produkte sehen, die sie aus dem Supermarkt kannten, aber sie zeigten keinerlei Anzeichen von Besorgnis.

Wir fuhren. Die Stimmung war gut, und die Kinder freuten sich, nicht den ganzen Tag im Klassenzimmer sitzen zu müssen. Ich schnappte Bruchstücke ihrer Gespräche auf, und ihre Vorfreude ließ mich ein wenig entspannen.

***

»Das hier ist Myrk, er ist der Besitzer des Hofs, und er wird uns heute herumführen«, erklärte Leo. Die meisten Schüler hörten zu, bis auf Esben, Lau und Liva, die wie immer schwatzten. Ich ermahnte sie kurz und konzentrierte mich dann auf Myrk, der Leos Worten nickend zustimmte.

»Tach auch. Als Erstes gehen wir hier rein«, sagte Myrk und deutete auf ein großes Gebäude. »Das ist einer der Ställe, in denen wir Cibus halten. Da drinnen ist es ziemlich warm, sie sollen es ja gut haben. Seid ihr bereit? Dann folgt mir einfach.« Myrk ging voran, und wir trotteten gehorsam hinterher.

»Jetzt geht's los«, sagte Leo erwartungsvoll.

Es war, als würde man gegen eine Wand laufen, so warm war es im Stall. Eigentlich hätte man denken können, dass sofort das Geräusch von sich öffnenden Reißverschlüssen und flatternden Jacken zu hören gewesen sein müsste, aber es blieb still. Die vielen Cibus standen dicht zusammen, sie waren nackt und hinter Latten verborgen. Sie machten große Augen, manche hatten den Mund geöffnet und starrten uns an; ein Spiegelbild dessen, wie ihr Leben hätte aussehen können. Ich war mir nicht sicher, ob sie es begriffen, ob sie die Ähnlichkeiten zwischen uns erkannten. Sie waren jung, die meisten schienen im Alter der Schülerinnen und Schüler zu sein. Ich knetete die Hände.

»Cool«, flüsterte jemand, und ich sah mich sofort nach der Stimme um. Karl betrachtete die Eingesperrte und machte ein paar langsame Schritte auf die Box zu, die uns am nächsten war.

»Vielleicht gebe ich euch eine kleine Geschichtsstunde, während wir hier herumlaufen, was meint ihr?« Myrk wartete nicht auf eine Antwort, er plapperte ungestört weiter. »Früher hat man an solchen Orten wie hier *richtige* Tiere gehalten. Vor allem waren das Kühe und Schweine, die man als Schlachtvieh genutzt hat, zumindest in dieser Gegend. Sie wurden nicht gut versorgt, und auf einmal sind sie gestorben, eine Art nach der anderen – als es erst einmal angefangen hatte, ging es blitzschnell. Sie haben nix anderes außer Futter und Medikamente gefressen, und dann konnte man nix mehr machen, als sie richtig krank wurden. Daraus hat man einiges gelernt, das kann ich euch sagen. Jetzt bekommen die Kreaturen hier Essen und Vitamine, Medikamente geben wir ihnen erst, wenn sie krank werden. Man kann keine Probleme lösen, die es noch gar nicht gibt. Tja, dann hieß es weg mit den Tieren, her mit den Cibus.«

»Das haben wir in der Schule schon besprochen«, sagte Karen laut.

»Ach, das habt ihr? Ist ja toll.«

»Ja, man hat mit Menschenfleisch experimentiert, zuerst von Verbrechern, und dann hat man angefangen, Cibus zu züchten.« Karen sah zu Leo, der zustimmend nickte. Sie straffte ihren Rücken noch ein wenig mehr.

»So, so, da hat jemand aber gut aufgepasst. Haben die Lehrer euch auch erzählt, dass man herausgefunden hat, dass es das beste und gesündeste Fleisch für uns ist? Jetzt züchten wir sie natürlich von Anfang bis Ende, das ist echte Qualität!

Wir wissen, was sie gegessen haben, kennen ihre Stammbäume, ihre Gene, einfach alles.«

Ich warf einen Blick zu den Jungen, da ich befürchtete, sie könnten vulgär werden, wenn sie die nackten, jungen Weibchen sahen. Aber sie waren sehr still. Guckten neugierig, aber sagten nichts.

»Ja, und das hier ist euer Essen. Hier drinnen stehen die Weibchen, ein paar von ihnen werden wir bald trächtig machen. Das hier, Nummer 3120, wird nächste Woche besamt, und dann …«

»Sie, meinen Sie sicher«, unterbrach Leo ihn und warf erst einen Blick zu dem jungen Weibchen, dann zu Myrk.

»Hä?«

»Sie haben aus Versehen *das* gesagt, haben aber bestimmt *sie* gemeint.«

»Ach, ja, passt schon.« Alle Cibus trugen eine Nummer auf dem linken Oberschenkel. Ich kannte diese Art von Markierung. Es waren Brandzeichen. Ich hatte selbst drei solche Narben an meinem Arm von dem Ofen in der Wohnung. Manchmal stellte selbst Tiefkühlpizza eine Herausforderung für mich dar.

»Warum haben sie Nummern?«, wollte Signe wissen.

»Dann wissen wir immer, mit welchem Exemplar wir es zu tun haben. Welches am meisten Milch gibt, welches wir besamen können, welches bereit für die Schlachtung ist.«

»Tut es nicht weh, so ein Brandzeichen zu bekommen?« Lasse blickte mit gerunzelter Stirn zu einer Box.

»Jaa, ganz angenehm ist es nicht, aber wir kennzeichnen sie, wenn sie Neugeborene sind. Dann heulen sie ein wenig, aber sie vergessen es ja schnell wieder.«

»Werden sie vorher betäubt?« Ich hörte nicht, wer die Frage stellte.

»Das ist zu umständlich, aber wie gesagt, es geht ja schnell. Ein flotter Abdruck mit dem heißen Eisen, und dann ab ins kalte Wasser. Schon sitzt die Markierung. Es geht schnell vorbei.« Myrk nickte kurz und lächelte über seine Antwort. Er hätte ebenso gut darüber reden können, wie man einen Gartenstuhl herstellte; kein Zögern, keine Reue, keine Unsicherheit.

»Übrigens, zieht ruhig eure Jacken aus, hier ist es überall so warm wie hier. Wir gehen weiter, ihr seht noch alle Gebäude.« Schließlich ertönte im Stall doch noch das Geräusch von Reißverschlüssen, Knöpfen und knisternden Jacken. Wir gingen an einer Box mit jungen Weibchen vorbei – Mädchen. Die jüngsten mussten etwa vier bis fünf Jahre alt sein, die ältesten fünfzehn oder sechzehn. Es waren diejenigen, die noch keine Jungen bekommen konnten, also alle, die noch nicht menstruierten. Abgesehen von Nummer 3120, sie war offenbar bereit für die nächste Etappe ihres Lebens. Sie waren einfach nur Kinder. Bleierne Traurigkeit befiel meinen Körper.

»Weiß einer von euch, warum wir hier fast nur Weibchen haben?« Die Schüler schauten in die Boxen, an denen wir vorbeikamen, und ich wusste nicht, ob sie überhaupt noch zuhörten. Ich hatte die Frage gehört, kannte die Antwort aber nicht. »Nein? Dann erzähle ich das euch. Weibchen können Junge auf die Welt bringen, und sie können Milch geben. Mit den Männchen können wir hier nicht so viel anfangen. Nein, wir wollen Weibchen, das sind die Kreaturen, mit denen wir am meisten anfangen können.«

»Sie meinen Menschen«, unterbrach Leo ihn wieder. Dieses Mal sorgte seine Unterbrechung für eine gedrückte Stimmung im warmen Stall.

»Menschen?« Myrk kratzte sich am Kopf und sah ratlos aus. »Wer?«

»Nun, Sie sagen Kreaturen, aber sie sind genauso Menschen wie wir auch. Dann können wir sie doch auch so nennen.«

»Ähm, also, das kann man nicht so sagen. Sie haben ja nicht die gleiche Intelligenz wie wir Menschen. Sie haben keine Sprache, sind ungepflegt …«

»Gut«, sagte Leo nickend, »mit dieser Argumentation haben Sie natürlich recht. Aber der einzige Grund dafür ist, dass sie keine Möglichkeit dazu haben. Hätten Sie jeden Tag mit ihnen geredet, sobald sie auf der Welt waren, dann hätten sie wie wir ebenfalls eine Sprache entwickelt. Und ihre Sauberkeit ist lediglich ein Resultat der Bedingungen, unter denen man sie hält. Aber gehen wir weiter.« Myrk kniff die Augen zusammen, als er Leo ansah. Für einen langen Moment war es still.

»Warum sind sie ungepflegt?«, fragte Mika und sah abwechselnd zu Myrk und Leo. Ich tat das Gleiche. Leo drehte sich wieder zu Myrk und nickte ihm zu, als würde er dem Hofbesitzer das Wort erteilen.

»Na, also, sie leben in einem Stall, teilen sich die Futtertröge und denken nicht darüber nach, ob sie nach Schweiß stinken oder ordentlich aussehen. Seht ihr das da oben an der Decke? Einmal am Tag regnet es für fünf Minuten Wasser daraus, damit sie gut sauber werden. Im Boden gibt es Ritzen, durch die ihr Kot fällt, aber sie urinieren und koten in die Ecke da drüben, da sind Löcher im Boden.«

»Dann sind sie ja doch sauber!« Mika schaute mit großen Augen zu den erschrockenen Cibus in den Boxen.

»Was ist mit den Männchen?«, fragte Emil. »Wo sind die?«

»Die können wir nicht zusammen halten, das wäre ein ziemliches Chaos, stellt euch das mal vor! Ha! Nein, die Männchen bleiben unter sich, es braucht nicht so viele, um diese Runde trächtig zu bekommen. Aber wir lassen sie es nicht selbst tun, wir besamen die Weibchen, damit nichts Unangenehmes passiert.« Ich stellte mir vor, wie Myrk den Samen eines Manns in die Weibchen spritzte – die Mädchen -, mit Instrumenten und Handschuhen. *Damit nichts Unangenehmes passiert.*

»Aber was ist, wenn sie viele Männchen bekommen? Was macht man mit ihnen?«, erkundigte sich Frida. Die Neugier der

Schüler beeindruckte mich, machte mir aber auch Angst. Sie stellten die Fragen, zu denen mir der Mut fehlte.

»Wollen wir mal gleich zu den Jungen gehen, dann reden wir darüber.« Es war keine Frage.

Wir liefen lange, so fühlte es sich an, durch einen Gang, zu dessen beiden Seiten sich Boxen auftürmten. Ich dachte darüber nach, wie man auswählte, wer geschlachtet wurde und wen man für die Weiterzucht verwendete. Vielleicht sollten sie ein oder zwei Junge bekommen, bevor man sie schlachtete, ich wusste es nicht. Und ich wollte es auch nicht wissen.

»Hier drinnen«, sagte Myrk, als wir uns einer Tür näherten, »sind die Jungen. Es kann ein ganz schönes Spektakel geben, wenn Leute da reingehen, deshalb müsst ihr ruhig sein, und nur ich rede.«

Die Schüler nickten. Myrk öffnete die Tür und führte uns in einen neuen Stall.

Hier gab es die gleichen Boxen wie zuvor, aber die Weibchen dort hatten Kinder um sich – auf den Armen, dem Rücken, und die Kleinen pressten sich an die Beine der Erwachsenen, sie starrten uns an. Manche weinten, hier gab es mehr Lärm, größere Unruhe, Rastlosigkeit. Hier blieb nicht alles stehen, weil wir hereinkamen, so wie im vorigen Stall. Die Jungen – die Kinder – krabbelten, gaben Töne von sich, suchten nach der Aufmerksamkeit der Mütter. Die Weibchen – die Mädchen – streichelten die Kleinen, legten die Arme um sie, nahmen sie an die Hand, setzte sich zu ihnen und strichen ihnen übers Haar.

»Praktisch an den Tieren war, dass ihre Jungen schnell allein zurechtkamen, sodass man sie quasi direkt nach der Geburt von den Müttern trennen konnte. Einen Tag haben sie gebraucht, und das war's schon. Ganz so leicht machen es uns diese Kreaturen hier nicht. Oder Menschen, oder … Ja, Cibus.« Myrks Blick flackerte zu Leo und dann wieder zu den Schülern.

»Ihre Jungen sind sehr lange auf Hilfe angewiesen, und man hat versucht, dieses Problem auf verschiedene Arten zu lösen. Erstens lohnt es sich nicht, die jungen Männchen aufzuziehen, darüber haben wir schon gesprochen – sie verursachen nur Kosten, Futter, Reinigung und Platz, und es braucht nicht mehr als ein einziges Exemplar mit Supersamen, um eine ganze Herde neuer Cibus zu züchten. Heutzutage bestimmen wir das Geschlecht der Jungen zum Glück selbst, sodass es da keine Probleme mehr gibt. Es ist zwar teuer, aber notwendig. Manche Höfe können sich diese Technologie nicht leisten, und dann ist es einfach ärgerlich, wenn Männchen geboren werden. Sie können sie nicht großziehen, weshalb sie sie direkt wegwerfen. Das Ganze ist eine Verschwendung von Zeit und Ressourcen, wenn ihr mich fragt.«

Ein Baby schluchzte, ein junges Mädchen trug das Neugeborene auf dem Arm. Sie versuchte, es mit leisen Psst-Lauten zu beruhigen, die mich an Emmy und Agnes erinnerten.

»Früher hat man richtige Frauen angestellt, um auf die Jungen aufzupassen, bis sie allein zurechtkamen, aber die Leute waren viel zu vernarrt in die Kreaturen und haben sie von hier mitgenommen. Sie haben sie uns gestohlen. Uns, obwohl wir für das Essen auf ihrem Tisch sorgen.« Myrk schüttelte den Kopf. »Nein, so ging das nicht. Man ist zu dem Schluss gekommen, dass die Cibus die Jungen besser selbst versorgen, und das seht ihr hier. Sie kümmern sich um ihren Nachwuchs, bis die Jungen allein zurechtkommen. Die Jungen bekommen Milchersatz, sodass wir die Milch der Mütter in den Läden verkaufen können. Sie enthält eine Menge Kalzium, das wichtig für uns ist. Aber das wisst ihr aus dem Biologieunterricht, oder? Und sobald die Weibchen das erste Junge geboren haben, werden sie gleich wieder besamt, damit das nächste geboren werden kann.«

Das junge Mädchen holte ein Fläschchen aus einem Stativ, während das Neugeborene nach einer Brust suchte.

Doch die Maschine, die an den Brüsten des Mädchens befestigt war, machte es dem Kleinen unmöglich, sie zu erreichen – die Milch war nicht für das Kind bestimmt. Das Kleine öffnete und schloss den Mund an der weichen Haut am Bauch des Mädchens. Vorsichtig steckte es dem Kind das Saugfläschchen zwischen die Lippen, und das Kleine begann sofort daran zu nuckeln.

»Wie alt sind die Mütter hier drinnen?«, fragte Leo.

»Momentan zwischen elf und zweiundzwanzig. Aber das ist auch das Höchstalter. Dann sind sie so verbraucht, dass sie bald nichts mehr wert sind. Insgesamt schaffen sie es, etwa zehn bis zwölf Mal trächtig zu sein. Am besten mit Zwillingen, schließlich wollen wir ja was davon haben. Sobald die Jungen zwei Jahre alt sind, werden sie weitergegeben. Das ist zwar eine lange Zeit, aber so ist es eben. Daran wird die ganze Zeit geforscht – wie man die Austragungszeit ein bisschen flotter machen kann und die Jungen schneller wachsen. Sowas eben. Man braucht Effektivität, um so eine Branche am Laufen zu halten.«

Ich wendete den Blick von dem Mädchen und dem Kind ab, von allen Mädchen und Kindern.

»Wir gehen jetzt durch diesen Stall hier, da könnt ihr die trächtigen Weibchen sehen, und im nächsten Stall sind die Männchen. Dort drinnen kein Gerede, bitte.«

Es war keine Aufforderung, sondern ein Befehl. Myrks Miene war nicht mehr so entgegenkommend wie noch am Morgen.

Mädchen mit runden Bäuchen liefen in ihren Boxen herum saßen oder schliefen. Ihre Bäuche sahen schwer aus, die Augen müde. Die Reihen von Boxen kamen mir unendlich vor.

Eine Hand griff nach meiner. Alina sah mich an und lächelte vage. Obwohl sie nach Sicherheit suchte, war ich sehr dankbar für ihre Hand.

In den Gesichtern rund um uns waren weder Ausdruck noch Leben zu erkennen. Es waren gesichtslose Wesen, herangezüchtete Kreaturen. Produkte. Ob sie wussten, was Selbstmord war? Wussten sie, dass es einen Ausweg gab?

Es wurde wieder geredet, aber ich hörte nicht hin. Leo unterbrach die Führung mit freundlichem und warmem Ton, aber Myrks Laune trübte die Stimmung – noch mehr, als die Umgebung es bereits tat. Ich fühlte mich wie im Nebel, ich musste daran denken, dass Menschen von diesem Hof bei anderen Leuten auf den Tellern lagen, wenn wir nach Hause kamen. Es zog in meinem Bauch, im Herz, im Kopf. Ich folgte der Klasse, Alinas Hand lag noch immer in meiner. Die Schüler waren still und vorsichtig, die hoben die Augenbrauen und warfen sich mitfühlende Blicke zu. Von der aufgeregten Stimmung am Morgen war nichts mehr übrig. Meine Füße wurden mir schwer, und ich wollte nach draußen. Raus aus der Wärme, weg von dem Geruch, weg von dem Schmerz. Wir hatten es gesehen, Leo hatte seinen Standpunkt klar gemacht, wir hatten ihn verstanden.

»Was ist hinter der Tür da?«, fragte einer der Schüler, und alle richteten ihren Blick gleichzeitig zu der Tür, an der wir gerade vorbeigingen.

»Da gehen wir nicht rein, aber dort befinden sich die Männchen, die trotzdem geboren werden. Die Methoden funktionieren nicht bei jedem Mal hundertprozentig, sodass es vorkommt, dass ab und zu doch der ein oder andere hindurchschlüpft.« Myrk lief weiter.

»Wie?«

»Es ist sehr friedlich, und es geht schnell, keine Sorge.«

»Also sterben sie?«

»Ja, da drinnen werden sie umgebracht«, sagte Leo.

»Aber das kann man doch nicht einfach machen, nur weil man sie zu nichts gebrauchen kann?«

»So geht es auf einem Hof nun mal zu, als nächstes sehen wir uns die Fleischproduktion an, was glaubt ihr wohl, was da passiert?« Myrks Augenbrauen waren fest zusammengekniffen, ihm war deutlich anzusehen, dass er unseren Besuch bereute. »Wenn einer von euch das nicht aushält, sagt besser direkt Bescheid.«

»Sehen wir, wie sie sterben?« Karen hatte Augen und Mund weit aufgerissen.

»Ihr seid richtige Stadtkinder, oder?« Myrk holte tief Luft. »Nein, ihr bekommt keine Cibus mit Bolzenschussgerät an der Stirn zu sehen, wir schauen uns nur den Raum an, in dem das Fleisch geschnitten wird.«

Meine Augen flackerten. Die anderen folgten Myrk mit langsamen, schweren Schritten, aber meine Beine wollten sich nicht bewegen.

»Willst du nicht mit rein?«, fragte Alina mich leise. Ich lächelte kurz und steif, dann hoben sich meine Füße endlich. »Wir müssen nicht.«

Ich wusste, dass sie recht hatte, aber ich wollte nicht allein zurückbleiben. Ich schaffte fünf Schritte in den Raum, da klatschte eine große Haxe auf einen Metalltisch – ein Oberschenkel, das Bein einer Frau wie ich, eines Kinds wie die Schüler. Alles drehte sich, und ich wusste, dass ich raus musste. Ich lief zur nächsten Tür, riss sie auf und hörte jemanden im gleichen Augenblick *Stopp* rufen. Es war keine Ausgangstür, sondern eine Tür zum vorherigen Schritt im Schlachtungsprozess. Hunderte von toten Frauenkörpern hingen in diesem Raum, sie wurden an den Fersen hängend herumgefahren. Ich drehte den Kopf und blickte einem Cibus, einem Menschen direkt in die Augen. Sie stand in einem kleinen, abgesperrten Bereich. Eine Maschine wurde an ihren Kopf gesetzt, dann erklang ein metallisches Klicken, und ihr Körper fiel sofort zu Boden. Da packte mich eine große Hand am Arm und zerrte mich fort, raus aus den Ställen, in die kühle Luft. Ich übergab mich.

Kapitel 13

Das Nächste, was ich hörte, war Myrks tiefes Gebrüll und Leos ruhige Stimme. »Kommt hier einfach angestiefelt, um unseren Ruf in den Schmutz zu ziehen, was? Wir sorgen dafür, dass die Leute Essen auf dem Tisch haben, das ist alles, was wir tun, und wir tun es mit Stolz! Sie können mich ein Monster nennen, oder wie sie auch wollen, aber dieses Pfeifkonzert lasse ich mir nicht gefallen!«

Die Schüler stiegen schon in den Bus ein, während Leo sich höflich von Myrk verabschiedete, doch der weigerte sich, ihm die Hand zu geben. Stattdessen griff Leos Arm nach mir und führte mich wortlos zum Bus. Seine warme Hand auf meinem Rücken gab mir ein sicheres Gefühl, mein Kopf und mein Bauch dagegen fühlten sich gar nicht gut an. Auf der Rückfahrt zur Schule war es still. Leo hatte die ganze Fahrt über den Arm um mich gelegt, und mein Kopf ruhte auf seiner Schulter. Ich überlegte, ob wir der Klasse eine Erklärung schuldig waren – meine Reaktion, Myrks Gebrüll, warum der Ausflug so früh zu Ende ging –, aber ich schaffte es nicht, den Gedanken fertig zu denken, geschweige denn, ihn auszuformulieren. Was gab es zu sagen? Ich hatte das Gefühl, einen Mord beobachtet zu haben, und ich konnte nichts tun. Konnte niemanden benachrichtigen, niemand würde darin ein Problem erkennen. Was war eigentlich das Problem? In meinem eigenen Kühlschrank lagen Salami und Kasseler, ich aß selbst jeden Tag von den Frauen, die in dem Raum gehangen hatten.

Ich sah, wie das Messer vom Unterleib bis zum Hals durch einen Körper schnitt, und hörte das Geräusch der Eingeweide, die nass und schwer auf den Boden klatschten. Es klang fast wie mein eigener Körper, der säuerliche Brocken und klumpige Flüssigkeit auf die Platten vor dem Stall spie. Ich war erschöpft. Ich hatte mich übergeben, bis nichts mehr in meinem Körper war, das ich hätte ausspucken können, weder Essen noch Gefühle.

Leos Hand streichelte meinen Kopf, ich atmete tief durch und stützte mich auf seinen Trost. Ich musste an etwas anderes denken und bemerkte, wie Leos warmer Atem auf mir landete. Es war ein schönes Gefühl. Trotzdem verspürte ich einen Anflug von Zorn in mir. Ich wusste, was er für eine Agenda verfolgte. Er wollte uns dazu bringen, sich zu verhalten wie er – kein Fleisch mehr essen, unseren gesamten Alltag verändern. Genau das rief den Widerstand in mir hervor. Er sollte nicht denken, dass er darüber bestimmen konnte, was ich tat und was nicht. Auch wenn ich gerade keine Lust auf Fleisch hatte. Auf Cibus. Auf Mensch.

***

Ich ließ meinen Körper in die Badewanne sinken, das warme Wasser umschloss meine kalten Glieder. Mein Kopf glitt ebenfalls in das Wasser, sodass Haare, Ohren und Hals bedeckt waren. Ohne dass ich etwas tat, schwebten meine Arme nach oben, das Wasser hob mich liebevoll und umarmte mich mit seinem sanften Wesen. Um mich herum stieg Dampf auf, und ich wurde in eine Dimension fern von dieser geführt.

Erst als es an der Tür klopfte, setzte die Zeit wieder ein. Die Ruhe des Wassers war verschwunden, und die Wellen schwappten hastig, als ich aus der Wanne stieg. Es klopfte noch einmal, als ich meinen Bademantel anzog, und ich trocknete schnell meine Füße ab, ehe ich die Tür öffnete.

»Ich habe doch gesagt, du brauchst nicht zu kommen.«

»Natürlich muss ich kommen, wenn du krank bist. Wer kümmert sich denn sonst um dich?« Weiche Lippen trafen auf meine und wischten die Falten aus meinem Gesicht.

»Hier ist es ein bisschen durcheinander«, entschuldigte ich mich, während Andreas die Schuhe auszog.

»Unsinn. Hast du was gegessen?«

Ich saß auf dem Sofa, als Andreas nach Löffeln für die Suppe suchte. Ich betrachtete seine Arme, man erkannte die Muskeln, als er die Schubladen öffnete und schloss. Er hatte darauf bestanden, die Löffel allein zu finden, und ich brachte es nicht übers Herz, ihm zu sagen, dass er sie mit der Reihenfolge, nach der er vorging, in der letzten Schublade entdecken würde. Ich nahm die Deckel von den Take-Away-Schachteln und hob eine an die Nase. Mir wurde klar, dass ich den ganzen Tag nichts gegessen hatte, und ich spürte einen Hunger, von dem ich gar nichts gewusst hatte.

»Hier sind sie!« Triumphierend hielt Andreas zwei Löffel in die Höhe und kam zum Sofa. Als er sich neben mich setzte, wurde mir deutlich bewusst, dass ich nur einen Bademantel trug. Instinktiv schoss meine Hand zur Brust und hielt den Mantel geschlossen, während die andere die Suppenschale balancierte.

»Sie ist noch ziemlich heiß«, sagte Andreas, und ich stellte die Schale wieder auf den Tisch.

»Vielleicht ziehe ich mir besser was an, solange sie abkühlt.«

»Wegen mir musst du das nicht«, sagte er. Ich schüttelte den Kopf und stand auf.

Der Spiegel über dem Waschbecken entlarvte eine dunkle Spur unter meinen Augen. Auf einer Seite war ein schwarzes Rinnsal über meine Wange gelaufen.

»Warum hast du nicht gesagt, dass ich komplett mit Make-up verschmiert bin?«, fragte ich laut in Richtung der offenen Tür zum Wohnzimmer. Ich nahm mir einen Waschlappen, machte ihn nass und begann zu schrubben.

»Ich habe nicht darüber nachgedacht, du siehst trotzdem schön aus.« Plötzlich stand Andreas in der Tür und beobachtete mich. Ich biss mir auf die Innenseite meiner Wangen.

»Iss schon mal was, ich komme gleich.«

»Darf ich nicht hier stehen, solange du das Make-up abwäschst?« Irgendetwas an seiner Anwesenheit beruhigte mich, gab mir ein Gefühl von Sicherheit. Er legte seine Hände um mein Gesicht und musterte es.

»Du siehst müde aus, aber du hast immer noch ein wenig Farbe im Gesicht.« Mit einer Hand befühlte er meine Stirn. »Und Fieber hast du auch nicht, vielleicht bist du morgen wieder gesund.«

Ich schob ihn sanft zur Tür. »Ich bin in zwei Sekunden fertig, okay?« Er küsste mich, und ich spürte, wie mir noch mehr Farbe ins Gesicht stieg.

Der Waschlappen entfernte die dunklen Spuren, und im Spiegel war jetzt ein sauberes Gesicht mit leichten Sommersprossen zu sehen.

»Hast du heute noch gar nichts gegessen?«

»Nein, ich habe geschlafen, seit ich nach Hause gekommen bin. Aber das hat offensichtlich nicht gereicht, ich bin immer noch müde.« Ich schüttelte den Kopf und nahm einen Löffel Suppe.

»So ist es, wenn man krank ist.« Andreas schob mir eine Locke hinter das Ohr. »Aber du musst bald wieder gesund werden, damit ich dich küssen kann, ohne selbst krank zu werden.«

»Ich glaube nicht, dass es ansteckend ist.«

»Hast du deine Tage?«, fragte er mit ernster Miene. Ich musste husten und versuchte, die Suppe in meinem Mund zu behalten.

»Meine kleine Schwester wird dann immer krank und muss sich übergeben.«

»Ich habe nicht meine Tage.«

Er sah mich liebevoll an, und ich wusste nichts mit mir anzufangen. Ich war froh. Jetzt stieg mir der Duft der Suppe in die Nase und ich aß noch einen Löffel davon, um mich auf etwas anderes zu konzentrieren.

»Ist sie gut?«, fragte er.

»Was?«

»Die Suppe.«

»Ja, ich hatte echt Hunger. Sie schmeckt lecker.«

»Es ist eine Kräutersuppe aus Cibusbrühe. Ich wusste nicht, wonach dir war, deshalb war die Kräutersuppe Option A, und die hier …«, er deutete mit dem Löffel auf seine eigene Schale, »… ist Option B. Lauchsuppe mit Cibushack. Bist du zufrieden, oder willst du tauschen?«

Ich nahm den Löffel aus meinem Mund und ließ ihn langsam auf den Boden der Schale sinken. Dann holte ich tief Luft und barg das Gesicht in den Händen, bedeckte meine Augen mit Dunkelheit.

Tiefe Atemzüge. Das metallische Geräusch von Maschinen, die Körper durch den Raum zogen. Das schwere, weiche Klatschen, als die Eingeweide auf den Boden fielen.

»Alles okay?«

***

Sein Körper lag dicht hinter meinem, ein Arm um meinen Bauch, der andere unter meinem Nacken, während die Hand über meine Stirn strich.

»So habe ich mir unser zweites Date eigentlich nicht vorgestellt«, seufzte ich. Er hatte die Löffel gespült und die restliche

Suppe in den Kühlschrank gestellt. Dann hatte ich mich an ihn geschmiegt, und er hatte eine Decke über uns gebreitet.

»Ich finde es total schön«, flüsterte er mit den Lippen an meinem Hals, sodass sich die Härchen aufstellten. »Auch wenn es noch schöner wäre, wenn du gesund wärst. Aber ich kümmere mich gern um dich.« Ich schob mich noch ein Stück näher an ihn, und seine Arme drückten mich sanft.

»Ich mag es auch ziemlich gern«, sagte ich, meine Stimme klang auf einmal geniert und klein.

»Ich mag dich ziemlich gern«, sagte er.

Es pochte bis in die Fingerspitzen. Schmetterlinge schwirrten in meinem Bauch, ich konnte sie vor mir sehen, in bunten Farben und Mustern, die mich von innen kitzelten. Spürte, wie sie in mir herumflogen, mit den Flügeln schlugen und an meiner Innenseite landeten. Wie sie sorglos umherflatterten, in einem Wirrwarr aus Farben tanzten, immer wieder im Kreis um meinen Magen, mit blutigen Flügeln und Menschenfleisch unter sich. Ich spürte das Rumoren in meinem Bauch, stand auf und verschwand im Bad. Ich steckte den Kopf in die Kloschüssel, und mein Magen stieß alles aus, das ich mir eingeflößt hatte. Ich spürte, wie alles durch meinen Hals schoss, aus mir heraussschwallte. Mein Hals brannte, genauso wie meine Augen und mein Gewissen. Ich begriff kaum, was gerade passiert war.

Ich hielt die Hand über den Spülsensor, und die Leichenreste wurden im Wasser herumgewirbelt, ehe sie mit einem gierigen Schluck in dem weißen Porzellanloch verschwanden.

»Du bist wohl doch noch nicht ganz gesund, was?«

Ich setzte mich mit dem Rücken an die Wand und sah auf. In der Eile hatte ich es nicht geschafft, die Tür zu schließen, und jetzt blickte ich auf eine gerunzelte Stirn und ein besorgtes Augenpaar über mir. Andreas ging vor mir in die Hocke und reichte mir ein Glas Wasser. Dankbar trank ich ein paar Schlucke.

»Komm, ich bring dich ins Bett.« Er nahm das Glas mit einer Hand und half mir mit der anderen auf.

Kapitel 14

»Was hast du vor?« Meine Stimme klang verschlafen, und meine Lider fühlten sich schwer an. Ich hielt mir die Hand vors Gesicht, weniger um mich vor der Morgensonne abzuschirmen als mein schläfriges Ich vor Andreas.

»Ich muss zur Arbeit. Wie geht es dir?« Ich zog die Decke über den Kopf, aber so, dass ich noch herausschauen konnte. Andreas stieg gerade in seine Jeans, sein Oberkörper war nackt. Das Licht fiel auf seinen braunen, weichen Bauch, und die Härchen funkelten.

»Mir geht's gut, ich bin müde.« Ich gähnte in meiner Höhle. »Willst du nichts frühstücken? Kaffee?« So etwas musste man eigentlich fragen. In Wahrheit ahnte ich aber nicht einmal, was die Schränke in der Küche bereithielten. Kaffee sollte es noch geben, aber das Frühstück übersprang ich selbst meistens.

»Nein, es ist okay«, sagte der Mund hinter dem T-Shirt, das er sich gerade überstreifte. Er hatte eine widerspenstige Locke an der linken Schläfe, es sah süß aus. »Hast du gut geschlafen?«

Ich nickte. Ich war mir sicher, dass es in den Träumen finster gewesen war, aber jedes Mal, wenn ich aufwachte, hatte er seine Arme schützend um mich gelegt und ich war schnell wieder eingeschlafen.

Andreas setzte sich auf die Bettkante und zog seine Socken an.

»Danke, dass du geblieben bist«, sagte ich.

»Ist doch klar. Du siehst heute frischer aus, du hast wieder mehr Farbe im Gesicht.« Ich zog die Decke näher an mein Morgengesicht. Er steckte seine Hand unter die Decke und befühlte meine Stirn. »Immer noch kein Fieber.«

»Mir geht es auch gut. Musst du jetzt gehen?«

»Ja, muss ich.« Er gab mir einen langen Kuss, und meine Hände schlossen sich um seinen Nacken, zogen ihn zu mir nach unten. Für einen Augenblick glaubte ich, er würde bleiben.

»Bringst du mich zur Tür?« Ich seufzte, legte meine Stirn an seine und nickte.

»Hast du denn gar keine Lust, hierzubleiben?«

»Was ist das denn für eine blöde Frage, nichts würde ich lieber tun.« Er schüttelte den Kopf und küsste mich noch einmal. »Ich muss jetzt gehen, in einer halben Stunde fängt die Arbeit an.«

Er stand vom Bett auf, nahm meine Hand und zog mich mit nach oben. Ich folgte ihm aus dem Schlafzimmer bis zum Eingang. Auf dem Weg tauchte eine Falte auf meiner Stirn auf, als mir klarwurde, dass ich gar nicht wusste, wo er arbeitete.

»Was arbeitest du eigentlich?« Er ließ meine Hand los und zog seine Schuhe an. Ich stand gegen die Wand gelehnt und sah ihm zu.

»Haben wir noch gar nicht darüber geredet, oder bist du einfach eine schlechte Zuhörerin?« Er zwinkerte mir zu und fuhr sich mit der Hand durchs Haar. Die widerspenstige Locke gesellte sich zum Rest seiner wogenden, braunen Haare. »Ist nur ein Teilzeitjob neben der Ausbildung. Ich arbeite in dem Laden unten in der Laugegade, Metzger Brynson? Ich weiß nicht, ob du das kennst.«

Ich reagierte nicht. Seine Hände umfassten meine Taille und zogen meinen Körper an seinen.

»Ich wünschte, ich könnte bleiben, glaub mir.« Er küsste mich, und ich versuchte, den Kuss zu erwidern. Seine Lippen berührten meinen Hals, während seine Arme mich dichter an ihn pressten, und er vergrub sein Gesicht in meinen Haaren. Ganz automatisch schlang ich meine Arme um ihn, und ich lehnte meinen Kopf an seine Brust. »Ich schreibe oder rufe dich an, okay?« Er gab mir einen Kuss auf die Stirn und ging aus der Tür.

»Bis dann, Hannah.«

»Bis dann.« Mit leerem Blick sah ich zur Treppe. Für einen Moment blieb ich so stehen, dann schloss ich die Tür.

***

»Victor war heute nicht im Kindergarten, deshalb habe ich mit Sara und William gespielt. Wir haben Gärtner gespielt, so wie Saras Mama und Papa. Da muss man sich um die Blumen kümmern, das ist sehr schwer.«

»Ist es. Man muss sich anstrengen, um Pflanzen am Leben zu halten. Klingt nach einem lustigen Spiel.« Agnes hielt meine Hand, während wir durch den Park gingen. Es wurde immer lauter, je näher wir dem Spielplatz kamen.

»Es hat auch Spaß gemacht, aber ich spiele lieber mit Victor. Ich besuche ihn am Wochenende, stimmt's Mama?«

»Wir sehen mal, Schatz.«

»Ich besuche ihn, und vielleicht dürfen wir dann mit Olivias Springseil im Garten spielen.« Agnes sprang im Hopserlauf.

»Wer ist Olivia?«, fragte ich.

»Victors große Schwester, sie hat vier Springseile!«

»Das sind aber viele.« Ich drückte ihre Hand. Am Himmel standen ein paar dünne Wolken, es war einer der schöneren Tage. Rund um uns war alles ruhig, so als hätten die Kinder die ganze Energie der Welt in sich aufgesaugt. Die Erwachsenen auf dem Spielplatz schauten auf ihre Handys, zum Himmel oder zu den Kindern.

»Darf ich dahinlaufen?« Agnes blickte mich aus großen Augen an. Der Spielplatz hatte eine unendliche Anziehungskraft auf sie.

»Ja, darfst du, guck nur, wo du hinläufst.« Ich ließ ihre Hand los.

»Pass bitte auf, Agnes!«, rief Emmy ihr nach. Das Kind bewegte sich schneller, als man es bei den kurzen Beinen vermutet hätte. Für einen Augenblick verlangsamte Agnes das Tempo, als zögerte sie. Sie musste sich entscheiden, Rutsche oder Klettergerüst. Schon war der Moment vorbei, und die kleinen Locken bogen nach links Richtung Klettergerüst.

Ich steuerte auf die Bänke am Spielplatz zu, auf die wir uns immer setzten, aber Emmy blieb stehen, die Augen fest auf Agnes gerichtet. Ich sah zwischen den beiden hin und her – Agnes wandte sich wie immer direkt an die älteren Kinder, die sie oft bei ihren Spielen mitmachen ließen.

»Wollen wir uns hinsetzen?« Ich schielte zu Emmy, die erst einen Moment später reagierte.

»Äh, ja. Klar, gerne.« Sie folgte mir bis zu einer leeren Bank, ihr Blick flackerte die ganze Zeit zwischen Agnes und mir hin und her.

»Stimmt etwas nicht?« Ich setzte mich.

»Nein, alles in Ordnung. Warum fragst du?« Emmy lächelte steif und setzte sich neben mich, das Gesicht in Richtung Klettergerüst gedreht.

»Einfach so.« Ich folgte ihrem Blick zu Agnes, die versuchte, kopfüber zu hängen wie die anderen Kinder. Sie schaffte es, sich mit den Armen an der Stange festzuhalten, dann warf sie den Kopf zurück und schwang die Beine in die Luft. Ein Junge griff ihren Fuß und half ihr weiter nach oben, während ihr Gesicht strahlte.

»Aber irgendetwas stimmt doch nicht«, beharrte ich.

»Nein.«

»Ich sehe es dir aber an«, sagte ich lächelnd. »Du bist hoffentlich nicht sauer wegen irgendetwas?«

»Ich bin nicht sauer! Musst du dich in alles einmischen?« Emmy wischte sich mit der Hand über die Stirn und den Nacken.

Ich schwieg und lehnte mich ein Stück auf der Bank zurück, sodass meine Füße in der Luft hingen. Neben mir erklang ein tiefes Seufzen.

»Wie war euer Ausflug?«, fragte Emmy mit steinerner Miene.

Ich musste schlucken.

»Super.«

Emmy nickte teilnahmslos.

Ich steckte die Hand in ihre Tasche und suchte nach den Müsliriegeln, die sie immer dabeihatte.

»Mittlere Tasche vorne.« Ich blickte zu ihr, kramte mit der Hand weiter und ertastete schnell die Verpackung.

»Danke.«

»Also ist keiner abgehauen oder hat sich verlaufen?«, fragte Emmy, und ich wandte schnell den Blick ab. Ich räusperte mich, bevor ich antwortete.

»Nein, gar nicht, alle haben sich gut benommen. Alles war unter Kontrolle.«

»Schön.« Dann drehte sie den Kopf zu mir. Mein Hals fühlte sich trocken an. Es gelang mir, all meine Gedanken weg von dem Ort zu führen, an dem ich zufällig gelandet war, und spürte stattdessen ein angenehmes Kribbeln über die Art, wie Emmy mich ansah.

»Das sage ich doch immer, du kannst gut mit Kindern. Ich finde wirklich, du solltest dir überlegen, Lehrerin zu werden«, sagte sie und sah wieder zu Agnes, die jetzt eine Sandburg vor der Rutsche baute.

»Mhm«, murmelte ich zur Antwort und beobachtete, wie Agnes' Hände den Sand zusammendrückten, damit die Burg hielt und eine glatte Oberfläche bekam. Geduldig klatschte sie auf den Sand, wobei jedes Mal einige Körner an den Seiten hinabrieselten. Mit ihren großen Augen hielt sie nach irgendetwas im Sand Ausschau und entdeckte es ein Stück weiter entfernt. Sie sammelte den kleinen Ast auf, der den Ehrenplatz auf dem höchsten und einzigen Turm der Burg erhielt. Dann stand sie auf, begutachtete ihr Kunstwerk und klopfte sich die Hände an der Hose ab, sodass der Sand wie glitzernder Schnee vor der Burg hinabfiel.

Ich hatte Lust, Emmy von Andreas zu erzählen, von all dem Schönen, von meiner Verwirrung, womöglich würde Emmys Vernunft auf mich abstrahlen. Wenn sie mein Dilemma überhaupt verstand, das war die erste Hürde. Ich zog die Beine auf die Bank und öffnete den Müsliriegel. Hafer und Rosinen, natürlich war er gesund. Ich biss ein Stück ab und kaute lange daran. Emmy löste das Haargummi aus ihrem Pferdeschwanz, schüttelte die Haare und band sie zu exakt derselben Frisur wieder zusammen.

Ein Mann mit Vollbart ging an uns vorbei, er hielt ein Mädchen an der Hand, das stolperte, als sie auf unserer Höhe waren. Ich lächelte die beiden an, aber Emmy blickte sie nur ausdruckslos an.

»Mama, guck mal, was ich gebaut habe!«, rief Agnes und rannte auf uns zu. Endlich zeigte sich eine Reaktion in Emmys Gesicht, bevor sie den kleinen Körper auffing, der sich in ihre Arme warf. Agnes deutete auf die Sandburg. »Ist sie nicht toll geworden?«

»Sie ist superschön geworden, mein Schatz, ich habe gesehen, wie du sie gebaut hast. Wer wohnt da drin?«

Agnes sah kurz zu der Burg.

»Die Hunde und die Schweine.«

»Nicht schlecht, da hast du ihnen aber ein schönes Zuhause gebaut!«, sagte ich.

Agnes' stolzer Blick wanderte zu meiner Hand.

»Magst du abbeißen?«

»Ja, und dann gehe ich rutschen.« Ich lachte und gab ihr den Müsliriegel, von dem sie ein großes Stück abbiss. Sie kaute und rannte los in Richtung Rutsche.

»Kau erst fertig!«, rief Emmy und stand auf. Agnes blieb stehen und sah ihre Mutter an, während sie kaute. Ihr ganzer Kopf bewegte sich im Takt der Kiefer auf und ab. Dann öffnete sie den Mund und streckte die Zunge heraus, um uns ihren leeren, hellroten Mund zu präsentieren.

»Ihr müsst zugucken, wie ich rutsche!« Agnes rannte weiter bis zur Rutsche und verschwand auf den Treppenstufen dahinter.

»Du kannst dich ruhig wieder setzen«, sagte ich zu Emmy. Sie setzte sich neben mich, und unsere Blicke richteten sich auf Agnes, die gleich die Spitze erreicht hatte. Sie nahm oben auf dem glänzenden Metall Platz und blickte zu uns, um zu sehen, ob wir auch hinschauten. Dann wandte sie ihren Blick auf den Sandhaufen, den sie so geduldig aufgeschichtet hatte, und ein rebellischer Ausdruck stieg in ihre Augen. Da stieß sie sich über die Kante, und der kleine Körper schoss direkt in die Sandburg. Sand flog über ihre Beine, und ihre weißen Zähne blitzten auf, als sie mit einem jubelnden Lachen aufsprang.

»Das waren die Tiere«, sagte ich.

»Ich rutsche nochmal!«, rief Agnes, klopfte sich den Sand von den Händen und lief wieder zur Treppe.

Auf einmal krachte es metallisch hinter der Bank, und unsere Köpfe drehten sich synchron in Richtung des Geräuschs um. Ein kleiner Junge hielt den Lenker eines Fahrrads, das jetzt unter einem Haufen anderer Räder begraben lag. Er schaute zu seinem Bein, wo eines der vielen Fahrräder seine Haut aufgeschrammt hatte. Ich stand schnell auf und ging zu ihm, Emmy folgte mir kurz darauf.

»Ist alles in Ordnung?«, fragte ich den Jungen.

»Ich wollte nur mein Fahrrad holen …«, sagte er leise.

»Wow, ist das dein Fahrrad? Das ist echt cool!« Ich zeigte auf das Fahrrad, das unter den anderen lag. Emmy fing an, die anderen Räder nacheinander wieder aufzustellen. Es war beeindruckend, dass sich Fahrradlenker und Pedale ineinander verheddern konnten wie eine Halskette in der Hosentasche.

»Es tut weh …«

»Dein Bein? Du hast zwar einen Kratzer abbekommen, aber zum Glück keinen schlimmen. Guck mal, es blutet nicht!« Ich versuchte, fröhlich zu klingen.

»Storm, ist alles in Ordnung?« Eine Frau kam angerannt und setzte sich neben den Jungen in die Hocke.

»Er hat sich vor allem erschreckt, oder, Storm?«, fragte ich. Storm nickte und ließ sich von der Frau umarmen.

»So, und dein Fahrrad haben wir auch befreit.« Emmy hob das letzte Rad hoch. Ich sah sie an, aber sie wirkte abwesend. In der Regel handelte sie immer schnell, reagierte, brachte Dinge in Ordnung, aber jetzt stand sie im Hintergrund und rührte sich kaum.

»Danke fürs helfen.« Die Frau lächelte, und wir gingen zurück zur Bank, wo Emmys Tasche noch immer lag. Ich setzte mich, während sie über den Spielplatz schaute.

»Wo ist Agnes?« Der Spielplatz sah aus wie zuvor, ein Zwillingspaar setzte sich auf die Rutsche, wo vor einem Augenblick noch Agnes gewesen war.

»Sie klettert bestimmt die Treppen nach oben, um nochmal zu rutschen …«

»AGNES!« Emmy lief laut rufend zur Rutsche. Ich blickte mich um, die Gesichter im Park drehten sich zu Emmy. »AGNES!«

Ich wich den Blicken der Leute aus, als ich um den Sandkasten lief und nach Agnes suchte. Es war ein Moment vergangen, und normalerweise reagierte Emmy nicht auf diese Art. In meinem Bauch zog es, und ich suchte immer verzweifelter, je lauter Emmy nach ihrer Tochter rief.

»AGNES!« Ihre Stimme bebte.

»Agnes?« Jetzt rief ich auch nach ihr, es fühlte sich unnötig an – sie musste doch gleich hier sein? -, aber gleichzeitig konnte ich nicht anders, als Emmy hinterherzulaufen.

Unter der Rutsche buken drei Kinder gerade Sandkuchen, und sie blickten Emmy erschrocken an. Ich nahm mir die andere Seite vor, wir mussten ein größeres Gebiet absuchen. Eltern sahen uns hinterher, beäugten uns neugierig mit gerunzelter Stirn, manche wurden unruhig.

Vier Kinder saßen auf einer Wippe, zwei größere und zwei kleinere, gleichmäßig verteilt, aber ihr Lachen von vorhin war verstummt. Jetzt blickten sie sich um, während die Wippe sich noch immer auf und ab bewegte.

Ich lief schneller, hielt Ausschau nach kleinen Kindern, einer bestimmten Körpergröße, ihren Locken, ich lauschte nach ihrem ansteckenden Lachen, aber hörte nichts wegen der verzweifelten Rufe, die Emmy und ich ausstießen.

Ich bekam Blickkontakt zu einem jungen Kerl, der zu alt dafür war, um sich auf einem Spielplatz herumzutreiben. Er wandte den Blick nervös von mir ab, als würde ich ihn verunsichern. Also ging ich direkt auf ihn zu, doch da hakte sich ein Mädchen in seinem Alter bei ihm ein, und sie folgten einem der Wege, der weg vom Spielplatz führte. Ein junges Paar, Teenager, was sollten sie mit einem vierjährigen Kind? Was sollte irgendwer mit einem vierjährigen Kind anfangen?

»AGNES!« Emmys verzweifelte Rufe drangen aus der Ferne zu mir, ihre Stimme war nicht mehr gut zu hören. Ich wollte sie am liebsten umarmen und gleichzeitig erst wieder zu ihr gehen, wenn ich Agnes gefunden hatte.

Ein lautes Lachen vom Klettergerüst neben dem Sandkasten erregte meine Aufmerksamkeit. Die Kinder, mit denen Agnes am Anfang gespielt hatte, hatten Emmys Rufen nicht bemerkt, sie lief immer weiter in die entgegengesetzte Richtung. Zwischen den größeren Köpfen entdeckte ich den kleinen, gelockten Kopf, den ich so unfassbar liebhatte.

»Agnes, deine Mama ruft, hast du sie nicht gehört?«

»Wir klettern nur …«

»Komm, wir gehen zu Mama.« Ich nahm sie an der Hand und spürte einen Kloß in meinem Hals. Es waren nur ein paar Augenblicke vergangen, Agnes war nicht einmal richtig verschwunden gewesen, und trotzdem nahm es mich mehr mit als damals, als sie sich bei einem Einkauf absichtlich vor mir versteckt hatte. Es war nicht Agnes' kurzes Verschwinden, sondern Emmys Panik, die mich so erschreckte.

»Emmy!« Jetzt rief ich nach ihr, die Mienen rund um uns schienen gleichgültig. Sie bewegte sich schnell und unsicher zwischen den Bänken hindurch in Richtung Springbrunnen.

»Mama!«, rief Agnes, ließ meine Hand los und rannte zu ihr. Emmy war kreidebleich, als sie sich umdrehte. Sie fiel auf die Knie, drückte Agnes an sich, und Tränen kullerten über ihre Wangen. Wieder wandten sich die Blicke der Leute auf Emmy, aber sie reagierte nicht. Ich ging neben ihr in die Hocke und legte ihr eine Hand auf den Rücken.

»Olivia ist weg«, wisperte sie. »Victors Schwester. Sie ist weg.«

»Weg?« Meine Stimme war genauso leise wie ihre. »Wie in … entführt?«

Emmy nickte und wischte sich hastig die Tränen aus dem Gesicht.

»Bist du traurig, Mama?« Agnes wand sich, um aus Emmys Umarmung freizukommen, aber sie hielt sie noch immer eng an sich gepresst.

»Nein, mein Schatz, ich habe mich nur erschreckt.« Sie streichelte Agnes über den Kopf, blinzelte schnell und ließ eine letzte Träne über die blasse Wange laufen.

Kapitel 15

Es klopfte an die halboffene Tür zum Büro. Benedicte drehte sich zur Tür, in der Leo stand, und ihre Lippen formten sich zu einem breiten Lächeln auf ihrem schmalen Gesicht. Schnell richtete ich meinen Blick auf den Computerbildschirm, atmete tief ein und trank einen Schluck Kaffee. Wenn ich nicht aufschaute, war es, als wäre ich kein Teil davon.

»Guten Morgen, Benedicte, ist heute nicht wieder ein herrliches Wetter?«

»Absolut, es könnte nicht besser sein«, flötete Benedicte eine Oktave höher, als sie sonst redete. »Und auch dir einen guten Morgen, Leonardo.« Ich hielt meine Augen weiter auf den Bildschirm und hob die Kaffeetasse bis zur Nase, damit ich die Energie daraus riechen konnte und damit der Dampf mein Gesicht benetzte.

»Ah, du bist auch hier.« Ich hörte Leos Lächeln. »Guten Morgen, Hannah.« Ich murmelte eine Antwort, ohne aufzusehen.

»Benedicte, Eva Ravn braucht deine Hilfe in ihrem Büro. Es ging um irgendeinen Anhang, aber ich fürchte, ich habe nicht ganz mitbekommen, was es war.«

»Darüber brauchst du dir keine Sorgen zu machen, habe alles hier notiert.« Sie riss einen lila Klebezettel von ihrem Schreibtisch und stand auf. »Musst du zufällig in die gleiche Richtung?« Mit ihren langen Fingern zupfte sie den Haarknoten in ihrem Nacken zurecht. Ich rollte mit den Augen.

»Eigentlich wollte ich kurz mit Hannah über den Ausflug letzte Woche sprechen, aber wir sehen uns bestimmt später.« Leo lächelte breit.

»Das tun wir bestimmt.« Noch nie hatte ich sie rot werden sehen. Benedicte fasste sich selbst an die Wange, als wäre ihr diese offensichtliche körperliche Reaktion bewusst und verließ das Büro.

»Wie geht es dir denn heute?«, fragte Leo. »Ich habe ein paar Mal versucht, dich zu erreichen.« Eilig setzte ich eine besorgte Miene auf.

»Ich habe gesehen, dass du angerufen hast, es war nur so viel los. Tut mir leid«, antwortete ich und nahm einen weiteren Schluck schwarzen Kaffee. Bis jetzt hatte ich es nicht geschafft, mehr als absolut nötig über den Schlachthof und Leo nachzudenken.

»Du Arme«, sagte er. »Was hattest du denn zu tun?«

»Ein bisschen was von allem.« Ich wandte mich wieder dem Bildschirm zu. Je länger er mich ansah, desto schlimmer wurde das Ziehen in meinem Bauch. Das Unbehagen über das, was er mir zeigen wollte, machte es schwer für mich, im gleichen Raum mit ihm zu sein.

Er stand noch immer in der Tür. »Ich weiß, dass das am Freitag eine heftige Sache war, und auch, dass es kein schöner Anblick gewesen ist. Aber ich hoffe trotzdem, dass es einen Eindruck bei dir hinterlassen hat.«

Das Ziehen wurde schlimmer, und ich spürte, wie Verärgerung in mir aufstieg. Als ob er eine größere moralische Wahrheit kannte, eine Offenbarung, die er weitergeben wollte. Als wären wir anderen primitiver und unwissender als er. Als dürfte er bestimmen, was wir zu sehen bekamen und wie wir reagierten.

»Es war interessant, auf jeden Fall. Es ist immer gut, eine Sache aus mehreren Perspektiven zu betrachten«, erwiderte ich.

»Das ist es«, stimmte er zu.

»Am Freitag war mein Freund bei mir«, sagte ich und spürte die Hitze in meinen Wangen wegen der Wortwahl. Ich räusperte mich. »Er ist Metzger, und er sieht diese Welt ein bisschen anders. Wie gesagt, mehrere Perspektiven sind immer gut.«

»Ein Metzger?«, stutzte Leo. Sein Gesichtsausdruck veränderte sich.

Ich nickte. Er öffnete den Mund, aber ich redete schneller als er. »Es geht doch nur darum, dafür zu sorgen, dass sie ein gutes Leben haben, solange sie hier sind. Im Grunde sind Cibus zu diesem Zweck erschaffen worden, sie sind Lebensmittel. Ist das nicht die Bedeutung ihres Namens? Homo Cibus – Essensmenschen.«

Je länger ich redete, desto tiefer wurde der Rotton in Leos Gesicht, und deshalb machte ich weiter. Der ansonsten so beherrschte, ruhige Mann biss die Zähne aufeinander, während seine Augenbrauen in die Höhe fuhren.

»Genauso wenig sollten wir vergessen, wie gut es ist, dass andere sich mit Leib und Seele dafür einsetzen, dass wir etwas zu Essen auf dem Tisch haben. Menschen sind Fleischfresser, Carnivoren, und das ist lediglich ein natürlicher Schritt der Evolution – stimmt das etwa nicht?« Ich spürte mein Herz pochen und sah gleichzeitig, wie sich Leos Brust immer schneller hob und senkte.

»Nein, das ist nicht richtig«, widersprach er barsch.

»Doch, ist es«, fuhr ich fort. Irgendetwas an seiner Reaktion ließ mich weitermachen. »Nicht zu vergessen, dass eine riesige Industrie dahintersteht. Wenn man die stilllegen würde, wie viele Menschen würden dann ihren Job verlieren, ihr Einkommen? Die Cibus kennen nichts anderes, sie wissen nicht, was sie verpassen oder wie unsere Welt funktioniert.«

»Das rechtfertigt nichts.« Die Lautstärke seiner Stimme war gestiegen, und ich bemerkte, wie mein Körper auf dem Stuhl ein wenig in sich zusammensank.

»Es gibt nichts zu rechtfertigen.« Ich ahnte nicht, woher diese Worte kamen, aber sie flogen aus meinem Mund, bevor ich sie zurückhalten konnte. Ich hatte keine Ahnung, was ich da sagte, aber ich sah das Unbehagen, das Leo empfand. Er holte tief Luft. Dann noch einmal.

»Du triffst dich einfach mit einem Schlachter«, sagte er langsam. Ich nickte trotzig. »Dazu bist du wirklich in der Lage? Selbst nach allem, was du am Freitag gesehen hast? Nachdem du mit all den *Leichen* um dich konfrontiert warst? Toten Mädchen. Kindern. Du nennst sie immer noch Produkte?« Seine finsteren Augen bildeten einen Kontrast zu seiner ruhigen Stimme, die er wieder unter Kontrolle bekommen hatte.

Ich biss mir selbst in die Wangen, meine eigenen Worte besorgten mich, und Leos Reaktion hatte mich erschreckt. Wir starrten uns einen langen Moment an, bevor Benedicte in der Tür auftauchte.

»Na, bist du immer noch hier?«, fragte sie lächelnd. Doch ihr Lächeln erstarb im selben Moment, in dem Leo sich zu ihr umdrehte und hastig aus der Tür verschwand.

»Was hast du jetzt wieder gemacht, Hannah?«

***

Die Schülerinnen und Schüler verteilten sich gleichmäßig über den gesamten Schulhof, und der Überblick über diese asphaltierte Savanne war bald verloren. Die Luft war kalt. Gierig sog ich sie ein, um den zornigen Dampf in mir herunterzukühlen. Es half.

Ich ging vor den Schulgebäuden auf und ab, um alles im Blick zu behalten, aber dort, wo Sonne schien, blieb ich länger stehen. Auf beiden Fußballfeldern wurde gespielt, eine größere Gruppe Sechstklässler hatte die Schaukeln übernommen, und auf der

Rutsche wurde gleichzeitig gerutscht und geklettert. Drei Schülerinnen sangen und hüpften über ihre selbstgemalten Kästchen.

Ein weißer Lieferwagen hielt vor den Mädchen. Ich hielt inne, aber mein Herz schlug schneller.

Ein Mann mit Baseballkappe stieg aus der Schiebetür des Wagens und ließ sie offen. Jetzt lächelte er die drei an, die immer noch hüpften, aber ein anderes Lied sangen. Er lehnte sich über den Zaun, der zwischen ihm und den Kindern stand. Im selben Moment setzte ich mich in Bewegung. Noch immer stand die Schiebetür des Wagens offen, es wäre ein Leichtes, jemanden hineinzustoßen. Ich wollte nicht daran denken, aber die Warnungen aus den Nachrichten und Emmys bleiches Gesicht stiegen wie Galle in mir hoch.

Nun sprach der Kerl mit ihnen, sie unterbrachen ihr Singspiel, und eines der Mädchen, Nia, trat näher. Sie blickte sich suchend um, meine Beine schmerzten vom schnellen Gehen, ich zwang mich dazu, nicht zu rennen. Ich lächelte Nia zu, als sie mich entdeckte, ich wusste, dass meine Augen tränten. Nia deutete in meine Richtung, als sie dem Mann mit der Kappe antwortete, und er ging einen Schritt vom Zaun zurück. Es kratzte in meinen Lungen, als ich dort ankam.

»Kann ich Ihnen irgendwie helfen?«, keuchte ich und stellte mich zwischen den Mann und die Kinder, die schon wieder mitten in ihrem Hüpfspiel waren. Der Mann blinzelte verwirrt.

»Ich habe die Kinder nur gefragt, ob ein Erwachsener in der Nähe ist.« Er kratzte sich die Stirn unter der Kappe. »In der Kantine soll irgendein Kühlschrank kaputt sein?«

Seufzend sah ich mich auf dem Schulhof um, wo alles umhertobte wie gewohnt. Der Mann wich einen weiteren Schritt zurück und wandte den Blick vom Schulhof ab. Ich bekam das Gefühl, mich entschuldigen zu müssen.

»Sind Sie allein?«, fragte ich.

»Ja, bin ich.«

»Kommen Sie, ich bringe Sie hin.«

Ich wartete, bis er den Wagen abschloss und brachte ihn dann zum Eingang.

»Pieter! Zeigst du diesem Mann den Weg zur Kantine. Da ist ein Kühlschrank kaputt.«

»Na, aber sicher doch. Tach, ich bin Pieter.« Die beiden gaben sich die Hand und machten sich auf den Weg Richtung Kantine. Ich atmete erleichtert auf, als sie verschwunden waren, und stellte mich wieder nach draußen, von wo aus ich den Lieferwagen im Blick hatte. Ein Schweißtropfen rann meinen Rücken hinab.

Kapitel 16

Ein Dialogfenster ploppte auf meinem Bildschirm auf, Leo hatte mir noch eine Mail geschickt. Ganz automatisch bewegte ich die Maus zu dem Fenster, um es zu öffnen, aber ich zögerte, darauf zu klicken. Ich hatte keine Lust, mit ihm zu sprechen. Für einen Moment hatte ich die Welt aus seinen Augen gesehen, und das hatte mir gereicht. Es machte alles schwerer. Andreas' unbeantwortete Anrufe prangten noch immer als rote Meldungen auf meinem Handydisplay. Ich seufzte. Wieso konnte er nicht einfach Schreiner sein?

Es galt entweder oder. Entweder öffnete ich die Mail und bekam noch mehr Schauriges zu sehen, Magenschmerzen, ein schlechtes Gewissen, und dann würde ich Andreas bestimmt nicht mehr treffen können. Oder ich rief Andreas zurück und sah, was daraus werden konnte. Beim Gedanken an Andreas' Arme spürte ich ein Ziehen in den Wangen, und ich wusste, dass er nichts Bösartiges in sich trug. Immerhin hatte er mir Suppe gebracht.

***

Andreas' Hand lag auf meinem Oberschenkel, die andere in meinem Nacken. Mein Herz pochte heftig, und ich merkte, dass meine Atmung ganz schwer geworden war. Jedes Ausatmen war ein Ja zu seinen Händen auf meinem Körper, seinen Lippen auf meinen, seinem Gewicht auf mir.

Er hatte die Tür in einer grauen Jogginghose und mit verstrubbelten Haaren geöffnet, und aus dem Begrüßungskuss wurden schnell mehrere Küsse, dann wandernde Hände, dann ein weiches Sofa unter uns. Ich hatte keine Lust zu reden, ich hatte nur Lust auf ihn. Er war so verdammt süß.

Seine Lippen lösten sich von meinen, küssten an meinem Hals entlang nach unten bis zu meiner Brust. Heißer Atem strömte gegen meinen Körper.

Dann näherte sich sein Mund meinem Ohr, er sprach mit einer tieferen Stimme als sonst.

»Hast du Lust?«

»Mhm«, antwortete ich. Es klang wie ein Stöhnen, vielleicht war es das.

»Sag mir, dass du es willst.« Mir wurde warm von seinen Worten, es kribbelte in mir, seine Hand wanderte an der Innenseite meines Schenkels immer weiter nach oben.

»Ich will dich.«

»Gut – denn ich habe so unfassbare Lust auf dich.« Er sah mir in die Augen, während seine Hand unter meine Hose fuhr. Ich wusste, dass er spüren konnte, wie sehr ich ihn wollte. Er kniete sich auf und streifte mir behutsam die Hose herunter, während er meinen Körper betrachtete.

Statt sich zu mir zu gesellen, stand er vom Sofa auf und zog mich mit sich.

»Komm.«

Wir setzten unsere Küsse und Berührungen auf dem Weg ins Schlafzimmer fort. Er schob mich gegen die Wand und küsste mich gierig. Ich presste mich gegen ihn, sodass ich seinen Körper spürte, spürte, dass er mich genauso wollte. Ich zog mein Oberteil aus, ließ es auf den Fußboden fallen. Meine Lippen pochten, als er mich aufs Bett stieß und selbst sein Shirt abstreifte. Sogar seine Haut an meiner fühlte sich hungrig an, meine Hände suchten nach dem Bund seiner Hose. Der Stoff verschwand, aber unsere Körper fanden sich.

»Oh, ich habe mir das hier so oft vorgestellt«, flüsterte er an meinem Hals, ehe er seine Hand wieder zwischen meine Beine bewegte. Seine Finger berührten mich sanft, und ich keuchte auf.

»Was?«, fragte ich. Er sollte weitersprechen, ich wollte seine Stimme hören, während er mich anfasste.

»Wie es sich anfühlt, in dich einzudringen.«

Er zog die Hand zurück und schob sich zwischen meine Beine.

»Wie du schmeckst.« Er leckte um meine Brustwarzen, die in seinem Mund hart wurden.

»Psst«, flüsterte ich und hielt eine Hand vor seinen Mund. In meinem Kopf tauchten plötzlich Frauen auf Tellern auf. Wieder näherte sich Andreas meinen Lippen, und ich versuchte erfolglos, einen gemeinsamen Takt mit ihm zu finden. Wir wechselten unsere Stellung, sodass er sich hinter mir befand. Das half.

Seine Hand um meine Brust ließ mich wieder an die Frauen in den Boxen denken, an ihre nackten Brüste. Ich erinnerte mich, wie sie an den Beinen von der Decke hingen, nachdem sie umgebracht worden waren. Wie das Messer ihre Körper in der Mitte entzweigeteilt hatte, eine Brust auf jeder Seite. Er stieß hart zu, stöhnte. Ich biss die Zähne zusammen, während er mit seinen Händen meinen Körper hinabfuhr. Wie viele Leichen sie wohl schon berührt hatten? Wie er wohl einen Körper festhielt, wenn er ihn zerteilte?

Sein Bauch schob sich gegen meinen Rücken. Ich sah ihn ein großes Messer an einen Körper wie meinen halten, sah, wie Blut emporspritzte und auf ihm landete. Ich sah den Metzger mit den Gummihandschuhen und dem Blut im Gesicht. Als ein Schweißtropfen meinen Körper hinabkullerte, wurde er plötzlich rot und klebrig. Ich atmete immer schneller. Er drückte mein Gesicht auf die Seite und suchte wieder nach meinem Mund, aber ich konnte mich ihm nicht zuwenden.

»Alles okay mit dir?«, fragte er hinter mir und hielt für einen Moment inne.

»Mach weiter.« Ich krallte mich in das Kissen unter mir, konnte mich auf nichts anderes konzentrieren als meine weißen Fingerknöchel. Er beugte sich mit dem Oberkörper auf meinen Rücken und küsste meine Wirbelsäule entlang. Mit einem Mal kam er mir fremd vor. Ich versuchte, mich mit ihm zu bewegen, aber es gelang mir nicht. Ich sah auf meine Fingerknöchel, ließ ihn den Takt vorgeben und versuchte, an nichts zu denken. Ich wartete, während seine Hände mich liebkosten, während seine Lippen sich über meinen Körper küssten, während er das genoss, was wir beide genießen sollten.

Eine Hand streichelte mir über den Rücken und hinab bis zur Hüfte. Vielleicht hatte er getötet. Mein Körper bebte bei der Berührung, und das brachte ihn dazu, schneller zu werden. Seine Hände umfassten meine Hüfte, und ich wusste, dass es bald vorbei war. *Komm endlich.*

Er kam.

»Mhm, fuck«, stöhnte er mich an. Er küsste meinen Rücken, während er sich aus mir zurückzog. Dann legte er die Stirn an meine Lende, und ich spürte, dass er den Kopf schüttelte. »Gib mir zwei Sekunden. Wow.«

Er setzte sich auf die Bettkante und zog das Kondom ab. Schnell kroch ich unter die Decke.

Dann drehte er sich wieder zu mir, küsste meine Stirn und legte sich neben mich. »Du bist so schön, weißt du das?«

Ich blickte in seine sanften, braunen Augen. Sein Lächeln nahm das ganze Gesicht ein, die Grübchen waren das Sahnehäubchen auf seinem Gesicht. Behutsam strich er mir mit der Hand über die Wange und stoppte an meinem Kinn.

»Du bist so still. War es nicht gut? Stimmt etwas nicht?« Sein Lächeln verblasste, während mein eigenes wie auf Kommando wuchs.

»Nein, alles gut. Es war toll.«

»Genierst du dich jetzt?«, fragte er, und sein Lächeln wurde wieder breiter.

»Vielleicht.« Es war eine gute Vermutung, und ich übernahm sie gern.

»Du bist so süß. Komm her.« Er machte Platz, damit ich mich an seine Brust schmiegen konnte und legte einen Arm um mich. Er küsste meine Haare. Hatte er etwas falsch gemacht? Ich wusste es nicht. Er war sorgsam und liebevoll, und er hatte gefragt, ob es in Ordnung war. Ob mit mir alles in Ordnung war. Ich wollte ihn, ich wollte ihn wirklich, und gleichzeitig wollte ich ihn nicht. Überhaupt nicht. Ich wollte seine Hände nicht auf mir spüren. Konnte an nichts anderes mehr denken, als an das, was er mit diesen Händen getan haben, wenn er mit ihnen zerteilt haben musste.

»Ich mag dich wirklich«, sagte er leise über meinem Kopf.

»Tust du das?«

»Sehr.« Er drückte mich an seinen eigenen, nackten Körper – es fühlte sich sicher an, und gleichzeitig war genau er es, der mir ein Gefühl der Unsicherheit bescherte.

Kapitel 17

»Dann hast du also schon davon gehört?«, fragte Benedicte und klimperte ein paar Mal zu oft mit den Augen, ihre Wimpern flatterten auf und ab. Sie kam mit Leo ins Lehrerzimmer, die beiden setzten sich an einen Tisch direkt vor mir. Zwar fokussierte ich mich auf das Display in meinen Händen, aber ich hatte bereits vergessen, was ich eigentlich vorgehabt hatte.

»Ja, habe ich«, antwortete Leo.

»Es klingt interessant, finde ich. Immerhin ist es ein Klassiker, eines der Stücke, die man nur einmal im Leben sieht. Livemusik und das ganze Programm. Und das Theater an sich ist ja schon ein Erlebnis. Es ist so faszinierend. Du gehst gern ins Theater, nicht wahr?«

»Gehe ich«, antwortete er.

»Nächste Woche ist Premiere.«

»Okay, okay.«

Ihre Stimme war anders als gewöhnlich, höher, sie sang mehr. Ich überkreuzte die Beine, setzte mich auf dem Stuhl zurecht und achtete darauf, nicht zu sehr in ihre Richtung zu schauen.

»Ja, als ich jünger war, habe ich selbst davon geträumt, Schauspielerin zu werden. Ein alberner Traum, das weiß ich natürlich, aber trotzdem … Naja, so ist es eben, wenn man jung und naiv ist«, sagte sie lachend. Leo nickte. Ich sah mich im Raum nach einer Ablenkung um, es kam mir übergriffig vor, ihr Gespräch zu belauschen.

»So ist es mit vielen Dingen«, sagte Leo. Benedicte schüttelte den Kopf über sich selbst und neigte ihren Kopf leicht zur Seite, als sie Leo ansah.

»Ich dachte, ich sehe mir die Premiere an«, sagte Benedicte.

»Das klingt nett.«

»Sowas sollte man aber in guter Gesellschaft tun«, versuchte sie es weiter, den Kopf noch immer leicht schief.

»Es ist auf jeden Fall eine gute Idee.« Entweder begriff er ihre Andeutungen nicht, oder er tat einfach so, als gäbe es sie nicht. Es war ziemlich unfair ihr gegenüber, und ich ärgerte mich.

»Bleibt nur abzuwarten, ob man so jemanden finden kann.« Ihre ansonsten blassen Wangen wurden hellrot.

»Ich bin mir sicher, du kannst das«, erwiderte Leo mit einem Lächeln.

Benedicte wandte den Blick ab, und es wurde still.

»Ihr könntet doch zusammen hin«, stieß ich hervor.

Mit einem breiten Grinsen, das ihre Zähne entblößte, setzte Benedicte sich wieder auf.

»Ach, ich weiß nicht.« Dabei passten ihre Worte nicht zu dem Enthusiasmus, den sie ausstrahlte.

»Na sowas, Hannah, du sitzt auch hier?«, fragte Leo.

»Könntet ihr schon, oder Leo?« Ich wusste nicht, ob ich ihn wegen Benedicte unter Druck setzte oder weil ich mich so über ihn ärgerte. Darüber, wie er mein Leben beeinflusste, meine Beziehungen. Er schien nicht sonderlich interessiert an einem Ausflug mit Benedicte, aber es war wirklich ungehobelt, sie auf diese Art zu ignorieren.

»Aber ja, sicher, das könnten wir schon. Warum nicht?« er nickte Benedicte zu.

»Cool, dann ist das abgemacht«, sagte ich und stand auf. Benedictes rosafarbenes Gesicht sorgte dafür, dass ich grinsen musste.

***

»Ich habe keine Lust, wenn wir das alles alleine machen müssen«, sagte Signe zu Esben, als ich auf dem Gang an ihnen vorbeiging.

»Wer sollte es sonst machen?«, fragte ich.

»Leah ist in unserer Gruppe, aber sie ist nach Hause gegangen oder so«, antwortete Esben.

»Oder so?« Ich blieb stehen und stellte mich hinter die Bank, auf der die beiden saßen. »Was macht ihr?«

»Erdkundeaufgabe für Pieter. Jeder hat ein Land bekommen, das wir in der nächsten Stunde vorstellen sollen. Aber Leah ist vor einiger Zeit gegangen, sie hat gesagt, sie müsste mal für kleine Mädchen.« Sorgfältig malte Signe die Flagge aus, die vor ihr auf dem Tisch lag.

»Ich kapiere ehrlich gesagt nicht, warum wir es nicht einfach am Computer machen«, sagte Esben.

»Wir machen den Rest am Computer, lass mich nur die Flagge hier malen.«

»Und ich soll den ganzen Rest schreiben? Ganz schön miese Arbeitsaufteilung«, klagte Esben und sah auf seinen Bildschirm. »Hannah, kannst du helfen?«

»Nein, kann ich nicht, das müsst ihr selbst ausdiskutieren.« Ich blickte den ansonsten leeren Gang entlang. »Wo sitzen die anderen?«

»Im Klassenzimmer oder im Blauen Gang«, antwortete Signe. »Echt, so lange braucht niemand, um auf die Toilette zu gehen.« Sie schüttelte den Kopf, und ihre glatten Haare wurden mitgeschüttelt.

»Wenn ihr weiterarbeitet, sehe ich mal nach«, sagte ich und machte mich auf den Weg.

»Okay, aber in fünf Minuten tauschen wir!«, forderte Esben und meinte damit eher Signe als mich.

Die Stimmen wurden immer lauter, je weiter ich mich dem Blauen Gang näherte. Leah saß an keinem der Tische. Ich ging zu den Toiletten auf der gegenüberliegenden Seite.

»Leah?« Alle Kabinentüren bis auf eine standen offen. Vorsichtig drückte ich die Klinke herunter, die Tür öffnete sich, aber die Kabine war leer. Pieters Klassenzimmer war die letzte Option, darin saßen noch drei Schülergruppen und diskutierten, ob man bei der Vorstellung eines Landes das Nationalgericht erwähnen sollte oder nicht. Keine Leah zu sehen. Auf dem Rückweg zu Signe und Esben sah ich mir alle Schülerinnen und Schüler noch einmal an, niemand von ihnen war Leah.

»Hat sie gar nicht gesagt, was sie vorhatte?«, fragte ich Signe und Esben, als ich wieder bei ihnen war.

»Nee, sie hat nur irgendwas genuschelt, und dann ist sie gegangen.«

»In welche Richtung?«

»Den Blauen Gang runter. Aber kannst du ihr sagen, dass sie den Rest machen soll? Sie hat überhaupt nicht mitgearbeitet, ich habe keine Lust mehr.« Esben hatte sich auf den Tisch gesetzt und flocht Signes Haar, während sie noch immer die Flagge ausmalte.

Ich ging, ohne darauf zu antworten. Mein Körper fühlte sich bleischwer an, aber ich bewegte mich schnell.

»Pieter, Leah ist weg«, sagte ich, während meine Augen durch das Klassenzimmer flackerten.

»Sie ist weg?«, fragte er. »Du siehst ein wenig blass aus …« Er schaffte es gerade noch, mir eine Hand auf die Schulter zu legen, da zog ich mich weg und ging zu Leahs Platz.

»Kein Ranzen«, murmelte ich.

»Kein Ranzen?«, wiederholte Pieter stutzig.

»Ihr Schulranzen ist nicht hier. Das ist gut, glaube ich, oder? Ich habe sie einfach nicht gesehen. Hast du gesehen, dass sie den Ranzen mitgenommen hat?«

»Ich habe nichts gesehen«, antwortete Pieter und runzelte die Stirn. »Sag mal, was ist denn los, kannst du mir das erzählen?«

»Ich rufe sie an.« Hektisch verschwand ich wieder aus dem Klassenraum und eilte zurück ins Büro. Benedicte sah mich gekränkt an, als ich hereinstürmte.

»Ich muss Leah anrufen, sie ist nicht da.«

»Lass mich raten, du hattest die Aufsicht über ihre Klasse?«, sagte sie mit einem Kopfschütteln, aber ich ignorierte es. Angst hatte meinen Körper eingenommen, für Wut war kein Platz mehr. Ich suchte Leahs Kontaktdaten heraus und rief sie an. Es klingelte, dann landete ich auf der Mailbox. Ich legte auf und wählte die Nummer noch einmal, ohne auf Benedictes viele Fragen zu reagieren.

Schon wieder die Mailbox.

»Steht die Nummer der Eltern nicht hier?«, murmelte ich.

»Cassandra und Charley Hertom«, sagte Benedicte und verfolgte mich mit ihrem Blick.

Bei Cassandras Nummer landete ich direkt auf der Mailbox, Charley nahm nicht ab.

»Vielleicht sollte ich schnell bei ihnen vorbeigehen, sie wohnen in der Nähe, sehe ich …« Ich zog meine Jacke an.

»Was ist mit den neuen Stundenplänen, die du dir ansehen solltest?«

»Jetzt nicht«, antwortete ich auf dem Weg aus der Tür.

***

Nachdem ich zweimal auf die Klingel gedrückt hatte, klopfte ich fest gegen die Tür – schließlich wusste ich nicht, ob die Klingel funktionierte. Ich hatte keinen Ton gehört, nachdem ich sie betätigt hatte, wusste aber nicht, ob die Tür einfach schalldicht war, oder ob es an dem Fiepen lag, das in meinen Ohren hallte.

»Komm schon, komm schon«, drängelte ich leise und klopfte wieder an. Nichts.

In der Einfahrt stand kein Auto, das hatte ich überprüft, deshalb versuchte ich jetzt, einen Blick durchs Küchenfenster zu erhaschen. Ich stand mitten im Stachelbeerstrauch, als mein Handy klingelte. Unbekannter Anrufer.

»Hier ist Hannah?«, meldete ich mich, während mein Gesicht an der Fensterscheibe klebte. Ich klopfte dreimal dagegen.

»*Hier ist Charley Hertom.*«

»Herr Hertom, hallo! Mein Name ist Hannah Albrecht, ich arbeite an Leahs Schule. *Ähm, ich frage mich gerade, wo Leah steckt. Sie ist auf einmal aus ihrer Arbeitsgruppe in Sozialkunde verschwunden, und ich suche nach ihr – bestimmt gibt es eine gute Erklärung, deshalb wollte ich kurz bei Ihnen nachfragen.*«

»*Sie ist hier*«, antwortete er. Mein Herz schlug wie wild in der Brust. Ich trat weg von dem Fenster.

»Sie ist bei Ihnen?«

»*Ihrer Mutter geht es heute schlechter, da habe ich Leah angerufen, damit wir zusammen ins Krankenhaus fahren können. Ich dachte, sie hätte Sie informiert. Entschuldigen Sie bitte, wenn Sie sich Sorgen gemacht haben.*«

»Ich möchte mich entschuldigen. Entschuldigen Sie die Störung … Es tut mir leid. Gute Besserung.«

»*Danke.*«

Ich legte auf und merkte, wie die Tränen kamen. Meine Atmung klang heiser, während meine Finger wie von selbst eine Nummer eintippten.

»*Dalgaard-Schule, Sie sprechen mit Benedicte Monti, wie kann ich Ihnen helfen?*«

»Ich habe mit Leahs Vater telefoniert, sie sind im Krankenhaus. Ich dachte schon … alles Mögliche.«

»*Hannah, nehme ich an. Moment, weinst du?*«, fragte sie am anderen Ende der Leitung.

»Nein, tue ich nicht.« Ich räusperte mich und wischte die Tränen von meinen Wangen. Für einen Moment wurde es still.

»*Weißt du was, du kannst einfach nach Hause gehen. Hier gibt es heute nicht mehr viel zu tun.*« Sie klang fürsorglich und ruhig, offensichtlich eine Reaktion auf meine chaotische Panik. Für einen Augenblick blieben meine Beine stehen.

»Aber – bist du sicher?«

»*Ja, es ist in Ordnung. Wir sehen uns morgen.*« Ein Tuten in der Leitung, dann war das Gespräch beendet. Ich atmete erleichtert und dankbar auf, dann steckte ich das Handy in die Hosentasche.

Tränen verwischten die Welt vor mir, alles verschwamm, und ich stolperte aus dem Garten. Ich schaffte es nur bis zum Bordstein, ab da wollten meine Beine nicht mehr gehorchen, und ich setzte mich hin und barg das Gesicht in den Händen. Vor lauter Schluchzen bebten meine Schultern, und so blieb ich lange sitzen.

Kapitel 18

Benedicte betrat das Büro mit langen Schritten und in Falten gelegter Stirn. Ich hatte sie noch nie zuvor ohne Brille gesehen.

»Du hast ihn heute auch noch nicht gesehen, oder?«, fragte sie und blickte mich an.

»Äh, wen?«

»Leonardo.« Sie tippte schnell und hart auf die Tastatur vor sich.

»Nein, habe ich nicht.«

»Er hat nicht angerufen und sich auch sonst nicht gemeldet.« Sie kreiste mit dem Finger um eine Haarsträhne. Ihr üblicher straffer Dutt war verschwunden, nur den Pony hatte sie mit einer Spange oben auf dem Kopf befestigt. »Wicki übernimmt seine erste Stunde, sie war heute früh da, zum Glück – kannst du eine Vertretung für seine anderen Stunden finden?«

»Ja, natürlich.« Ich suchte die Liste mit Abrufkräften heraus, während ich zu Benedicte schielte.

»Vielleicht ist er krank. Er nimmt nicht ab, wenn ich ihn anrufe«, sagte sie mit dem Hörer am Ohr.

»Wahrscheinlich ist er auf dem Weg.« Ich warf einen Blick auf seinen Stundenplan, drei Stunden mussten vertreten werden.

»Er geht immer noch nicht ran. Ich habe Tickets gekauft.«

»Tickets?« In ihrem Kopf schien alles wild durcheinanderzuwirbeln, ihrem sonst üblichen kühlen Überblick zum Trotz. Sie knibbelte die Haut an einem Nagel ab, kaute daran und riss den Streifen ab. Die Haut war rot.

»Hier«, sagte ich und reichte ihr die Handcreme von meinem Schreibtisch.

Benedicte sah mich überrascht an und nahm die Creme. Zitrusduft erfüllte den Raum, als sie sich die Hände sorgfältig eincremte und sie dann betrachtete.

»Karten fürs Theater heute Abend, wir werden uns Mondgrün ansehen.«

»Ach so, ja, stimmt«, sagte ich und nahm die Cremetube zurück. Eine Haarsträhne war um ihren Zeigefinger geschlungen, sodass das oberste Fingerglied allmählich weiß wurde.

»Du trägst die Haare heute schön.«

»Ach, das ist aber …« Sie ließ die Strähne los und gönnte dem Finger etwas Luft, bevor sie die Haarspange richtete und wieder auf ihren Bildschirm sah. Ihre Mundwinkel bogen sich leicht nach oben.

***

Kurz vor Ende des Schultags regnete es in Strömen, und von Leo war noch immer keine Spur zu sehen. Benedictes Laune hatte sich zunehmend verschlechtert; sie trug die Haare wieder in einem Dutt. Sie blinzelte mehr als sonst, was sicher an den Kontaktlinsen lag – sie war nicht daran gewöhnt. Dass er ihre Mühe mit Gleichgültigkeit belohnte, machte mich wütend.

»So, kommst du mit?«, fragte Benedicte, während sie ihre Tasche packte. Jedes Ding hatte seinen festen Platz. Es war ihre freundlichste Geste; bei besonders schlimmem Wetter bot sie an, mich nach Hause zu fahren.

»Ja, gern.« Ich fuhr den Computer herunter und erhaschte einen Blick auf sie. In ihren Augen lag Wehmut. »Hast du Leo die Karten geschickt?«

»Nein, ich hatte gehofft, ihn heute zu sehen oder mit ihm zu reden – wann und wie wir hinfahren und so.« Sie streckte sich.

»Er wohnt nicht weit von mir, wir könnten bei ihm vorbeifahren und nachsehen, ob alles okay ist?« Online gab es nicht viele Informationen über ihn, was eigenartig war – normalerweise fand ich das meiste ohne größere Anstrengung heraus. Wenn sie nicht gefunden werden wollten, versuchte ich, weitere Nachforschungen bleiben zu lassen. Seine Adresse war im Schulsystem hinterlegt, das war also sicher in Ordnung.

»Nein, ich fahre doch nicht zu ihm nach Hause!« Auf einmal wirkte Benedicte verärgert und beschämt.

»Ich kann es machen. Ich gehe einfach zur Tür, klopfe an und frage, ob alles okay ist«, schlug ich vor. Aber sie machte keinen überzeugten Eindruck. »Vielleicht ist er gestürzt oder so etwas? Vielleicht braucht er Hilfe.«

Für einen Moment hielt sie inne, dann nickte sie.

»In Ordnung. Ich drucke schnell sein Ticket aus, dann kannst du es ihm geben. Falls er denn zu Hause ist.«

»Du kannst es ihm einfach mailen …«

»Ich drucke es aus und stecke es in einen Umschlag, dann ist alles bereit.«

Es hatte keinen Zweck, mit ihr zu diskutieren – wenigstens würde sie bei ihm vorbeifahren. Ich überlegte, ob er wirklich gestürzt sein könnte, ob ihm etwas passiert war. Jedenfalls brauchte er eine wirklich gute Entschuldigung dafür, Benedicte auf diese Weise zu ignorieren. Sie straffte ihren Dutt noch einmal, bevor wir das Büro verließen.

***

»Da wären wir«, sagte Benedicte und blickte zum Gebäude. Auf der Fahrt hatte das Navi am meisten geredet.

»Ich beeile mich.« Es regnete inzwischen noch heftiger. Den Umschlag mit der Theaterkarte schob ich unter meine Jacke, dann spurtete ich los zum Hauseingang. Ein kleines Dach über der Tür schützte mich vor dem Regen, während ich den Klingelknopf zu seiner Wohnung suchte und betätigte: 4. Links, L. Maniro. Nichts geschah. Ich drückte gegen die Tür, aber sie war abgeschlossen. Dann klingelte ich noch einmal, dieses Mal hielt ich den Knopf länger gedrückt. Noch immer nichts. Ich wartete. Schaute zu Benedicte im Auto.

Da öffnete sich die Haustür, und eine Frau mit einem gemusterten Regenschirm kam heraus.

»Oh, ich schlüpfe schnell rein«, sagte ich. Die Dame bedachte mich mit einem abschätzigen Blick.

»Danke.« Ich lächelte und ging selbstsicher durch die Tür, als gehörte ich zum Haus.

An Leos Wohnung klingelte ich wieder, man hörte die Klingel auf dem Flur. Stille, keine Schritte, keine Stimmen, nichts ließ darauf schließen, dass jemand zu Hause war. Was, wenn ihm wirklich etwas zugestoßen war? Es wäre schon eigenartig, wenn Leo nicht in der Schule angerufen hätte, wenn er krank war. Er konnte gestürzt sein, vielleicht im Badezimmer ausgerutscht. Ganz jung war er nicht mehr, vielleicht sogar gebrechlicher, als ich angenommen hatte. Ich klopfte an die Tür.

»Leo?«

Keine Antwort.

Das Türcodedisplay leuchtete schwach neben der Tür, ich starrte sie an. Natürlich hatte ich keinen Türtransponder, aber wenn ich den Code kannte … Vertraute Zahlen erschienen auf dem Display, als ich sie eintippte. Es war gewagt. Ich verspürte den Stich eines schlechten Gewissens darüber, mich doch in sein

Profil im Schulsystem gehackt zu haben. Das Display leuchtete grün auf, meine Schultern entspannten sich, und das schlechte Gewissen verschwand.

Ich drückte die Klinke, und die Tür öffnete sich.

»Hallo?«

Keine Antwort.

Langsam betrat ich den kleinen Eingangsbereich, während ich plötzlich unsicher war, ob ich darauf hoffte, dass er da war oder dass ich eine leere Wohnung vorfand. Wenn etwas passiert war, konnte ich helfen. Wenn nicht, war ich einfach in seine Wohnung eingebrochen.

Die durchdringende Stille der Wohnung machte mich nervös, und ich ging mit vorsichtigen Schritten weiter hinein.

»Leo, bist du da?«

Vom Eingang kam man in einen Flur mit fünf Türen, drei von ihnen waren geschlossen. Außerdem sah ich einen Ofen und einen Küchentisch durch eine der beiden offenen Türen, durch die anderen ein Sofa und ein riesiges Bücherregal. Ziemlich unnötig, so viele Bücher zu besitzen, wo man doch alles online fand, aber das Regal sah hübsch aus. Ich betrat das Wohnzimmer.

Hier lagen viele Teppiche mit warmen Mustern, manche von ihnen überlappten sich sogar. Dann steckte ich einen Kopf in die Küche, aber auch sie war leer.

Das Badezimmer war nicht abgeschlossen. Es war niemand darin.

Blieben noch zwei Türen. Ich holte tief Luft, bevor ich meine Hand auf die Messingklinke legte. Dann zog ich sie wieder zurück und klopfte an. Niemand antwortete, also drückte ich sie herunter.

Ich blickte auf ein gemachtes Bett, die blaue Tagesdecke reichte bis zum Fußboden. Mit gerecktem Hals sah ich auf die andere Seite des Betts, wo ich nur ein Paar Hausschuhe fand.

Irgendwo hinter mir knarrte es. Ich hielt den Atem an, unsicher, ob ich es tat, um besser zu hören, oder um selbst nicht gehört zu werden. Kam das Geräusch als dem letzten Zimmer? Ich räusperte mich.

»Leo?«

»Nein, ich bin's. Wo ist er?«

Erleichtert atmete ich aus und drehte mich zu Benedicte um. Ihre Mundwinkel waren leicht nach oben gezogen, mit flackerndem Blick suchte sie die Türen ab.

»Er ist nicht hier …«

»Warum bist du dann hier drinnen?« Ihre Stimme wurde lauter, und jetzt bildeten ihre Lippen einen schmalen, strengen Strich mitten in ihrem Gesicht.

»Ich wollte nur sichergehen, dass alles in Ordnung mit ihm ist. Hier drinnen habe ich noch nicht nachgesehen.« Ich sah zur letzten Tür. Benedicte folgte mir mit dem Blick.

»Worauf wartest du dann?«, fragte sie und eilte los. Sie öffnete die Tür mit einem Ruck, dass es einen Luftzug in der Wohnung gab. Dann erstarrte sie.

»Ich dachte, er wohnt allein«, sagte sie und richtete sich die Frisur. Ich trat hinter sie und blickte in ein Zimmer, das an mein eigenes erinnerte, als ich noch zu Hause gewohnt hatte. Ein Einzelbett, ein Schreibtisch, Regale und eine Kommode mit Nippes und ein paar Plüschtiere.

»Immerhin ist er nicht hier.« In meiner Stimme schwang Erleichterung mit. Dann betrat ich das Zimmer.

»Du kannst doch nicht einfach reingehen«, wand Benedicte ein.

»Wir sind schon drinnen, ich will nur eben nachsehen …«

Ein Bild an der Pinnwand über dem Schreibtisch weckte meine Neugier. Darauf lächelten Leo und zwei andere in die Kamera. Wahrscheinlich seine Frau und seine Tochter, vermutete ich. Es war ein altes Foto, Leo sah jung und fröhlich darauf aus, anders fröhlich als heute. Sein Lächeln war ein anderes. Die Falten in seinem Gesicht waren erst nach diesem Foto hinzugekommen, und es waren viele Falten.

»Glaubst du, sie wohnt hier?«, fragte Benedicte, die jetzt hinter mir stand und das gleiche Foto betrachtete wie ich. Ich musste nicht fragen, um zu wissen, dass sie die erwachsene Frau auf dem Bild meinte, nicht das Kind. Ich zuckte mit den Schultern und hob ein grünes Plüschtier vom Bett, einen Dinosaurier. Er lächelte, alle Gesichter in diesem Zimmer lächelten, und trotzdem fühlte es sich so … verlassen an.

Im selben Augenblick erklangen Schritte im Treppenhaus.

»Hannah, wir müssen gehen. Wir sollten gar nicht hier sein.« Benedictes Stimme war scharf, sie hatte recht. Ich legte den Dino zurück und schloss die Zimmertür.

Wir verließen die Wohnung, ich schloss die Wohnungstür ab, indem ich den Code auf das Display tippte. Benedicte beobachtete mich dabei, kommentierte es aber nicht.

»Halt, ich habe vergessen, die Theaterkarte einzuwerfen«, fiel mir auf dem Weg zum Auto ein, und ich lief zurück zu den Briefkästen.

»Lass gut sein.« Benedicte blickte sich nicht um.

Kapitel 19

»Hannah, kann ich mit dir reden?«, fragte Leo. Er stand in der Tür zum Büro. Ich schielte verstohlen zu Benedicte, die unbeirrt auf ihren Computerbildschirm starrte.

»Du warst gestern nicht hier«, sagte ich zu ihm.

»Nein, mir ist etwas dazwischengekommen. Jetzt bin ich hier. Kommst du mit?«

Benedicte griff zu einem Kugelschreiber und ließ ihn hitzig über das Papier ihres grünen Notizzettelblocks schnellen. Sie schrieb nichts.

Leo folgte meinem Blick und lächelte Benedicte an, die ihre Augen noch immer auf das Papier geheftet hatte.

»Benedicte, dürfte ich Hannah wohl einen Augenblick entführen?«

»Hannah hat zu tun«, antwortete sie kühl und ohne aufzusehen. Leo runzelte die Stirn und öffnete den Mund.

»Später«, schob ich schnell hinterher. »Bis dann.« Leo schaute ein paar Mal zwischen uns hin und her, kratzte sich am Kopf und verließ das Büro mit verwirrter Miene.

»Alles okay mit dir?«, fragte ich Benedicte, nachdem ich gewartet hatte, bis Leos Schritte nicht mehr zu hören waren.

»Selbstverständlich ist alles okay mit mir, warum sollte es das nicht sein?«

»Ich dachte nur …«, setzte ich an, wurde aber unterbrochen.

»Du denkst zu viel.«

Sie hatte einen Korb bekommen, und Leo ignorierte die Sache. Es machte nicht den Anschein, als hätte sie von ihm gehört. Er benahm sich, als hätten sie nie eine Verabredung gehabt. In meiner Vorstellung hatte Benedicte zu Hause auf eine Nachricht von ihm gewartet, wobei sie ihre lackierten Fingernägel auf die Karten tippte. Vielleicht war sie allein hingegangen. Ich warf einen Blick aus dem Fenster. Auf dem Schulhof wirbelte der Wind Staub auf, es war ein grauer Tag.

»Ich glaube trotzdem, dass er allein wohnt«, sagte ich. Ich wollte ihn nicht verteidigen, aber Benedictes resignierte Miene spornte mich an, sie aufzuheitern.

Es kam keine Antwort.

»Im Eingang standen nur große Herrenschuhe, und dort hingen zwei Jacken, die zu ihm passen. Das ist mir beim Rausgehen aufgefallen.«

»Es spielt keine Rolle«, entgegnete Benedicte. »Er trägt einen Ring.«

Jetzt blieb ich stumm.

»Ich hätte es sehen müssen. Wie kann man so etwas nur übersehen?« Sie schüttelte den Kopf über sich selbst.

Ich dachte an den Moment zurück, als er den Artikel im Lehrerzimmer gelesen hatte, dabei hatte ich seine Hände auf dem Tablet gesehen. Seine langen und trotz der Jahreszeit gebräunten Finger. An ihnen hatte kein Ring gesteckt.

»Bist du sicher?«

»Ich wollte ihn heute morgen fragen«, sagte sie mit roten Wangen, »was los war. Als er sich einen Kaffee gemacht hat. Er trägt ganz sicher einen Ring.«

»Hast du nichts gesagt?«

»Was hätte ich denn sagen sollen?«

Eine gute Frage.

»Vielleicht ist sie tot«, mutmaßte ich.

»Wer?«

»Seine Frau.«

Benedicte richtete sich auf dem Stuhl auf und räusperte sich. »Würdest du dich um die Tafel im Biologiesaal kümmern? Olka hat wieder darüber geklagt, und es ist ein Paket mit den fehlenden Kabeln angekommen. Jetzt, bitte.«

***

Die Klinge des Messers schnitt durch das braune Klebeband um den Pappkarton mit dem neuen Kabel.

»Ich muss mit dir reden«, erklang es hinter mir.

»Du weißt schon, dass du Benedicte gestern hast sitzen lassen?«

»Was?«

»Sie hatte Theaterkarten für euch gekauft.« Ich setzte mich auf den Bürostuhl und stellte den Karton mit den Kabeln auf das Lehrerpult.

»Oh«, kam es von ihm.

»Ja«, erwiderte ich.

Ich entwirrte das Kabel und befestigte es an der digitalen Tafel. Das alte Kabel legte ich in den Karton, es sollte weggeworfen werden.

»Ich hatte etwas Wichtiges zu tun«, redete Leo sich heraus.

»Und was?«

»Das ist nicht so einfach, musst du verstehen.«

»Klar.« Ich schüttelte den Kopf. Ich musste das Kabel an meinen Computer anschließen, von dort konnte ich alles neu starten. »Wie heißt deine Frau? Und deine Tochter? Du hast deine Familie nie erwähnt.«

Er blinzelte verwirrt.

»Nein, habe ich nicht … Woher weißt du dann von ihnen?«

»Ich habe nur … Du trägst einen Ring.«

Leo schaute auf seine Hand. Dann drehte er sich um, sah auf den Gang und lehnte vorsichtig die Tür an. Mir wurde bewusst, wie nah er in dem eigentlich großen Biologiesaal vor mir stand.

»Meine Tochter hatte ein Kuscheltier, einen Dinosaurier. Er heißt Meister Saurus. Es war ihr immer total wichtig, dass er gut lag und aus dem Fenster gucken konnte.«

Ich spürte meinen Herzschlag bis in die Fingerspitzen und wusste nicht, was ich sagen sollte. Also konzentrierte ich mich nur auf den Bildschirm. Die Tafel musste neugestartet und an das Schulsystem angeschlossen werden, eine leichte Aufgabe, und trotzdem drückte ich auf das falsche Feld. Er wusste es, wusste, dass ich in seiner Wohnung gewesen war, dass ich den Dino bewegt hatte. Ich schwitzte. Er sah mich an.

»Sie lebt nicht mehr. Zara. Ein hübsches Mädchen, findest du nicht?«

Ich konnte nicht nicken, ohne meinen Einbruch zu gestehen, also blieb ich stumm und bewegte mich nicht.

»Sie wurde in einem Kühlraum gefunden.« Seine Stimme klang jetzt hohl, leer. Darin schwangen weder Trauer noch Zorn mit, nur Finsternis. Ich erstarrte sofort, jetzt hatte er meine volle Aufmerksamkeit.

»Wie bitte?«

»Darüber wollte ich mit dir reden. Die jungen Mädchen, die verschwinden – ich weiß, wo sie sind.«

»Moment, wovon redest du da?« Meine Finger schwebten über der Tastatur meines Laptops, sie waren genauso stehen geblieben wie alles andere auch; Atem, Herzschlag, Zeit.

»Im Crown Rose Institut. Ich habe das alles schon einmal gesehen. Sie forschen an Genmanipulationen und Methoden zur Optimierung der Cibuszucht. Was denkst du denn, wie sie das anstellen?« Leo sah mich durchdringend an, aber ich schüttelte nur den Kopf, mir fehlten die Worte. »Sie stellen Forschungen an, machen Experimente, Vergleiche zwischen Homo Sapiens und Homo Cibus. Wir wollen das stoppen, wir sind viele, und ich glaube, du verstehst den Ernst der Lage.«

»Ich werde bei gar nichts mitmachen.« Ich wusste nicht, worum er mich bat, aber es spielte keine Rolle. Es war zu viel.

»Hannah.« Noch immer starrte er mich an. »Zara wurde auf einen Versuch reduziert. Einen Versuch! Ihre Fußspuren in dieser Welt bestehen daraus, dass ihr Körper dazu gedient hat, die Zucht effektiver zu machen. Und wofür, für Geld? Damit wir Lebewesen weiterhin wie Waren behandeln können, wie Produkte? Damit wir Morde rechtfertigen können, siehst du denn nicht, dass das alles Morde sind? Ich bin immer noch ihr Vater. Es ist meine Aufgabe, das in Ordnung zu bringen. Ihr Leben muss eine andere Bedeutung haben, ansonsten ergibt ihr Tod keinen Sinn.«

»Ich verstehe das nicht …«

»Die ALF ist in eine der ehemaligen Forschungseinrichtungen eingebrochen, um Cibus freizulassen. Dabei haben sie aber entdeckt, dass dort nicht nur Cibus gefangen gehalten wurden, sondern auch Sapiens. Sie haben die Toten fotografiert und versucht, die Lebenden zu befreien. Wochenlang haben sie Datenbanken für vermisste Mädchen durchforstet und mit den Bildern abgeglichen. So habe ich Kontakt zu ihnen bekommen. Sie haben mir das Foto gezeigt. Sie hing an den Beinen in dem Kühlraum, ihre Haut war blau, aber es bestand kein Zweifel. Sie war es.« Seine Miene war nicht zu lesen, er wirkte völlig emotionslos, ja abgestumpft. Ich konnte ihm keinen Vorwurf machen, aber ich verstand es einfach nicht. So etwas passierte nicht. Trotzdem war der Ernst in ihm nicht zu übersehen.

»Wann?«

»Vor elf Jahren. Hast du den Artikel nicht gelesen, den ich dir geschickt habe?«

Seit dem Klassenausflug hatte ich seine Nachrichten ignoriert und wünschte, dass ich auch seine Worte ignorieren könnte. Ich schüttelte den Kopf.

»Das solltest du tun«, sagte er düster. Ich kehrte ihm den Rücken zu, schaltete die Tafel aus. Meine Hände waren eiskalt.

»Man darf die Regeln durchaus brechen, wenn es einem größeren Zweck dient, nicht wahr?«, fragte er.

Stille. Die Luft im Raum änderte sich. Ich hatte nichts zu sagen. Auf einmal fühlte es sich unsicher an, im selben Raum mit ihm zu sein.

»Wir müssen etwas unternehmen. Du und ich, Hannah. Wir können etwas ändern, wir können sie befreien. Wenn die Cibus dir nicht als Grund reichen, was ist dann mit den Kindern? Du kannst sie nicht ignorieren, das weiß ich.« Er machte einen Schritt auf mich zu, sprach noch immer mit gedämpfter Stimme.

»Ich gehe jetzt.« Ich stand auf, nahm den Karton und schob mich an Leo vorbei, ohne ihn anzusehen, stieß die Tür auf und flüchtete nach draußen. Meine Schritte hallten in dem leeren Gang wider, und mir kam es vor, als würde mein Herz das Gleiche tun. Ich ballte die Hände und entdeckte, dass ich das Cuttermesser umklammerte.

Kapitel 20

Meine Beine fühlten sich bleischwer an, als ich das Büro betrat. Benedictes Mundwinkel hingen noch immer weit unten, und ihr Dutt saß so stramm, dass ihre Gesichtshaut nach hinten gezogen wurde.

Kaum hatte ich mich an den Computer gesetzt, öffnete ich die Mail, die ich seit Tagen ignoriert hatte. Ich räusperte mich, auch wenn ich gar nicht vorhatte, sie laut vorzulesen. Auf irgendeine Weise verlangte der Text, dass ich mich bereit machte, so viel wusste ich.

Ungeheure Anklage: Staatliche Einrichtung entführt Mädchen für Cibusexperimente

Das staatliche Crown Rose Institut sieht sich mit einer weiteren ernsten Anschuldigung konfrontiert, nachdem heimliche Videoaufnahmen aus der Einrichtung am 3. Juni an die Öffentlichkeit gerieten.

Aufgegeben hat die Anzeige Lise Manning, die Mutter der verschwundenen Agnete Manning, die seit nunmehr drei Jahren als vermisst gemeldet ist. Agnete Manning ist eines der fünf Mädchen, die zwischen März und August vor drei Jahren aus der Nördlichen Region verschwanden. Laut Lise Manning ist ihre Tochter auf einem der veröffentlichten Videos eingesperrt in einem der Käfige zu erkennen, die das Crown Rose Institut für seine Versuchscibus verwendet.

»Sie ist es, da habe ich nicht den geringsten Zweifel. Ich bin ihre Mutter, natürlich erkenne ich meine eigene Tochter wieder«, sagte Lise Manning, die mitteilt, dass sie sich mit ihrer Anklage auch an die Polizei gewendet hat.

Im Polizeibezirk Nord bestätigt der Pressesprecher Dennis Lund, dass die Behörde Lise Mannings Anzeige aufgenommen habe. Darüber hinaus hätten Beamte gemeinsam mit Angestellten des Amts für Forschungssicherheit das Crown Rose Institut aufgesucht – allerdings ohne Beweise zu finden, die Mannings Behauptung untermauern könnten.

»Wir konnten keinerlei Feststellungen machen, die gegen bestehende Regeln verstoßen. Nichts deutet darauf hin, dass Crown Rose Versuche an anderen Lebewesen als gewöhnlichen Homo Cibus unternimmt«, so Dennis Lund.

Die Polizei habe Verständnis für die schwierige Situation, in der sich Lise Manning befinde und damit auch für ihre Reaktion auf die Videos, ergänzt er.

»Es ist eine unfassbar traurige und ärgerliche Situation. Wir ermitteln nach wie vor im Fall von Agnete Manning, weshalb wir jeden Hinweis sehr ernst nehmen. Leider hat uns diese Spur nicht näher an eine Antwort auf die Frage gebracht, was mit ihr oder den anderen vermissten Mädchen passiert ist«, sagt Dennis Lund.

Eine schwerwiegende Anschuldigung

Auch beim Crown Rose Institut hat man Verständnis für Lise Manning und will den Behauptungen daher nicht zu viel Gewicht beimessen. So äußert sich der Sprecher des Instituts, Simon Maltak:

»Lise Manning erhebt eine äußerst schwerwiegende Anschuldigung gegen das Institut, und unter normalen Umständen wür-

den wir juristische Schritte gegen solche Behauptungen einleiten, aber wir sind uns der schwierigen Situation bewusst. Wir sprechen Lise Manning und den anderen Familien, die von diesen traumatischen Vermisstenfällen betroffen sind, unser tiefstes Mitgefühl aus. Daher haben wir uns entschieden, die Sache fallen zu lassen.«

Übergriffe auf Cibusweibchen

Die Aktivistengruppe ALF unterstützt Lise Mannings Anklage, indem sie auf frühere Fälle von Übergriffen auf Cibusweibchen und den Wunsch des Instituts auf eine konstante Entwicklung aufmerksam macht.

»Wir wissen bereits, dass 95% ihrer Cibus ohne Betäubung gebrandmarkt werden, obwohl diese Praxis illegal ist. Gesetze zum Cibuswohl werden dort also nicht ernst genommen. Eigenen Angaben zufolge setzt das Crown Rose Institut seinen Fokus auf Qualität und Gesundheit. Vergleicht man dies mit dem Umstand, dass Homo Sapiens im Allgemeinen gesünder sind als Homo Cibus, ergibt sich rasch eine unbequeme Verbindung zwischen Sapiens und Zucht«, sagt Mariam Eg, Sprecherin der ALF.

Dabei verweist sie auf die umfassende Cibusuntersuchung Ho-Cip-12, die belege, dass nicht-gezüchtete Individuen eine deutliche bessere Gesundheit aufweisen als gezüchtete, da körperliche, psychologische und emotionale Bedürfnisse bei ihnen in weit höherem Umfang zufriedengestellt würden. Dies wirke sich auch auf die allgemeine Gesundheit des Individuums aus.

»Diese Branche exportiert jährlich Waren im Wert von etwa 30 Milliarden Kronen, während gleichzeitig ein großer Wettbewerb darum stattfindet, den gegenwärtigen Marktanteil auf dem bestehenden Niveau zu halten. Selbstverständlich wollen sie ihren Platz in der Hierarchie nicht aufgeben, und wir können nur raten,

wie weit sie dafür gehen würden. Allerdings glaube ich nicht, dass es lange dauert, bis wir eine Antwort auf diese Frage erhalten«, sagt Mariam Eg.

Dennis Lund, Sprecher des Polizeibezirks Nord, hält fest, dass die Anzeige gegen das Crown Rose Institut geprüft und abgewiesen wurde. Im Zusammenhang damit werde es keine weiteren Ermittlungen geben.

Ich spürte die Verwirrung durch jede Faser meines Körpers gleiten, bis in die Fingerspitzen vibrierte sie. Das konnte natürlich nicht stimmen. Aber warum eigentlich nicht? Die Härchen auf meinen Armen stellten sich auf, als Emmys panisches Gesicht im Park vor meinem inneren Auge auftauchte.

»Ich habe mit Leo gesprochen«, sagte ich.

»Aha«, erwiderte Benedicte mit starrem Blick auf ihren Bildschirm.

»Seine Tochter ist tot. Sie wurde ermordet. Glaube ich.«

»Wie bitte?« Sie sah sofort auf.

»Leos Tochter, sie wurde ermordet und in einem Kühlhaus gefunden. Crown Rose hat es getan.«

Benedicte blinzelte zwei Mal und legte sich eine Hand auf die Brust.

»Hannah Albrecht, Kind, was faselst du da?«

»Er meinte, sie würden die Mädchen kidnappen.« Ich hätte nichts sagen sollen, aber es war zu spät. In mir kochte das Gespräch auf, sprudelte zwischen meinen Lippen hervor, musste aus meinem Körper vertrieben werden. Ich lehnte die Bürotür an, so wie Leo es im Biologiesaal kurz zuvor getan hatte.

»Er sagt, Crown Rose hätte ein Labor, in dem sie an Cibus forschen, damit sie die Fleischproduktion oder solche Dinge optimieren können.«

»Er sagt was?« Benedicte riss die Augen auf.

»Er will sie retten. Die Cibus und die entführten Mädchen.« Ich biss mir auf die Lippe.

»Sie haben Mädchen entführt, nein, jetzt reicht es aber. Das ergibt keinen Sinn.« Sie stieß ein kurzes Lachen aus, hielt aber inne, als sie mein Gesicht sah. »Das meint er doch nicht ernst. Der Mann braucht Hilfe. Für mich klingt das eindeutig nach Wahnvorstellungen, und zwar äußerst besorgniserregenden.«

Ich sah aus dem Fenster, wo die Schüler über den grauen Schulhof liefen. Über ihnen lagen die Wolken wie ein Deckel, aber sie lachten und tobten, ihre Freude war echt und unbekümmert.

»In der letzten Zeit sind einige Mädchen verschwunden«, sagte ich.

»Das ist doch völlig absurd. Vielleicht hat der Tod seiner Tochter ihn verrückt werden lassen.«

»Sie sind alle in dem Alter, in dem sie sie für die Zucht verwenden. Ich habe es auf dem Hof gesehen.«

»Fang du jetzt nicht auch damit an. Du willst doch bitte nicht behaupten, dass es da einen Zusammenhang gibt?«

»Nein, oder – ich sage nur …«

»Und ich sage dir, mit diesem Mann stimmt etwas nicht. Ich glaube, du solltest dich von ihm fernhalten. Ob man irgendwem wegen ihm Bescheid geben müsste?« Auf Benedictes Stirn hatten sich immer mehr Falten gebildet, je länger wir redeten. Währenddessen schob ich das Cuttermesser mit dem Daumen immer wieder hoch und runter.

»Nein, vielleicht trauert er einfach, ganz wie du sagst. Er meint es bestimmt nicht so.« Ich versuchte, langsam und ruhig zu atmen.

»Vielleicht.«

Es klopfte an die Tür, und Eva Ravn steckte den Kopf zu uns herein. Sie hatte ein monotones Gesicht – sie trug immer das gleiche Lächeln, bei dem die Augen nie mitlächelten.

»Würdet ihr kurz mitkommen, bitte? Beide?«

Ich suchte Benedictes Blick, aber sie war bereits aufgestanden. Es ließ sich an einer Hand abzählen, wie oft ich an der Schule mit Eva Ravn über etwas gesprochen hatte, das über ein Hallo oder Guten Tag hinausging, bei den seltenen Gelegenheiten, bei denen ich ihr über den Weg lief. Ich hatte keine Ahnung, worum es ging – aber mein erster Gedanke war Leo.

Kapitel 21

»Leider ist das kein angenehmes Gespräch«, begann Eva Ravn, als ich mich auf den Stuhl vor ihren Schreibtisch gesetzt hatte. Benedicte schloss die Tür und nahm auf dem Stuhl neben mir Platz.

»Du bist als Minijobberin in der Verwaltung angestellt, korrekt?« Ich nickte.

»Deshalb hast du auch nur begrenzten Zugang zu den internen Schulsystemen, richtig?«, fragte Eva Ravn mit neugieriger Miene.

»Ja, das stimmt.«

»Das dachte ich mir. Deshalb wundert es mich auch ein wenig, dass du trotzdem in die Mitarbeiterkartei geschaut hast.«

Ich rührte mich nicht, ich hatte keinen Schimmer, wie sie so etwas sehen könnte.

»Das muss sicher ein Irrtum sein«, hielt ich dagegen und spürte Benedictes Blick auf mir.

»Du hast nicht zufällig irgendwo herumgeklickt, wo du keine Zugangsberechtigung hast?« Eva Ravn neigte den Kopf zur Seite.

»Nein«, antwortete ich, ohne zu zögern.

»Sehr sonderbar. Wir hatten einen Sicherheitscheck, reine Routine, um das System zu optimieren. Wenn man so viele sensible Daten von so vielen Menschen hat, muss Ordnung herrschen.«

»Auf jeden Fall«, stimmte ich zu.

»Wie sich herausstellt, hat noch ein weiteres Profil die Mitarbeiterkartei geöffnet.«

»Was ist passiert?« Benedictes Stimme klang verändert.

»Im System ist nichts passiert, nichts wurde verändert oder sabotiert, aber die betreffende Person hatte Zugriff auf die Informationen sämtlicher Angestellter. Zum ersten Mal war das vor drei Monaten der Fall. Also, genau nach deiner Anstellung.« Sie sah mich an, noch immer mit einem leichten Lächeln.

»Das ist eigenartig«, sagte ich.

»Das ist in der Tat sehr eigenartig.« Eva Ravns Blick richtete sich auf Benedicte. »Du hast Hannah keinen Zugriff auf etwas erteilt, worauf sie keinen haben sollte?«

Benedicte machte einen beleidigten Eindruck.

»Nein, so etwas fiele mir nicht ein.«

»Das dachte ich mir.«

Eva sah auf den Bildschirm vor sich, klickte ein paar Mal. Sie schwieg. Fast schien es, als hätte sie vergessen, dass sie nicht allein war.

»Wie gesagt, auf solche Bereiche habe ich gar keinen Zugriff«, erwähnte ich, um die Stille zu unterbrechen. Eva Ravn blickte zu mir, jetzt nicht mehr freundlich.

»Zumindest solltest du keinen Zugriff haben. Nun ist es aber so, dass ich sehr gut im Bilde darüber bin, warum du aus dem Informatikstudium geworfen wurdest.« Eva legte ihre gefalteten Hände auf den Tisch zwischen uns. »In Hannahs Führungszeugnis waren keinerlei kriminellen Handlungen aufgeführt, als wir sie eingestellt haben, nicht wahr?«

Benedicte schüttelte den Kopf.

»Dann hätten wir sie nicht eingestellt.«

Eva Ravn wandte sich wieder an mich.

»Dort stand nämlich nichts, lediglich, dass du das Studium kurz vor Ende des ersten Studienjahrs abgebrochen hast. Eigentlich hattest du Bestnoten, alles lief gut. Warum hast du also aufgehört?«

»Es war einfach nichts für mich.« Ich versuchte, selbstsicher zu klingen, gefasst.

»Ich habe an der Fakultät angerufen, dort hatten sie einige andere Informationen, die nicht registriert sind. Sie konnten gar nicht verstehen, warum sie in deinen Unterlagen nicht zu finden sind. Du hast das Studium nicht abgebrochen, du wurdest rausgeworfen. Es ist leider nichts Neues, dass du dich in Bereichen umsiehst, in denen du nichts verloren hast.«

Ich hatte alles gelöscht, meine Spuren beseitigt, das musste ich. Technologie konnte man anpassen, korrigieren, geradebiegen. Man konnte Systeme dazu bringen, miteinander zu reden oder die Verbindung kappen. Bei Menschen konnte man das nicht.

»Ich fürchte, wir sind dazu gezwungen, dich vorläufig zu suspendieren«, verkündete Eva Ravn monoton.

»Mich suspendieren?«

»Bis wir herausfinden, was vorgefallen ist, kannst du nicht einfach weiter im Büro sitzen. Du willst nicht zugeben, dass du dich in das System gehackt hast, und wir haben keine endgültigen Beweise dafür, können aber kein Risiko eingehen. Es gibt zu viele persönliche Daten, die wir schützen müssen.«

»Vor mir?«

»Bis auf Weiteres, ja. Wenn du erklären kannst, was passiert ist, könnten wir die Sache besser einordnen.«

So viel zu Neugier und Rastlosigkeit und dazu, Dinge über andere wissen zu wollen. Ich hatte keine Spuren hinterlassen, sie würden mir niemals nachweisen können, dass ich es war, aber das brauchten sie gar nicht. Eine Gelegenheit, ein Verdacht, eine viel zu sorgfältige Rektorin.

»Das kann ich nicht«, antwortete ich. Diese Erklärung würde mich nicht entlasten.

»Dann, fürchte ich, wirst du für heute nach Hause gehen müssen.«

»Okay. War das alles?«, wollte ich wissen.

»Das war alles. Ihr könnt jetzt gehen.« Sie schenkte mir ein sekundenbruchteillanges Lächeln und sah dann zu Benedicte, die aufstand, die Tür öffnete und hinter mir zurück zum Büro ging. Dort packte ich meine wenigen Dinge zusammen, ließ zwei halbleere Kaffeebecher auf dem Schreibtisch stehen und schaltete den Computer aus.

Benedicte stand noch immer in der Tür.

»Was hast du da getan?«, fragte sie. In ihrer Stimme klang Beunruhigung mit, kein Zorn.

»Ich habe nichts Schlimmes getan«, antwortete ich ruhig.

»Du wurdest rausgeworfen?«

»Ja.«

»Warum?«

Ich sah sie an.

»Manchmal muss man die Regeln brechen, um das Richtige zu tun.«

»Muss man das?«, fragte sie, aber es war eine Anklage.

»Ja«, antwortete ich mit fester Stimme.

Sie setzte sich an ihren eigenen Schreibtisch, zögerte aber, mit der Arbeit anzufangen. Ich hängte mir die Tasche über die Schulter und verschwand aus der Tür.

***

Ein schwarzer Lieferwagen fuhr auf den Schulparkplatz, als ich das Gelände verließ. Ich reckte den Hals, um zu erkennen, wer es war, aber ich konnte die Schrift auf der Seite des Wagens nicht erkennen. Jetzt parkte er, aber niemand stieg aus. Für einen Moment blieb ich stehen, überlegte, ob ich etwas tun sollte – nachsehen, wer es war, Benedicte holen oder etwas anderes.

In der letzten Woche hatte ich mir schon zwei Entführungen eingebildet, jetzt fehlte mir die Energie für eine dritte. Leos wahnwitzige Theorie war ein Orkan aus Wörtern, der in mir herumwirbelte. Ich lief wieder los.

An der Schule kamen sie bestens ohne mich zurecht. Ich war überflüssig, mein Beitrag zählte nicht. Ich zählte nicht. Es war nur ein Minijob, der erstbeste, hier würde ich sowieso nicht bleiben – trotzdem fühlte sich alles schwer an, meine Arme, meine Beine, meine Schultern. Alles zog mich nach unten, ich wollte nur noch weg. Ich wollte nach Hause.

***

Weiche, kühle Tropfen fielen schwer auf mein Gesicht, als ich nach oben sah, und ich kniff die Augen ganz automatisch zusammen. Der Himmel war grau, aber trotz der vereinzelten, heftigen Regenschauer schien auf meinem Heimweg die Sonne. Zwar dämpften die feuchten Wolken die Sonnenstrahlen, aber sie waren da. Der Regen auf der Haut fühlte sich schön an, obwohl ich wusste, dass meine Mascara mir bald an den Wangen hinablaufen würde, wartete ich einen Moment vor der Haustür.

»Du siehst bedrückt aus, was ist los?«, fragte eine Stimme, als ich die Klinke drückte. Idas Kopf hing aus dem Fenster, und Rauch waberte aus ihrem Mund. Es roch süßlich.

»Komischer Tag heute«, antwortete ich.

»Willst du einen Zug?« Ich ließ die Klinke los und ging hinüber zum Fenster. Sie reichte mir ihren Joint nach unten, und ich zog einmal tief daran. Meine innere Frustration verschwamm hinter dem Rauch in meinem Körper.

»Ich dachte eigentlich, dass du reinkommen könntest, statt draußen im Regen zu stehen«, sagte Ida. Ich gab keine Antwort, nahm aber noch einen Zug. »Ist alles okay?«

»Ja, alles bestens«, erwiderte ich.

»Klar, sicher«, sagte Ida und rollte mit den Augen. »Morgen kommen ein paar Leute vorbei, du auch?«

»Ich weiß nicht, ob ich kann.«

»Du kannst.«

»Ich schaue mal«, sagte ich und gab ihr den Joint zurück.

»Du kommst.«

Kapitel 22

»Nein danke, ich mag keinen mehr.« Ich hielt die Hand über mein Glas, und Ida goss den orangen Alkohol in das Glas daneben.

»Kommt Andreas eigentlich bald?«, fragte sie. Ich hielt mein Handy in der Hand und schaute noch einmal aufs Display.

»Er hat geschrieben, dass er kommt, aber ich habe keine Ahnung, wann. Er hat sich nicht mehr gemeldet.« Um genau zu sein, hatte er geschrieben, dass er wegen mir kam und sich freute, mich zu sehen. Es machte mich froh, frustrierte mich gleichzeitig aber auch. Wie geht man damit um, in jemanden verliebt zu sein, der Frauenleichen zerteilt?

»Passt schon, wir halten so lange die Stellung«, sagte Ida. »Prost!« Alle hoben ihre Gläser, ich auch, aber ohne den letzten Rest in meinem Glas zu trinken.

Auf Idas Holzboden klebten noch immer Flecken, und es ließ sich nicht erkennen, welche neu dazugekommen und welche schon länger dort waren. Sie hatte das Licht im Wohnzimmer gedimmt, eine gute Atmosphäre sei wichtig, hatte sie gesagt, und die Flecken fielen nicht mehr so sehr auf.

In meiner Hand vibrierte das Handy. Wie mich das aufleuchtende Display informierte, hatte Leo mir eine Mail geschickt, und ich öffnete sie zerstreut. Vielleicht hatte er von meinem Gespräch mit Eva Ravn gehört.

Als ich die wenigen schwarzen Buchstaben überflog, presste ich die Zähne fest zusammen. Mich überkam ein mulmiges Gefühl, und ich legte das Handy mit dem Bildschirm nach unten auf das Sofa. Meine Gedanken waren wie in einem Nebel gefangen, ich war nur noch Körper. Die Finger zitterten, der Bauch spannte, mein Herz hämmerte, der Hals schnürte sich mir zusammen, und meine Augen wurden feucht. Mit bebender Hand fuhr ich mir durch die Haare.

»Kann ich noch ein Glas haben?«, bat ich.

»Du bekommst so viel, bis nichts mehr da ist!« Ida schenkte das Glas voll und zwinkerte mir zu. »Wir gehen steil!«

Ja, steilgehen. Ans Limit, in die Brüche, vor die Hunde. Ich las die Mail noch einmal. Und wieder. Und wieder.

Vor den Lautsprechern im Wohnzimmer tanzte Kaya mit ihren blauen Haaren und hielt ihr Handy in der Hand, neben mir auf dem Sofa saß Kris und hatte eine Schüssel mit Chips im Schoß. Der Drink schmeckte genauso scheußlich wie davor, aber ich trank trotzdem.

Es liefen Lieder mit wummernden Bässen, abwechselnd wurde getanzt, gelacht und getrunken, bisweilen sogar gleichzeitig. Ich hielt mich an Letzteres und sorgte für einen konstanten Austausch der Flüssigkeiten in meinem Glas. Wenn ich daran dachte, grinste ich, die meiste Zeit aber tat ich es nicht.

»Alles okay mit dir?«, flüsterte Ida in mein linkes Ohr. Ich hatte gar nicht bemerkt, dass sie sich so dicht neben mich gesetzt hatte.

»Mhm«, antwortete ich und schlürfte an meinem Drink. Vielleicht schmeckte er langsam besser, vielleicht hatte das aber auch nichts zu heißen.

»Dude, ich kenne dich«, sagte sie und schüttelte den Kopf. Sie stand auf und tanzte mit Kaya, sie sangen die Textzeilen mit, die sie kannten. Kris jubelte oder buhte, je nachdem, welcher Song gerade lief.

Leos Worte konnten nicht wahr sein, ich sah mich selbst vom Schulgelände gehen, während der Lieferwagen auf dem Parkplatz stand. Ich ging, er blieb.

Ich schaute auf den Tisch vor mir, irgendwo stand mein Glas, ich wusste nicht mehr, welches es war. Ich nahm mir das vollste und trank.

»Okay, dann teilen wir eben«, meinte Kris lachend und stieß mit einem der anderen Gläser mit mir an. Mein Körper fühlte sich schwer und unwillig an, aber jetzt bewegte er sich im Takt der dröhnenden Basslaute hin und her. Das heißt, einigermaßen im Takt. Ich schloss die Augen und spürte, wie mein Kopf zur Musik schwankte, aber vielleicht fühlte es sich auch nur so an und er schwankte wegen des Wodkas und der anderen guten Sachen. Weniger guten Sachen. Feuchten, schmierigen, klebrigen Sachen. Meine Finger klebten auch, es war lustig, sie voneinander zu lösen.

Ich beschloss, dass Leos Worte nicht stimmten, dass ich nie eine Mail bekommen hatte. Dass Alina zu Hause war und es allen gut ging.

Zwei Hände umfassten meinen Kopf, der damit aufhörte, sich zu bewegen. Also musste er doch geschwankt haben. Ich öffnete die Augen, und zwei braune blickten in meine hinein. Andreas.

»Hast du Spaß?« Er lächelte, ich nickte, dann küsste er mich.

»Ich habe dich vermisst«, sagte ich und meinte es.

»Jetzt bin ich hier.« Er küsste mich auf die Stirn und setzte sich neben mich aufs Sofa. »Wir haben noch das Spiel bei Mila zu Ende geguckt, bevor ich los bin. Wir haben gewonnen!«

»Hm.« Ich nahm mir eine Handvoll Chips.

»Hm«, wiederholte Andreas, »Mila ist Nikos Freundin. Du siehst toll aus.«

»Selber.« Ich schob ihm einen Chip in den Mund, seine Lippen schlossen sich um meine Finger. Er war das süßeste meiner Probleme.

»Mann, seid ihr cute«, sagte Ida über die Musik hinweg.

Andreas zog mich zu sich.

»Habe ich irgendwas Spannendes verpasst?«, fragte er mich.

»Nee, ich glaube nicht.« Seine Hand spielte in meinem Haar, er kräuselte eine Locke um seinen Finger und wickelte ihn wieder heraus.

Ich beugte mich vor und nahm ein Glas vom Tisch. Es schmeckte beschissen.

»Hannah?« Er streichelte meinen Rücken. Ich nahm noch einen Schluck und sah ihn an. »Du machst so ein ernstes Gesicht, man könnte fast glauben, jemand wäre gestorben.« Seine Grübchen taten ihr Bestes, um ihren Charme auf mich wirken zu lassen.

»Vielleicht ist das auch passiert.«

»Was redest du da?« Er nahm es als Witz, haha, wie lustig. Mir war schwindelig.

»Ist egal.« Ich holte tief Luft. Seine warme Hand lag auf meinem Nacken, und ich lehnte mich an ihn. Er sah mich mild an, er hatte es nicht böse gemeint. Dann zog er mich zu sich, und ich küsste ihn noch einmal. Alles an ihm war weich, seine Lippen, die Haare, die Zunge. Ich zog mich ein Stück zurück, blickte in seine dunkelbraunen Augen.

»Du schmeckst komisch«, sagte ich. Seine Haare ragten zwischen meinen Fingern nach oben, ich schob sie sorgfältig wieder an ihren Platz.

»Wir haben Hotdogs gegessen, und ich habe mir noch ein extra Würstchen für den Weg mitgenommen. Ich brauche nur was zum Runterspülen.«

Übelkeit stieg in mir auf.

»Ist das schlimm?«, fragte er.

Ich nickte. »Ich kann sowas nicht mehr essen.«

»Hotdogs?«

»Fleisch.« Es kam für mich mindestens genauso überraschend wie für ihn, aber ich wusste, dass es die Wahrheit war.

»Oh, sorry, das wusste ich nicht.«

»Es war jemand.« Ich konnte es noch immer schmecken, den würzigen Geschmack, der in mir die Erinnerung an die feine Textur von gehacktem, zusammengequetschtem Fleisch hervorrief.

»Was meinst du?« Er sah mich fragend an und trank einen Schluck aus meinem Glas. »Puh, ihr geizt nicht mit dem Alkohol!«

»Du hast *jemanden* gegessen.«

»Es war nur ein Grillwürstchen.«

»Es ist so eklig.« Mir stiegen Tränen in die Augen, das mulmige Gefühl in meinem Bauch wurde schlimmer, ich ekelte mich. Schnell schnappte ich mir ein neues, halbvolles Glas vom Tisch.

»Okay, das wusste ich nicht, Hannah. Ich spüle mir schnell den Mund mit Zahnpasta aus, dann schmeckt man es nicht mehr. Okay?« Andreas stand auf.

»Nein, nicht okay!« Ich hörte, wie meine Stimme die Musik übertönte, jetzt kam Ida zu uns. Kaya und Kris saßen mit zwei anderen auf dem Boden und spielten Flaschendrehen.

»Was ist nicht okay?«, wollte Ida wissen.

»Er versteht es nicht!«

»Hannah, sollen wir nicht besser hoch zu dir gehen? Ein bisschen Wasser trinken, etwas essen und dann schlafen?« Andreas wirkte besorgt.

»Ich bin nicht betrunken«, sagte ich, was Ida mit erhobenen Augenbrauen quittierte. »Okay, vielleicht ein bisschen, aber das ist egal. Sie verschwinden, damit man etwas zu Essen bekommt. Das ist so krank.«

»Schatz, niemand kapiert, wovon du redest«, sagte Ida.

»Niemand kapiert irgendwas.« Mein Gesicht wurde starr, und meine Hände verkrampften. Andreas versuchte, mich an der Hand zu nehmen, aber ich wand mich los. »Ich kann nicht«, flüsterte ich, die Augen auf den Couchtisch gerichtet.

»Was kannst du nicht?«, fragte er sanft.

»Dich.« Es kostete Kraft, zu atmen, mir kam es vor, als gäbe es nicht genug Luft im Raum.

»Okay. Vielleicht gehe ich einfach, und wir reden später. Ist das besser?«

Ich antwortete nicht, mir fehlten die Worte.

»Es war schön, dich zu sehen.« Er legte mir eine warme Hand auf die Schulter und stand auf. »Ich schreibe dir morgen. Bis dann, Ida.«

Ich wollte nicht, dass er geht, aber ich hielt seine Anwesenheit nicht aus. Ich vermisste ihn genauso sehr, wie ich ihn verabscheute.

»Ja, mein Lieber, wir sehen uns«, verabschiedete sie sich und gab ihm einen Kuss auf die Wange. »Hannah, was ist da los?«

***

Ich sah meinem Spiegelbild in die Augen. Sie sahen finster aus. Lange, dicke Haare fielen in Wellen um mein Gesicht und rahmten es sicher ein.

»*Alina ist heute verschwunden. Sie glauben, es ist eine Entführung. Überleg es dir. Leo.*« Mehr stand nicht in der E-Mail, keine Erklärung, keine genauere Beschreibung, aber ich wusste mehr. Ich hatte den Lieferwagen gesehen. Ich hätte es verhindern können.

»Bist du bereit?« Ich nickte. Hinter mir summte die Maschine. »Und wir sind uns sicher, dass du nicht zu betrunken bist, um eine solche Entscheidung zu treffen?«

»Ja.«

»Wir müssen ein bisschen was mit der Schere abschneiden, bevor wir die Maschine nehmen. Gegen diese Mähne ist sie ansonsten völlig machtlos«, meinte Kaya.

»Ist das okay?«, fragte Ida. Wieder nickte ich. Sie lächelte mein Spiegelbild an, dann erklang ein neues Geräusch. Die scharfen Klingen der Schere fuhren mit entschiedenen Schnitten gegeneinander, während immer mehr meiner dunklen, welligen Strähnen zu Boden fielen.

»Wir können dir auch einfach eine kürzere Frisur schneiden?«, schlug Ida vor.

»Alles soll ab«, erwiderte ich.

»Du entscheidest«, sagte sie und schnitt weiter. Kaya und noch jemand sahen zu, die zweite hob die Haare vom Boden auf und hielt sie sich an den Kopf. Die beiden lachten.

»Oh Gott, ist das eng hier drinnen. Wollt ihr euch nicht noch ein Bier holen?«, fragte Ida, worauf Kaya und die andere das Badezimmer verließen. Die Tür blieb offen stehen.

»Reden wir jetzt endlich mal darüber, was eigentlich los ist bei dir?«

»Nein«, antwortete ich, den Blick noch immer auf mein Spiegelbild geheftet. Ich versuchte, meine Mundwinkel nach oben zu ziehen, aber sie waren zu schwer.

»Aber irgendwas ist passiert«, hielt Ida fest.

»Ja.«

»Etwas mit Andreas?«

»Nein.«

»Und da bist du dir sicher?«

»Ja.«

»Eine Wette?«

»Nein.«

»Ich brauche einen Moment, damit ich hinterherkomme«, sagte sie und hörte auf zu schneiden. Ich seufzte und biss mir auf die Lippe. Dann öffnete ich mein Handy und gab es Ida.

»Und wer ist jetzt diese Alina?«

»Eine Schülerin.«

»Shit. Was machen sie jetzt?« Auf Idas Stirn hatte sich eine besorgte Falte gebildet. Sie schnitt weiter an meinen Haaren.

»Ich weiß es nicht. Sie suchen nach ihr.« Mir war übel.

»Aber … was hat das mit dir und deinen Haaren zu tun?«

»Ich habe ihn gesehen«, flüsterte ich.

»Was hast du gesehen?«

»Einen Lieferwagen vor der Schule. Als ich gegangen bin. Ich habe ihn gesehen, aber nichts getan.« Plötzlich liefen mir Tränen über das Gesicht.

»Schätzchen, es ist nicht deine Schuld«, flüsterte Ida mir zu, umarmte mich von hinten und legte ihre Wange an meine. »Ist das mit den Haaren eine Bestrafung? Du hast nichts falsch gemacht.«

»Nein, nur … Mitgefühl«, murmelte ich. Cibus waren kahlgeschoren, aus Hygienegründen. Ich wusste nicht, ob Ida es verstand, aber sie nickte.

»Und was ist mit Andreas?«

»Ich kann es nicht erklären.« Das war die ehrlichste Antwort, die ich geben konnte.

»Okay. Aber du magst ihn?«

»Genau das ist ja das Problem.«

»Ich werde euch Leute in Heterobeziehungen nie verstehen.« Sie machte sich wieder ans Haareschneiden.

Die restliche Prozedur verging ohne Worte. Das Klappern der Schere wurde durch das Summen des Rasierers abgelöst. Im Wohnzimmer spielte Musik, aber es war, als drängen die Töne nicht bis ins Bad vor. Es waren viele Haare, und es dauerte. Fast glaubte ich, alles in Zeitlupe mit anzusehen.

Ida pustete mir auf den Schädel, und kurze, dunkle Haare rieselten rund um mich zu Boden. Jetzt richtete ich den Blick weg von meinen Augen im Spiegel und weiter nach oben. Als ich mit den Händen über meinen jetzt nackten Kopf fuhr, spürte ich die Stoppeln, die widerspenstig aus der Haut ragten. Ich ertastete eine Beule auf meinem Kopf, links oben, die mir vorher noch nie aufgefallen war. Ich konnte nicht einschätzen, ob ich die Frisur mochte, aber das spielte keine Rolle. Die Stoppeln kitzelten an meinen Fingern und sorgten dafür, dass mein geschorener Kopf eine dunkle Farbe behielt, wo vorher die langen Locken gehangen hatten.

»Wie findest du`s?«, fragte Ida neben meinem Ohr.

»Danke«, antwortete ich. Sie küsste meine Wange, streichelte mir den Kopf und packte die Haarschneidemaschine weg. Ich sah ins Waschbecken, in das die ersten Strähnen gefallen waren, ehe es so viele wurden, dass sie auch den Boden einnahmen.

»Komm, wir holen uns ein Bier«, sagte Ida, als ich aufstand.

»Ich räume noch schnell auf.«

»Dann komm nach«, erwiderte sie lächelnd und verließ das Badezimmer.

Ich sammelte die abgeschnittenen Haare in einer Tüte. An meinem Hals und im Nacken juckte es, und ich zupfte an meinem Pullover, um die feinen Härchen von meinem Körper zu entfernen. Boden und Waschbecken waren jetzt wieder weiß, und mein Kopf fühlte sich leichter an. Bevor ich zurückging, warf ich noch einmal einen Blick in meine Augen im Spiegel. Sie sahen anders aus – völlig anders. Endlich bogen sich meine Mundwinkel leicht nach oben. Ich hatte Durst.

Kapitel 23

Es pochte in meinen Ohren, mein Kopf war tief in das weiche Meer des Kissens gesunken wie ein Anker, den man nur mit übernatürlicher Kraft nach oben ziehen konnte. Sonnenstrahlen fielen auf mein Gesicht, ich kniff meine geschlossenen Augen noch fester zusammen und zog mir die Decke über den Kopf. Den haarlosen Kopf.

Es klopfte wieder, aber es waren nicht meine Ohren, sondern die Tür. Ich würde sie nicht öffnen. Wer kam schon zu einer so frühen Uhrzeit, um … ein Uhr, zeigte mein Handy. War ich mit jemandem verabredet? Ich brauchte eine gute Ausrede, aber ich war noch nicht wach genug, um mir eine einfallen zu lassen. Vielleicht war ich einfach nicht zu Hause, war einkaufen, beim Training oder in einem Café.

»*Ich bin es, Benedicte. Bist du zu Hause?*«

Vor Überraschung sprang ich aus dem Bett, wickelte die Decke um mich und tappte zur Wohnungstür. Mir war schlecht. Benedicte stieg die Treppe schon wieder nach unten, als ich aufmachte.

»Guten Morgen«, krächzte ich.

»Guten Morgen? Es ist schon lange nicht mehr Morgen.« Benedicte fixierte einen Punkt oberhalb meiner Augen, blickte dann aber schnell wieder direkt in meine. »Ich weiß schlicht und ergreifend nicht, was ich dazu sagen soll. Es war eine harte Nacht, nehme ich an?«

Ich fuhr mit einer Hand über die Stoppeln auf meinem Kopf. Dadurch fühlte ich mich noch nackter, wenn das überhaupt möglich war.

»Bittest du mich nicht rein?«

Ich trat einen Schritt zur Seite, sodass sie in die Wohnung kommen konnte. Sie sah sich kurz im Raum um, ehe sie zum Sofa marschierte und sich setzte. Ein schneller Blick zum Küchentisch offenbarte den halb aufgegessenen Versuch eines Abendessens.

»Ich weiß nicht, ob du es mitbekommen hast«, sagte sie und bedeutete mir, mich ebenfalls zu setzen. Ich wackelte zu ihr hinüber und nahm neben ihr Platz, die Decke noch immer straff um mich gewickelt. »Alina Hussein ist gestern aus der Schule verschwunden, vermutlich entführt. Sie sind gestern Abend damit an die Öffentlichkeit gegangen. Ich glaube nicht, dass du die Nachrichten gehört hast.«

»Nein.« Es gab keinen Grund, Leo mit in das Gespräch hineinzuziehen.

»Ich sage nicht, dass du recht hast – in keiner Weise -, das Ganze klingt komplett wahnsinnig. Aber … Jetzt ist es eines von unseren Mädchen.« Sie musste schlucken. »Vielleicht sollte man sich die Sache mal ansehen, nur um Leonardos Theorien ganz ausschließen zu können.«

»Um solche Dinge kümmert sich die Polizei, dachte ich.« Die kurzen Stoppeln piksten angenehm in meine Fingerspitzen.

»Das tut sie sicher auch, und natürlich habe ich vollstes Vertrauen in unsere Behörende. Es ist nur … Es ist gut, wenn man selbst die Kontrolle über die Dinge hat.« Sie bestätigte ihre Formulierung mit einem kurzen Nicken.

Ich konnte ihr nicht von dem Lieferwagen an der Schule erzählen, ich bereute es schon, Ida davon erzählt zu haben. Benedicte würde mir Vorwürfe machen, genau wie ich selbst. Das würde ich nicht ertragen.

»Sollen wir Leo anrufen?«, fragte ich.

»Nein, ich finde nicht.« Sie sah sich noch einmal um, weniger um meine Wohnung zu mustern, als vielmehr meinem Blick auszuweichen.

»Ihr habt immer noch nicht miteinander geredet?«

Benedicte schnaubte. »Er hat sich mir nicht genähert.«

»Ich glaube, er hat gerade … alles Mögliche zu tun«, sagte ich.

»So viel dazu.«

»Ich habe auch Probleme mit Männern.«

»Ich habe absolut keine Probleme mit Männern«, gab sie scharf zurück und verschränkte die Arme.

»Oh, nein, natürlich nicht.«

Für einen Moment strich ich mir mit der Hand über den rasierten Schädel.

»Was, denkst du, sollen wir tun?«

Benedicte zuckte mit den Schultern.

»Wir sollten der Sache nachgehen, mehr herausfinden. Prüfen, ob irgendein Fünkchen Wahrheit in seinen Behauptungen steckt. Es könnte sein, dass du …«

Ich sah sie an, während sie tief Luft holte.

»Es könnte sein, dass du Zugang zu Informationen hast, an die ich nicht herankomme«, sagte sie mit gerecktem Kinn. Mir war klar, was sie damit meinte.

»Und was machen wir, wenn es wahr ist?«

Sie sah mir lange in die Augen, ohne ein Wort zu sagen.

»Ich weiß es nicht.«

Ich nickte, mein Hirn konnte auch nicht so weit in die Zukunft denken.

»Am Montagnachmittag komme ich vorbei, dann sehen wir uns die Sache an«, beschloss sie. »Momentan wirkst du nicht wie jemand, der viel beitragen könnte. Du solltest vielleicht ein wenig lüften.« Abrupt stand sie auf und verließ die Wohnung.

***

Brot, Hummus und Gurke, das war mein Abendessen. Ich biss von der Gurke ab und stellte den Teller in die Spüle. Mein Magen knurrte. Trotz der letzten Alkoholreste, die noch immer darin herumschwappten, fühlte er sich leer an. Also schaltete ich den Ofen ein, in der Tiefkühltruhe sollte sich noch etwas finden lassen.

Es schnarrte in meinen Ohren, als ich die Truhe öffnete und die gefrorenen Tüten aneinander kratzten. Ich sollte das Gerät bald wieder abtauen. In der obersten Schublade lagen Tüten mit Hackfleisch, das Emmy mir eingepackt hatte. Wieder meldete sich die Übelkeit in mir. Ich starrte in die kalte Tiefe, bevor ich zum Schrank unter der Spüle ging und den gelben Eimer herausholte. Eine Tüte nach der anderen warf ich in den Eimer, und jedes Mal gab es ein lautes Klonk, wenn sie gegeneinanderprallten. In der Truhe fand ich noch zwei Päckchen Nuggets, eine Lasagne und eine Pepperonipizza, die ich ebenfalls in den Eimer warf. Zum Schluss waren nur eine halbe Packung Pommes frites und ein Beutel Wokgemüse übrig, ansonsten war die Tiefkühltruhe leer.

Dann öffnete ich auch den Kühlschrank und griff alles, was rausmusste. Bratwürste, Speckwürfel, Leberwurst und Schinken, den ich sonst immer auf meinen Toast legte. Ich schob alles hin und her, wollte sichergehen, dass nichts mehr davon übrigblieb. Mit einem Knallen warf ich die Kühlschranktür zu, schaute auf den gefüllten Eimer und merkte, dass ich wieder weinte. Ich schniefte wütend und machte mich mit dem Eimer in der Hand auf den Weg aus der Wohnung.

Ich schob den Deckel des Müllcontainers hoch und versuchte, den Eimer anzuheben, damit alles auf einmal im eisernen Schlund verschwand. Vielleicht war es die Machtlosigkeit, die meinen Körper schwächte, denn ich schaffte es nicht. Also nahm ich eine Packung nach der anderen voller Ekel in die Hand und schleuderte sie in das geöffnete Maul.

»Hey, Sie müssen daran denken, Ihren Abfall zu sortieren«, meldete sich eine Stimme hinter mir. Ich nahm die Leberwurst und warf sie zu den anderen Toten.

»Kompostierbares gehört hier drüben hin, bevor Sie die Verpackung wegwerfen.« Jetzt war die Stimme direkt neben mir.

»Ich habe keine Zeit«, murmelte ich.

»Ist eine ganz schöne Menge, ist es schlecht geworden?«, fragte die Stimme, die für mich noch immer kein Gesicht hatte. Ich hatte keine Kraft, nachzusehen, wem sie gehörte.

»Nein, es muss einfach weg.« Ich warf die Lasagne in den Container und spürte, wie sich mein schwerer Körper mit jedem Wurf leichter anfühlte.

»Dann werfen Sie das doch nicht einfach weg, ich nehme das Hackfleisch gern, wenn Sie es sowieso loswerden wollen.« Die Hand zu der Stimme griff nach einem Beutel mit Hackfleisch.

»Nein, es ist nicht gut.« Ich griff nach dem Beutel in seiner Hand und riss das Hackfleisch an mich, ehe ich es durch den Einwurf schleuderte, und zwar so fest, dass ich es in der Schulter spürte.

»Ist es schlecht?«

»Ja. Ja, es ist schlecht. Es sind Menschen.« Jetzt sah ich ihn an, seine überraschten Augen waren ebenso rund wie die roten Wangen. Dann lächelte er.

»Ah, Sie sind eine von denen.« Kaum merklich schüttelte er den Kopf und griff mit beiden Händen in den Eimer. »Dann nehme ich es gern.«

»Nein, tun Sie nicht!« Ich zog den Eimer an mich, aber der Kerl hielt die Nuggets in der einen und die Speckwürfel in der anderen Hand. Jetzt war der Eimer leicht genug, dass ich den restlichen Inhalt direkt in den Container schütten konnte.

»Es sind einfach Lebensmittel. Und was Sie da machen, ist Verschwendung.« Er schüttelte den Kopf und wandte sich zum Gehen um. Bevor ich begriff, was ich da tat, packte ich die Speckwürfelpackung in seiner rechten Hand und zerrte sie an mich. Er drehte sich um, jetzt mit in Falten gelegter Stirn. Ich warf die Packung in den Container und richtete meinen Blick jetzt auf die halb angetauten Nuggets.

»Ruhig jetzt. Machen Sie, was Sie wollen, aber Sie können nicht bestimmen, wie andere zu leben haben.« Er klang ruhig, vielleicht eine Ahnung beleidigt und bildete damit einen krassen Kontrast zu der extremen Mischung aus Frustration, Ohnmacht und Wut, die in mir brodelte.

»Sie wühlen hier in meinem Müll herum!« Ich bekam die Packung Nuggets zu fassen und zerrte daran, als ginge es um mein Leben. Es ging nicht um mein Leben, sondern um das eines anderen.

Verärgert ließ der Kerl los und verschwand mit langen Schritten. Dabei blickte er sich immer wieder zu mir um, während ich ihm nachstarrte, bis er nicht mehr zu sehen war. Die Nuggets waren die letzte Packung, die ich mit voller Wucht in die Dunkelheit des Müllcontainers beförderte. Es gab einen hohlen Klang, als sie auf den anderen Müll traf, ansonsten geschah nichts. Der Himmel färbte sich nicht blau, es gab keinen magischen Windstoß, nichts hatte sich verändert, obwohl sich alles verändert hatte.

»Entschuldigung«, flüsterte ich und legte eine Hand auf den Containerdeckel.

Kapitel 24

»Warum ist es heute so fein?«, fragte Agnes ihre Eltern.

»Ja, warum ist es denn so fein?« Ich beobachtete die beiden gegenüber von mir. Vor uns lag eine weiße Tischdecke, sie hatten das gute Besteck hervorgeholt, und auf dem Tisch standen Blumen und Kerzen. Ich suchte nach einem neuen Ring an Emmys Finger, betrachtete ihren Bauch, aber es war keine Wölbung zu erkennen. Meine Mundwinkel bogen sich nach oben, als mich der Gedanke an ein weiteres kleines Wesen in der Familie überkam.

»Adam, willst du es erzählen?«, flötete Emmy mit ihrer hellen Stimme.

»Ja, das mache ich gern. Also, ich bin tatsächlich befördert worden!« Er grinste schief über den Tisch.

»Also kein Baby?«, rutschte es mir heraus.

»Was?« Adam sah mich erstaunt an, ehe er sich zu Emmy drehte.

»Nein!«, wandte sie sich mit entschlossener Stimme an mich. »Nein, kein Baby«, sagte sie zu ihm. »Wir feiern, dass Adam jetzt Abteilungsleiter in der Bank ist!«

»Okay, dann herzlichen Glückwunsch, Adam.« Ich stupste Agnes an. »Sag deinem Papa herzlichen Glückwunsch.«

»Herzlichen Glückwunsch, Papa! Hast du eine neue Arbeit?«

»Nein, das heißt, doch, eigentlich könnte man das sagen. Auf jeden Fall habe ich eine neue Position. Und danke, mein Schatz. Wollen wir nicht mit dem Essen anfangen?« Er richtete einen abwartenden Blick zu Emmy, die zufrieden lächelte und nickte.

Teller, Schüsseln und Schalen wurden kreuz und quer auf dem Tisch verteilt. Ich half Agnes, Essen auf den Teller zu geben, während Adam das Fleisch aufschnitt und servierte.

»Ich verstehe immer noch nicht, warum du dir die Haare abgeschnitten hast«, sagte Emmy. Sie erwähnte es schon zum dritten Mal. »Es war eine so hübsche Frisur.«

»Ich finde, es sieht echt cool aus«, stand Adam mir unerwartet zur Seite. Ich lächelte.

»Nein danke!«, stieß ich aus, als er ein Stück Fleisch auf meinen Teller legen wollte.

»Willst du etwa nichts?«, fragte er.

»Nein danke«, wiederholte ich. Ich hielt die Hand über meinen Teller, bis er die Gabel mit dem rosafarbenen Stück Fleisch wegnahm. Stattdessen griff ich nach der Rotweinflasche und schenkte mir ein großzügiges Glas ein.

»Warum willst du nichts essen?«, fragte Agnes mich mit ihren großen Augen.

»Ich habe heute keinen Appetit darauf. Und auch in Zukunft nicht mehr.« Vorsichtig sah ich zu Emmy, die ihre Augen zusammenkniff.

»Was ist denn jetzt los? Hat dieser Lehrer dir den Kopf verdreht?«

»Er hat überhaupt nichts getan, ich habe nur gemerkt, dass ich es nicht essen muss«, sagte ich und schaute auf den Tisch.

»Auf einmal tun dir die Cibus also leid?«, hakte Adam nach und schob sich einen großen Bissen Fleisch in den Mund.

»Ja, das tun sie.« Es gab keinen Grund, Leos Behauptungen zu teilen, das war einfach zu makaber. Emmys blasses Gesicht im Park, ihre Angst – ich wollte das nicht noch weiter schüren.

»Na gut, das ist deine Entscheidung«, meinte Emmy.

Ich lud mir Salat und Kartoffeln auf den Teller, sodass man den leeren Platz, an dem sonst das Fleisch lag, nicht bemerkte.

»Schmeckt es dir nicht mehr?«, fragte Agnes, als sie fertig mit Kauen war.

»Das ist nur, weil deine Tante die fixe Idee hat, dass Fleisch etwas Schlechtes wäre, aber das ist Quatsch. Iss ruhig weiter, mein Schatz.« Agnes schaute verwirrt zu mir und dann zu ihrer Mutter. Sie war erst vier Jahre alt, aber sie fragte sich bestimmt, wie eine Erwachsene an Quatsch glauben konnte. Gehorsam schnitt sie ein weiteres Stück Fleisch ab und verschluckte den ein wenig zu großen Happen mit einem Mal. Mir wurde schlecht.

»Willst du nicht einmal von der Sauce?«, fragte Adam, ohne wahrzunehmen, dass der Fleischsaft den Tisch rot färbte.

»Äh, nein. Ich schätze, du hast sie aus dem Bratensaft gekocht?« Ich gabelte Salat auf.

»Na, komm, die Soße kannst du doch essen. Sie schmeckt richtig lecker, nicht wahr, Agnes?« Emmy sah Agnes erwartungsvoll an.

»Sie schmeckt megalecker!«

»Danke, nein.«

»Hoffentlich ist die Phase, in der deine Tante wählerisch ist, bald vorbei.«

»Ich bin nicht wählerisch, Emmy.«

»Nein, nein«, sagte sie und aß einen Bissen.

»Ich mache einfach das, was ich für das Richtige halte.« Ich aß ebenfalls und hoffte, dass die Diskussion damit beendet war.

»Dann machen wir also etwas falsch«, folgerte Adam murmelnd und nahm einen Schluck Wein.

»Das habe ich nicht gesagt.« Ich trank auch von meinem Wein.

»Aber du machst das Gegenteil von uns, dann *müssen* wir ja etwas verkehrt machen.« Er lächelte, und ich stellte mir vor, dass mein Gesicht das Gegenteil davon tat.

»Okay, ja. Ich finde schon. Agnes, magst du noch mehr Kartoffeln?«

»Hannah! Du kannst tun, was du willst, aber deshalb musst du uns noch lange nicht angreifen.« Emmy warf mir einen verletzten Blick zu, und ich konnte es nicht sein lassen, mit den Augen zu rollen.

»Ich greife hier niemanden an! Ich esse nur mein Essen – *ihr* seid diejenigen, die das kommentieren.« Ich konzentrierte mich auf meinen eigenen Teller, obwohl die Platte mit dem hellroten Saft sich am Rand immer wieder in mein Blickfeld schob.

»Ich mag noch ein paar Kartoffeln«, piepste es neben mir. Es wurde still, und ich reichte Agnes die Kartoffeln. Das Geräusch klimpernder Messer auf Porzellan wurde lauter und erfüllte den Raum.

»Tante Hannah, willst du von mir probieren? Es schmeckt gut. Vielleicht magst du das hier, wenn du davon probierst?« Agnes hielt mir eine Gabel mit einem Stückchen Fleisch hin, während sie selbst noch den Mund voll hatte.

»Danke, meine Kleine, aber ich mag nicht.« Ich strich ihr übers Haar. Es erschien mir absurd, dass sie ihre Fürsorge für mich zeigte, indem sie mich mit dem toten Stück Mensch von ihrem Teller füttern wollte.

»Hannah isst anscheinend kein Fleisch mehr, aber iss du nur so viel davon, wie du kannst«, sagte Emmy von der anderen Tischseite.

Wir aßen in Stille. Adam versuchte, die Stimmung aufzulockern, indem er von einer Situation in der Bank erzählte. Ein Kunde hatte sich Geld für die Eröffnung einer Galerie leihen wollen – was Adam für eine unglaublich dämliche Idee hielt, nachdem er die Werke des Manns gesehen hatte. Aber die Luft war dick und unser Lächeln nur Maskerade.

»Darf ich aufstehen und spielen gehen?«, fragte Agnes.

»Hast du aufgegessen?«, fragte Emmy.

»Ja, ich habe meinen Teller leergegessen!«

»Sehr gut, mein Schatz, dann darfst du gern aufstehen. Gehst du in dein Zimmer?«

»Ja, ich baue eine Burg, und wenn ich fertig bin, müsst ihr kommen und sie angucken!«

»Das hört sich aber toll an«, sagte ich fröhlich.

»Ganz ehrlich, Hannah«, wandte sich Emmy an mich, als Agnes gegangen war. »Ich finde dich ziemlich undankbar.«

»Was meinst du?« Ich schob die Augenbrauen zusammen.

»Adam wurde befördert, wir haben dich zu einem leckeren Abendessen eingeladen, und dann willst du nicht einmal probieren, was wir gekocht haben. Nicht einmal die Soße!«

»Ich habe doch gratuliert. Nochmals herzlichen Glückwunsch, Adam! Freust du dich mehr darüber, wenn ich ein Stück Fleisch esse, oder was?«

»Nee …«, setzte er an.

»Darum geht es nicht. Du sitzt hier an unserem Tisch, vor dem Essen, das wir gekocht haben, und dann verurteilst du uns dafür, dass wir es essen. Findest du das nicht ein bisschen drastisch?«

»Nein, finde ich eigentlich nicht.«

»Irgendetwas müssen wir doch essen«, hielt Emmy resigniert dagegen, als würde ich sie unter Druck setzen und nicht umgekehrt.

»Ich esse Kartoffeln und Salat. Das ist doch etwas.«

»Du weißt, was ich meine.«

»Aber das sind Menschen!« Ich schenkte mir mit einem solchen Schwung Wein nach, dass zwei rote Flecken auf dem weißen Tischtuch landeten.

»So war es die ganze Zeit, das ist nichts Neues.« Emmy redete mit ruhiger Stimme, während ich das Herz in meiner Brust pochen spürte. Ich biss die Zähne aufeinander, während Wörter und Bilder in meinem Kopf durcheinanderwirbelten. Ich versuchte, sie wieder zu vertreiben, aber ich schaffte es nicht. Vielleicht hätte ich Emmy von dem Schulausflug erzählen sollen, doch ich konnte nicht darüber sprechen, mir fehlten die Worte, um zu beschreiben, was ich gesehen hatte.

»Es ist in Ordnung, Emmy.«

Adam kaute unbeeindruckt auf dem leblosen Kadaver herum, es kam mir vor, als würde niemand den Ernst des Themas verstehen. Es verwunderte mich, dass die gleiche Geschichte so unterschiedlich für uns klang.

»Man *züchtet* Cibus, sie sind keine Menschen wie wir, du brauchst also nicht so makaber zu sein.«

»Sie haben es sich nicht ausgesucht, in dieses Leben hineingeboren zu werden. Und noch dazu gibt es da völlig wahnsinnige Forschungsmethoden.«

»Ah, okay, jetzt weißt du auf einmal auch eine Menge über Forschung, oder wie?«

»Mehr als du.«

»Was denn?«

»Nichts. Ich finde nur, dass Fleisch ein krankhaftes Konzept ist«, sagte ich. Adam grinste, und ich sah zu ihm.

»Bis jetzt warst du immer eine große Anhängerin dieses Konzepts.«

»Bin ich nicht mehr.«

»Es macht einen riesigen Teil der Weltwirtschaft aus, das kann man nicht einfach fallen lassen«, merkte Adam kopfschüttelnd an.

»Scheiß auf die Wirtschaft.«

»Meine Güte, bist du kindisch. Das ist doch vollkommen unrealistisch, Hannah. Wenn alle aufhören würden, Fleisch zu essen, müssten die Höfe schließen, die Bauern und die Schlachter würden ihre Arbeit verlieren. Und was sollte man dann mit all den Cibus anfangen?« Emmy bedachte mich mit einem vorwurfsvollen Blick. »Sie können nicht einfach draußen in der Natur leben, und in eine Gesellschaft können wir sie auch nicht integrieren. Das ist wirklich ein sehr naiver Gedanke, Hannah.«

»Es würden doch neue Jobs nötig werden, zum Beispiel könnten die Züchter Bohnen anbauen, anstatt zu töten.«

»Das ist echt weit hergeholt«, meinte Adam. »Ich könnte jedenfalls nicht auf Fleisch verzichten. Wie sollte ich ohne Bacon leben können?«

»Deine Vorlieben sind natürlich auch wichtiger als das Leben von anderen.«

»Jetzt reicht's aber!« Emmys Stimme schrillte durch den Raum.

»Ja, aber genau das sagt er doch.« Ich funkelte Adam an, der unverdrossen eine Kartoffel durch den roten See auf seinem Teller schob. »Wenn man leben kann, ohne jemand anderen umzubringen, warum zur Hölle tut man es dann nicht?«

»Hannah, wir lieben alle Lebewesen. Ich wollte nie jemandem etwas Böses.«

»Und trotzdem bezahlst du andere dafür, Menschen zu töten.«

»Es sind Homo Cibus«, erwiderte Emmy steif.

»Das ist Kannibalismus!«

»Wer tötet jemanden, Mama?« erklang eine dünne Stimme hinter mir.

»Niemand, mein Schatz.« Emmy lächelte Agnes an. Ich stellte das Weinglas auf den Tisch, die Flüssigkeit darin schwappte in der durchsichtigen Halbkugel hin und her.

»Alles ist gut, du brauchst dich nicht zu fürchten, wir haben nur über Erwachsenendinge gesprochen, die ein wenig gruselig sind. Jetzt reden wir nicht mehr darüber.« Ich rieb mir die Schläfen, und Emmy hob Agnes auf ihren Schoß.

Die dicke Luft engte mich ein, und die Stille schubste mich vom Stuhl.

»Ich gehe dann besser mal. Vielen Dank für das leckere Essen und die nette Gesellschaft.« Ich sorgte dafür, dass mein Tonfall genau auf der Grenze zwischen Dankbarkeit und bitterem Sarkasmus lag. Ethik war eine fließende Substanz, die mühelos alles durchdrang – sie durchströmte nicht nur mich, sondern Gespräche, Abendessen, Beziehungen. Ich war nicht bereit dazu, konnte es aber ebenso wenig ignorieren. Nicht mehr.

Kapitel 25

Mit eiligen Schritten überquerte ich die Straße zur Haustür. Sie stand offen, und ich musste nicht klingeln, um hineinzukommen, noch nicht. Die Stufen nach oben kamen mir steil vor, ich war viel zu schnell. Ich drückte auf die Türklingel, hörte den melodischen Klang bis auf den Flur, als mir einfiel, dass ich gar nicht wusste, was ich sagen sollte. Obwohl mir der Kopf zu platzen drohte, hatte ich mich auf dem Weg hierher gar nicht auf das Treffen vorbereitet. Ich war mir noch nicht sicher, warum ich überhaupt kam. Ich musste es einfach tun.

»Hannah.« Leo lächelte breit, als er mich sah.

»Hallo.« Er betrachtete meinen Kopf und nickte, er wirkte zufrieden.

»Komm rein.« Er ging einen Schritt zur Seite, sodass ich eintreten konnte, dann schloss er die Tür hinter mir. »Möchtest du etwas trinken?«

Ich schüttelte den Kopf.

»Du brauchst wohl keine Führung, schätze ich?«

Ich schüttelte noch einmal den Kopf.

»Ist es das Zimmer deiner Tochter?«, fragte ich.

»War. Ich mache trotzdem einen Tee.«

Er ging in die Küche und holte zwei Becher. Ich beobachtete ihn von hinten. Er öffnete einen Schrank, aus dem es sofort nach Gewürzen zu duften begann.

»Was möchtest du?«

»Ich nehme das Gleiche wie du.«

»Ich habe Pfefferminz oder Jasmin … Kamille … Wie wäre es mit Vanille und Honig? Den mag ich.« Er zog eine Schachtel heraus.

Draußen warfen die Wolken dunkle Flecken auf den Asphalt, die Parkplätze und die anderen Gebäude und verbanden die verschiedenen Gebiete auf diese Weise miteinander.

»Es tut mir leid. Das mit deiner Tochter, meine ich.«

»Zucker?«

»Nein, danke.«

Er öffnete den Hahn, und dampfendes Wasser floss in die beiden Becher. Das beruhigende Brausen entspannte mich ein wenig.

»Wir setzen uns ins Wohnzimmer.« Leo nahm beide Becher und ging voraus. Ich folgte ihm und hatte noch immer keine Ahnung, was ich sagen sollte. Mir kam es so vor, als hätte er den Besuch mehr erwartet als ich selbst, die trotz allem mit dem Ziel in den Bus gestiegen war, hierherzukommen.

Er setzte sich auf den Sessel, ich nahm auf dem dunkelroten Sofa Platz, vor das er einen Becher stellte.

»Ich habe mein Fleisch weggeworfen.«

Leo lehnte sich auf dem Sessel zurück und überkreuzte die Beine.

»Sieh mal einer an.«

»Ja.«

Er pustete auf seinen Tee. Ich sah ihn abwartend an, aber er schien nicht vorzuhaben, mehr zu sagen. Er schaute aus dem Fenster gegenüber von uns, in den blau-weiß gefärbten Himmel. Die Wolken zogen langsam vorüber, mehr gab es nicht zu sehen.

»Ich weiß nicht, was ich glauben soll«, sagte ich schließlich.

»Ja, das ist nicht leicht, oder?«

»Ich habe mit Benedicte darüber geredet.«

Endlich sah er mich an.

»Mit Benedicte?«

»Ja.«

»Darf ich fragen, wieso?« Er nippte an seinem Tee. Benedictes mangelndes Vertrauen in Leo ließ mich meine Worte überdenken.

»Sie macht sich Sorgen um Alina.«

»Was denkt sie über … über die ganze Sache?«

»Zuerst hat sie es abgetan, jetzt kann ich es nicht mehr sagen. Sie kommt morgen Abend gegen acht Uhr zu mir, wir wollen uns die Sache näher ansehen.«

»Das überrascht mich.«

»Mich auch.«

»Dann macht ihr euch also beide Sorgen?«

»Natürlich«, antwortete ich. Mein Körper bestand aus Sorgen, ich bestand aus nichts anderem als Sorge.

»Genug, um etwas dagegen zu unternehmen?«

Ich zögerte.

»Vielleicht.«

»Das freut mich.«

Wieder hatte ich keinen Schimmer, was ich sagen sollte, also schwieg ich und trank von meinem Tee.

»Was ist mit dem Schlachter?«, fragte Leo. Es wunderte mich, dass er sich daran erinnerte, aber selbstverständlich tat er das. Ihm entging nichts.

»Ich weiß es nicht«, antwortete ich ehrlich. Es gab so viel, das ich nicht wusste, ich schämte mich. Alles war durcheinander, regelrecht chaotisch, und trotzdem erfüllte es mich mit einer gewissen Ruhe, hier bei Leo zu sitzen.

»Es ist auch schwierig, damit umzugehen. Ich werde mich nicht einmischen, wenn er dich glücklich macht.«

Andreas' würziger Mund und seine festen Hände tauchten als körperliche Erinnerungen auf. Genauso wie seine Grübchen und die warmen, braunen Augen.

»Was hast du vor?«, fragte ich Leo.

»Das werde ich dir verraten. Aber nicht jetzt.« Leo stand auf. »Zuerst muss ich ein paar Dinge regeln, damit wir planen können.«

»Noch habe ich nicht Ja gesagt.«

Leo blickte auf meinen rasierten Kopf und lächelte.

»Nein, natürlich nicht. Ich melde mich.«

Damit war das Gespräch beendet. Ich stand auch auf und ging zur Tür – ich hatte nichts mehr zu sagen und wusste nicht, ob ich klüger geworden war.

***

Das Handy vibrierte aggressiv in meiner Tasche, ich spürte es mehr, als dass ich es hörte. Durch das Dröhnen des Motors waren alle anderen Geräusche gedämpft, selbst das Gespräch der beiden Frauen ganz vorn im Bus. Seufzend nahm ich das Telefonat an.

»Hallo Emmy.«

»*Hallo.*« In der Leitung klang ihre Stimme irgendwie mechanisch. Eigentlich sollte ich mir ein neues Handy kaufen. Die vielen Male, die es mir aus der Hand gefallen war, hatten ihre Spuren hinterlassen.

Stille.

»*Ich rufe nur an, weil ich fragen wollte, ob du morgen zum Essen kommst? Ich will nicht mit dir streiten.*«

»Morgen bin ich verabredet.« Die Frauen im Bus lachten laut, die eine schlug der anderen auf die Schulter. Ich sah aus dem Fenster.

»*Ach, Hannah, jetzt stell dich nicht so an! Du entschuldigst dich, ich entschuldige mich, und dann vertragen wir uns wieder, okay? Adam kocht uns was Leckeres.*«

»Ich soll mich entschuldigen? Wofür denn?« Ich richtete mich im Sitz auf.

»*Du hast mich mehr oder weniger eine Mörderin genannt – und das vor Agnes.*«

»Ich habe sie nicht gesehen, und das weißt du. Ich entschuldige mich gern bei ihr, ich wollte ihr keine Angst machen. Du darfst dich sehr gern bei mir entschuldigen.«

»*Ich entschuldige mich nicht!*« Wie immer, wenn sie wütend war, gellte ihre Stimme.

»Gerade hast du noch gesagt, du wolltest es tun.«

»*Ich meinte nur, dass wir die Geschichte hinter uns lassen sollten, statt sauer aufeinander zu sein.*«

»Ich bin morgen verabredet«, wiederholte ich. Ich wusste nicht, wie ich ihr die Suspendierung beibringen sollte, mir graute vor ihrem vorwurfsvollen Blick. »Wir reden einfach ein andermal.«

»*Ruf an, wenn du bereit bist, erwachsen zu werden.*« Dann legte sie auf. Ich atmete tief ein und steckte das Handy zurück in die Hosentasche.

Bei der Aussicht aus dem Bus drückte ich den Halteknopf, ohne groß darüber nachzudenken. Plötzlich hatte ich Andreas' Haus hinter den Bäumen gesehen, und ich musste dorthin. Nach altem Aberglauben verleihen Haare Kraft, aber ich fühlte mich ohne sie viel mutiger.

***

Ich überlegte noch, ob es vielleicht eine schlechte Idee war, aber ich hatte bereits angeklopft. Mein Herz schlug wie wild, als ich auf die Tür sah, die Dielen dahinter knarrten. Es war zu spät.

»Deine Haare!«, brach es aus ihm heraus, sobald er die Tür geöffnet hatte.

»Ja.« Ich versuchte, seinen Gesichtsausdruck zu entziffern, der überrascht wirkte. Er hielt sich mit einer Hand am Türrahmen fest, die andere lag auf der Klinke.

»Jetzt habe ich längere Haare als du. Steht dir.«

»Wirklich?« Automatisch strich ich mir über den Kopf.

»Ja.« Andreas' Grübchen kamen zum Vorschein. »Willst du reinkommen?«, fragte er. Ich zögerte. »Komm.«

Er ging in die Wohnung, und ich blieb für einen Augenblick im leeren Hausflur vor der offenen Tür stehen, bevor ich über die Schwelle trat und die Tür hinter mir zuzog.

»Du hast gesagt, dass du mich nicht willst.« Er saß am Küchentisch und hatte eine Tasse in den Händen. Ich warf einen Blick zum Schlafzimmer, erinnerte mich an meinen letzten Besuch hier.

»Ich will schon. Ich weiß nur nicht, ob ich kann.« Ich biss mir auf die Lippe. Andreas schob seinen Kaffeebecher über den Tisch zu mir. Ich setzte mich an den Tisch und führte den Becher an meine Lippen. Dampf stieg mir ins Gesicht, als ich auf die schwarze Flüssigkeit sah. Wie es wohl wäre, in der Finsternis zu ertrinken. Ich trank. Wärme strömte in meinen Körper.

»Ich weiß nicht ganz, was gerade passiert«, sagte er. »Das Einzige, was ich wissen will, ist, ob du das hier willst oder nicht.« Er nahm sich den Becher wieder und trank selbst einen Schluck. Dabei hüpfte sein Adamsapfel auf und ab.

»Ich mag dich wirklich sehr«, sagte ich.

»Das merkt man nicht immer.« Seine dunklen Augen fingen meinen Blick, es war unmöglich, ihnen zu entkommen. Auch das war eine Art, zu ertrinken.

»Ich sehe die Welt anders als du.«

»Alle Menschen sehen die Welt unterschiedlich.«

»Meine Perspektive tut weh.«

»Es ist die Sache mit dem Fleisch, oder?«, fragte er und klang dabei weder vorwurfsvoll noch verärgert. Er trug ein bordeauxfarbenes Sweatshirt, einer der drei Knöpfe auf der Schulter war offen. Ein leichter Windhauch streifte über meinen Kopf, es war ein neues Gefühl, das mich auf dem Weg hierher begleitet hatte. Das Fenster hinter Andreas stand offen, und der Wind ließ seine braunen Wellen tanzen. Es stimmte, er hatte jetzt längere Haare als ich.

»Ja.«

Ich griff zur Kaffeetasse, genoss es, mit ihm zu teilen. Nachdem ich einen Schluck genommen hatte, stellte ich sie wieder auf den Tisch, wärmte meine Hände daran. Andreas beugte sich nach vorn, aber anstatt die Tasse zu nehmen, umfasste er meine Hände.

»Ich habe mich darauf gefreut, dich gestern zu sehen. Ich weiß nicht, ob dir das klar ist, aber ich denke viel an dich.«

Meine Hände lagen in seinen. Sie waren groß, mit breiten Knöcheln, feine Härchen wuchsen darauf.

»Ich kann nicht aufhören, an all die Menschen zu denken, die du zerteilt hast. Wie viele Leichen du mit deinen Händen berührt hast.«

»Das klingt makaber.«

»Es ist makaber.«

Er strich mit dem Zeigefinger über meinen Handrücken, meine Hände wurden jetzt von beiden Seiten gewärmt, vom Kaffee und von Andreas. Seine Bartstoppeln waren länger als sonst, am Abend davor war mir das nicht aufgefallen. Jetzt ähnelten sie einem richtigen Bart, und sogar sie waren länger als die Haare auf meinem Kopf.

»Fühlst du dich unwohl, wenn ich dich anfasse?«, fragte er.

»Manchmal.«

»Das tut mir leid.« Er zog seine Hände zurück und ließ meine auf dem weißen Porzellan zurück.

»Ich weiß. Ich will nicht, dass es dir leidtut«, sagte ich.

»Ich will nicht, dass du dich wegen mir unwohl fühlst.«

»Ich fühle mich bei dir auch wohl.«

»Was für ein Chaos.«

Andreas seufzte und lächelte leicht. Ich ließ meine Finger durch den Kaffeedampf tanzen, bewegte sie vor und zurück, bis kein Dampf mehr aus der Tasse aufstieg.

»Ich habe mich in dich verliebt«, sagte er.

»Ich habe mich auf jeden Fall auch in dich verliebt«, erwiderte ich.

»Aber das hier ist ein Abschied?«

Genau das war es, aber es brauchte seine Stimme, um es auszusprechen.

»Ja.« Ich stand auf, er ebenso.

»Okay. Und ich kann nichts tun, um etwas daran zu ändern?« Jetzt war ich diejenige, die lächeln musste.

»Das kann ich nicht von dir verlangen.«

»Ein anderer Job, eine andere Ernährung, eine andere Sicht auf die Welt?« Zum letzten Mal zeigte sich das tiefe Grübchen in der linken Wange.

»So etwas in der Art.«

»Ja, das ist eine ganze Menge.« Er fuhr mit seiner Hand über meinen Kopf bis zum Nacken, wo er innehielt. »Ich habe Lust, dich zu küssen.«

»Dann tu es.« Meine Stimme war genauso schwach wie meine Knie.

»Ich überlege, was ich zuletzt gegessen habe.« Vielleicht meinte er es als Scherz, aber keiner von uns grinste mehr. Er legte seine Stirn an meine, vielleicht war es aber auch genau umgekehrt.

»Ruf an, wenn … Ich weiß nicht«, sagte er. Ich nickte.

Er griff nach meiner Hand und drückte sie. Berührte meine Wange sanft mit den Lippen. Dann ging ich.

Kapitel 26

Benedicte machte es sich in meinem Sessel gemütlich. »Die Suche läuft schon das ganze Wochenende, aber es gibt nichts Neues zu Alina. Das hast du sicher schon gehört.«

»Ja, habe ich.« Ich hatte mir die Polizeiakten zu dem Fall angesehen, aber es gab nichts zu sehen, keine Fortschritte, keine Spuren. Ich setzte mich anders hin, es war ziemlich intim, mit einer Arbeitskollegin in meiner Privatsphäre zusammenzusitzen.

»Wir müssen einen Plan erstellen. Wonach suchen wir und wo.« Es war keine Frage. Benedicte zog ein schwarzes Notizbuch aus ihrer Tasche und nahm den Kugelschreiber von dem Gummiband, an dem er geklemmt hatte. Sie klickte ein paar Mal mit dem Schreibgerät und blickte dann mit nach oben gezogenen Augenbrauen auf das Papier. Wie immer benutzte sie altmodische Schreibutensilien, es war unnötig, aber ich sagte nichts dazu.

»Wir wissen, dass Alina verschwunden ist. Wir wissen, dass ihr Fall den anderen Entführungen ähnelt. Und wir wissen, dass er angeblich der Entführung von Leos Tochter ähnelt. Haben wir eine Jahreszahl dazu?« Sie redete, wie sie schrieb – in Stichpunkten.

»Es ist elf Jahre her.«

»Elf Jahre … Er hat spät Kinder bekommen.«

»Warum hast du eigentlich keine Kinder?«, fragte ich und biss mir auf die Lippe, als mir klar wurde, was mir da herausgerutscht war.

»Wie bitte?«

Ich lief rot an.

»Es ist nur … mir fiel das gerade einfach so ein. Wir kennen uns gar nicht so gut.« Ich hatte ihr noch nie eine persönliche Frage gestellt, so etwas machten wir nicht. Sie verhielt sich professionell, das hatte sie vom ersten Arbeitstag an deutlich gemacht. Sie war eine Kollegin, keine Freundin. Trotzdem saß sie jetzt in meinem Wohnzimmer, zum zweiten Mal innerhalb von drei Tagen, und versuchte zu verstehen, was mir schon lange Sorgen bereitet hatte.

»Du heißt Hannah Albrecht, du kannst gut mit Schülern und Computern umgehen, mit Plänen und Organisation weniger gut. Du wohnst allein, hast eine Schwester, und offenbar Männerprobleme. Ich kenne dich sehr gut.« Für einen Moment saß ich still da, dann musste ich blinzeln und bewegte die Beine. Jetzt schlug ich das rechte Bein über das linke.

»Klar.«

Benedicte schrieb weiter in ihr Notizbuch. Diese Informationen reichten aus – Kolleginnen, keine Freundinnen.

»Ich habe keine Kinder, weil die Zeit dafür nicht da war. Wobei, das heißt, als die Zeit dafür da war, gab es einen Mann, der keine Kinder wollte. Dann verschwand er, genauso wie die Zeit.«

»Oh«, antwortete ich.

»Kein Grund, deswegen sentimental zu werden. Du hast gefragt, und ich habe geantwortet.«

»Nein, natürlich nicht.« Ich schielte von meinem Bildschirm zu ihr hinüber, aber ich konnte keine Reaktion ausmachen. Ihr Kugelschreiber flog über das Papier, aber ihr Gesicht schien unberührt.

»Wenn die Sache seit elf Jahren im Gange ist, müsste man ein Muster erkennen; Mädchen in der Pubertät, die spurlos verschwinden.«

»Es ist mehrfach vorgekommen, nur haben sich die Fälle über ein größeres Gebiet verteilt. Sieh mal hier.« Ich drehte den Bildschirm zu Benedicte. Es waren nicht viele Suchanfragen nötig, um auf Fälle von vermissten Mädchen zu stoßen. »Sie werden nur nicht immer als vermisst angegeben. Es sind junge Mädchen, wie du selbst sagst, deshalb kann man es leicht damit erklären, dass sie von zu Hause ausgerissen sind. Und da es über einen langen Zeitraum passiert, noch dazu weit voneinander entfernt, ist es noch schwieriger, die Fälle miteinander in Zusammenhang zu bringen.«

Benedictes Augen bewegten sich über den Bildschirm, auf dem verschiedene Vermisstenfälle von jungen Mädchen aufgeführt wurden.

»Aber das hier sind weder lange Zeiträume noch große Distanzen«, merkte sie an.

»Ja, ich weiß, das ist eigenartig.«

Benedicte widmete sich wieder ihrem Notizbuch. Meine Finger schwebten suchend über der Tastatur, ich hielt nach etwas Ausschau, ohne genau zu wissen, was es eigentlich war.

»Sie haben eine neue Direktorin«, sagte ich und sah auf. »Crown Roses neue Direktorin heißt Trinya Dulmé. Vielleicht ist sie etwas weniger vorsichtig mit ihren … Projekten?«

»Das wäre ja richtiggehend dumm. Nehmen wir einmal an, dass sie tatsächlich Versuche an Mädchen durchführen, und dass sie etwas mit den Entführungen zu tun haben – warum sollten sie so viel aufs Spiel setzen?«

»Weil es niemand erwartet, niemand würde es glauben. Nimm dich selbst als Beispiel, du findest, es klingt regelrecht irrsinnig.«

»Ja, weil es irrsinnig ist«, murmelte sie und verdrehte die Augen.

»Das hier ist die Homepage von Crown Rose. Da steht, dass sie führend in der neuesten Forschung sein wollen und dass ihre

Versuche sich auf die Zuchtmethoden der Zukunft auswirken werden. Was, wenn das bedeutet, dass sie Menschen von außerhalb dazu nutzen?«

»Aber das wäre ja absurd …« Benedicte blickte mit zweifelnder Miene in ihr Notizbuch.

»Wäre es das?«

Sie hob den Blick, ihre Selbstsicherheit bröckelte. Warum sollte Leo derart lügen? Warum behauptete eine Frau hartnäckig, dass sie ihre Tochter bei Crown Rose gesehen hatte, wenn es nicht stimmte?

»Crown Rose wird staatlich gefördert«, erinnerte ich mich aus dem Artikel.

»Umso unwahrscheinlicher ist es, dass sie solche Praktiken einsetzen würden.«

»Umso größer ist der Druck, es zu vertuschen und die Ermittlungen so schnell wie möglich zu einem Ende zu bringen. Die ALF hat genügend Informationen zusammengetragen, um die Familien der Opfer ausfindig zu machen. Sie haben Leo kontaktiert. Warum hat die Polizei nicht mehr unternommen? Es gab Beweise.«

Benedicte schwieg.

»Es geht um Geld, oder?«, fragte ich. »Alle reden davon, dass die Fleischproduktion ein riesiger Wirtschaftsfaktor für den Staat ist, mit all den Exporten und so weiter. Wie bekommen sie noch mehr Geld? Je billiger und schneller die Zucht abläuft, bei gleichbleibender Qualität, umso effektiver wird sie.«

Wieder sah Benedicte zu mir, während ich abermals nach Antworten suchte.

»Okay, vor zwei Jahren – irgendeine Firma musste eine Strafe für unethische Versuche an Cibus zahlen. Vor fünf Jahren musste ein Unternehmen nach Vorwürfen wegen unvorhergesehener Komplikationen aufgrund von Laborexperimenten an

Cibus dichtmachen.« Ich legte eine Pause ein. »Es gibt viele Vorfälle, bei denen sie sich nicht an die Regeln halten. Viele.«

Ich klickte mich durch die Homepage der Polizei und brauchte einige Minuten, um mir Zugriff auf die Datenbank mit Anzeigen zu verschaffen. Es hätte länger gedauert, wenn ich zum ersten Mal versucht hätte, dort hineinzukommen. Es waren mehrere Seiten, die mehr als zehn Jahre zurückreichten. Darin fand ich Anzeigen wegen schlechter Haltungsbedingungen, unautorisierter Versuche und falscher Dokumentation von Laborergebnissen. Die meisten dieser Fälle waren ohne weitere Ermittlungen wieder eingestellt worden.

»Hier, sieh mal. Es ist nicht gerade etwas Neues, dass da zwielichtige Dinge vor sich gehen.«

Benedicte nahm den Laptop und stellte ihn auf ihren Schoß.

»Ganz so … zwielichtig kann es wohl nicht sein, wenn man nie etwas davon gehört hat.«

»Das macht es nur noch zwielichtiger«, hielt ich dagegen.

»Wo hast du diese Liste her?«, fragte Benedicte und schaute suchend auf den Bildschirm. Ich nahm den Computer wieder an mich.

»Das spielt keine Rolle, der Punkt ist, dass permanent alles Mögliche vor sich geht. Es gibt massenweise Anzeigen und Anklagen, aber keinerlei Konsequenzen, und alles wird unter den Teppich gekehrt. Sie brandmarken Cibus ohne Betäubung, obwohl es eindeutige Gesetze dazu gibt«, zitierte ich frei aus dem Artikel, den Leo mir geschickt hatte.

Benedicte lehnte sich auf dem Sessel zurück. »Das sind Spekulationen.«

Ich sagte nichts. Es mochten Spekulationen sein, aber sie fühlten sich immer wahrscheinlicher an.

»Leo hat dir da fixe Ideen in den Kopf gesetzt«, meinte Benedicte schließlich.

»Er ist nicht der Einzige, der sie beschuldigt. Ich habe dir den Artikel mit der Mutter weitergeleitet, hast du ihn nicht gelesen?«

Benedicte sah mich lange an.

Es fiel schwer, daran zu glauben, aber man konnte es kaum ignorieren. Wenn ich Leo und der neuen Realität, die er mir präsentierte, Glauben schenken wollte, musste Benedicte, der rationalste Mensch, den ich kannte, mit im Boot sein. Ihre Vernunft und Hartnäckigkeit waren das Letzte, was sie davon abhielt.. Wenn sie seine Erzählung akzeptieren konnte, hätte ich keine Zweifel mehr. Genau jetzt, in diesem Moment, wankte sie.

»Falls – und ich sage falls – das tatsächlich stimmt … Dann wären wir gezwungen, etwas zu unternehmen«, sagte ich.

Benedicte schüttelte den Kopf, aber ihre Gesichtszüge waren nicht mehr so hart wie zuvor. Ihre Augen waren weiter, der Kiefer weniger angespannt, ihre Schultern eingesunken.

Es klopfte an der Tür.

»Ida?«, rief ich laut, ehe ich vom Sofa aufstand, zur Tür ging und öffnete. Es war nicht Ida.

Kapitel 27

»Guten Abend, Hannah, entschuldige bitte die Störung.« Leo lächelte mich an. »Darf ich reinkommen?«

Ich machte ihm Platz, vor Überraschung hatte es mir die Stimme verschlagen. Leo streifte seine Schuhe auf der Fußmatte ab, bevor er sie auszog.

»Darf ich?«, wiederholte er und deutete vom Flur aus in die Wohnung. Ich nickte, und er trat ein. »Dann sehen wir, was wir machen.«

Ich ging ihm hinterher und sah, dass Benedicte aufgestanden war. Leo war schon zwei Schritte ins Wohnzimmer gegangen, als er den Kopf hob und sie ansah.

»Na sowas, guten Abend, du bist auch hier?« Er erstarrte, als wäre er überrascht, Benedicte hier zu sehen, obwohl ich ihm von meiner Verabredung mit ihr erzählt hatte.

»Leonardo.« Sie stand steif da und sah ihn an, während ein Finger in ihrem Notizbuch klemmte. Es gab eine Pause.

Eine etwas zu lange Pause. Leo sah zu mir, dann zu Benedicte und wieder zu mir. Benedicte nahm ihren Blick nicht von Leo.

»Was habt ihr vor?«, fragte Benedicte in meine Richtung.

»Wir müssen sie rausholen«, antwortete Leo. »Die Mädchen.«

»Und du weißt, wo sie sind?«, fragte sie.

»Ja, weiß ich.«

Stille.

»Ja, wenn du weißt, wo sie sind, dann führst du uns sicher an?«, sagte Benedicte.

»Bist du dabei?«, fragte ich sie, während ich mir eine Hand vor den Mund schlug, um mein Grinsen zu verbergen.

»Wie du selbst gesagt hast, sind wir wohl dazu gezwungen.« Sie nickte kurz und setzte sich wieder.

Leo räusperte sich und setzte sich auf einen Stuhl an meinem Küchentisch.

»Ich rechne damit, dass Hannah sich um die Sicherheitssysteme kümmert. Sie hatte den besten Notenschnitt in Informatik und wurde von der Uni geworfen, weil sie ihr Sicherheitssystem gehackt hat. Kompetent und bereit, die Regeln zu brechen, also genau, was wir brauchen.«

Mir stand der Mund offen.

»Du wusstest es die ganze Zeit.« Ich war nicht irgendeine zufällige Arbeitsbekanntschaft, die er langsam in seine Welt hineingelassen hatte. Er hatte mich nicht als gleichwertige Partnerin oder vertrauensvolle Person angesehen. »*Auf deine Dienste komme ich bestimmt noch einmal zurück*« – das hatte er gesagt, nachdem ich mich an Benedictes Computer eingeloggt hatte, um seinen Code zu finden. Er hatte gewusst, wer ich war, hatte mich getestet.

»Ich breche die Regeln nicht einfach zum Spaß, es gab einen Grund dafür«, erwiderte ich scharf.

»Es gibt immer einen Grund«, sagte Leo, als seien wir einer Meinung, als wären wir ein Team und als hätte er mich nicht gerade im Stich gelassen. »Ein Dozent hatte sich bei einer Party an einer Studentin vergriffen, und du hast die Aufnahmen der Überwachungskamera gefunden. Man darf die Regeln schon brechen, wenn es einen größeren Zweck dahinter gibt, nicht wahr?«

Ich gab keine Antwort.

»Wir haben verschiedene Möglichkeiten ausgelotet, um hineinzukommen, und du bist – glaub es oder nicht – die Beste, die es dafür gibt«, sagte Leo. Sollte das eine Beleidigung oder ein Kompliment sein? Ich war kompetent, aber naiv, empathisch, aber leicht zu kontrollieren.

»Wir?«, stutzte Benedicte. Ich stützte mich an der Küchenwand ab und wusste nicht, wie ich mit Leos offensichtlicher Manipulation umgehen sollte. Ich war eine Figur in einem Spiel, keine Eingeschworene, wie ich geglaubt hatte.

»Ich arbeite nicht allein, das ist euch beiden klar, denke ich. Wir sind ziemlich viele und wollen etwas verändern«, erklärte er.

»Die ALF?«, fragte ich, auch wenn ich die Antwort bereits kannte. Leo lächelte mich bloß an.

»Wenn du glaubst, dass ich im Namen dieser anarchistischen Rebellen mitmache, dann hast du dich aber geschnitten«, stellte Benedicte klar. Sie klappte ihr Notizbuch zusammen und stand auf. Mit schnellen Schritten ging sie durch das Zimmer, rauschte zuerst an mir, dann an Leo vorbei und weiter in den Flur. Dort zog sie ihre Jacke an und schlüpfte mit einer ungeduldigen Bewegung in die Schuhe.

»Sie muss dabei sein«, flüsterte ich, vielleicht zu Leo, vielleicht zu mir selbst. Leo reagierte, er ging ihr hinterher und fasste Benedicte sanft am Arm, als sie nach der Tür griff.

»Du sollst es nicht für die ALF tun – der einzige Grund, den du brauchst, ist Alina. Die Mädchen. Um sie geht es. Wenn du jetzt gehst, lässt du nicht die ALF im Stich, sondern die Mädchen«, sagte er. Benedicte zögerte.

»Und was, wenn sie nicht da sind?«, fragte sie, das Gesicht noch immer zur Tür gewandt.

»Sie sind da«, erwiderte Leo. Dann drehte sie sich um. Sie sah direkt an ihm vorbei und zu mir. Da wurde mir klar, dass wir uns gegenseitig vertrauen mussten, wir brauchten das. Außerdem gab es da noch Leos Stimme. Sie war immer ruhig, aber jetzt war sie mehr als das. Sie war massiv. Schwer, fest und alles andere als zögerlich. Ich nickte Benedicte zu. Sie hob das Kinn.

»Ich denke darüber nach. Wir können ein anderes Mal weitersprechen. Ich trage es in eure Kalender ein«, sagte sie.

»Ich bin gerade nicht an der Schule«, erinnerte ich sie murmelnd. Benedicte rollte mit den Augen.

»Ich schreibe dir. Jetzt müsst ihr mich entschuldigen.« Leo ließ ihren Arm los, und sie verschwand aus der Tür.

»Das habe ich nicht kommen sehen, Benedicte als Aktivistin … Aber sicher, was tut man nicht alles, wenn es um Menschen geht, die einem am Herzen liegen.« Er drehte seinen Ehering. »Ich habe auch alles gesagt, was ich sagen wollte.«

Leo ging ebenfalls. Ich schloss die Tür hinter ihm und lehnte mich mit dem Rücken dagegen. So viele merkwürdige Besuche in so kurzer Zeit. Brüche und Bündnisse, die ich mir nie hätte vorstellen können. Was als Suche nach den verschwundenen Mädchen angefangen hatte, war nun zu einem Krieg gegen legitime Gesellschaftsstrukturen geworden. Gegen Organisationen mit riesiger Wirtschaftsmacht, gegen jene, die uns mit ethischen Werten aufwachsen ließen, die geradewegs aus der Kühltruhe der Supermärkte kamen. Ich ließ mich an der Tür hinabgleiten, viel zu desorientiert, um über das nachzudenken, was passieren würde.

Kapitel 28

»Wann kommt Mama?«, fragte Agnes. Sie stieß sich auf ihrem neuen Fahrrad ab. Agnes hatte es mit nach oben in die Wohnung genommen, weil sie es nicht einmal für einen winzigen Augenblick loslassen wollte. Das bedeutete auch, dass sie die ganze Zeit ihren Helm trug, und ihr kleiner Kopf doppelt so groß wie sonst war. Wie das Fahrrad war auch der Helm grün. Gerade musste alles grün sein.

»Sie kommt gleich, wir haben ausgemacht, dass sie in den Park kommt, wenn sie mit der Arbeit fertig ist. Vielleicht ist sie sogar schon vor uns dort, du warst ja nicht gerade die schnellste, als wir losgehen wollten«, sagte ich zu ihrem Hinterkopf.

»Ich musste dir doch noch meine Ninjatricks zeigen!«

»Ja, das musstest du. Aber du kannst deiner Mama erzählen, wie gut du mir heute beim Karottenschälen geholfen hast, das hast du wirklich klasse gemacht. Dann kannst du auch zu Hause dabei helfen.«

»Ich helfe schon zu Hause mit.«

»Beim Karottenschälen?«

»Nein, beim Bildermalen für den Kühlschrank.«

Sie trat langsam in die Pedale. Je langsamer sie fuhr, desto mehr schlingerte das Rad von einer Seite zur anderen. Dann radelte sie schneller.

»Bleib auf dem Bürgersteig, Agnes, und fahr nicht zu schnell, ich muss ja noch hinterherkommen.«

»Du kannst einfach rennen, Tante Hannah!«, lachte sie.

»Das glaube ich nicht. Langsam, du kleine Rebellin!« Ich spurtete direkt hinter ihr los, denn Agnes hatte offenbar nicht vor, das Tempo zu drosseln, und ich hatte nicht vor, eine langweilige Tante zu sein. Ihre Kindergartentasche hüpfte über meiner Schulter auf und ab, der schmale Riemen schnitt in meine Achsel, aber Agnes jubelte auf der kurzen Strecke über den Gehweg, deshalb machte es mir nichts aus. Elternaugen mussten besonders wachsam sein, folglich spähten meine ungeübten Augen nach Hindernissen, Autos, Radfahrern und Fußgängern, die ihre Radtour stören konnten.

»Agnes, Stopp. Jetzt. Anhalten!« Meine Beine bewegten sich schneller, ich bekam ihre Schulter zu fassen und zog sie zu mir. Uns kam ein schwarzer Lieferwagen entgegen, und ich stellte mich vor sie. Der Fahrer sah genau in unsere Richtung, bremste er auch ab?

»Was ist denn, wir müssen los zu den Schaukeln!«

»Nicht sofort, eine Sekunde noch.«

»Aber …«

»Eine Sekunde!« Ich rief, sie war still. Ich wollte mich entschuldigen, ich passte doch nur auf sie auf.

Ein schwarzer Lieferwagen, überall fuhren schwarze Lieferwagen herum, aber ich konnte nicht schon wieder einen ignorieren. Ich tippte das Nummernschild in mein Handy, schrieb ein S statt eines Rs, und ich hatte keinen blassen Schimmer, was für eine Marke der Wagen war. So etwas musste man doch auch wissen – ein Kreis mit einer Linie in der Mitte, irgendjemand wusste das sicher. Auf dem Wagen gab es kein Logo oder einen Text. Wie hieß die Straße, in der wir unterwegs waren? Ich sah mich um, eine Hand noch immer auf Agnes' Schulter, die sich wand, um freizukommen.

»Wir wollten schaukeln gehen, hast du das vergessen?«

Ich sah wieder zu dem Lieferwagen und bekam Blickkontakt zum Fahrer. Er lächelte. Die Härchen an meinen Armen stellten sich auf, und ich notierte mir die Uhrzeit und auch alles andere. Mann, vielleicht Ende vierzig, kariertes Hemd, dunkle Haare. Das Auto fuhr an uns vorbei. Mein Herz galoppierte, ich spürte die Pulsschläge bis in die Fingerspitzen. Akacievej, Akazienweg, stand auf einem Straßenschild. Auch das schrieb ich in die Notiz.

»Können wir jetzt endlich gehen?«, beschwerte sich Agnes.

»Ja, entschuldige bitte. Aber den restlichen Weg machen wir langsam, ganz still und ruhig.«

»Haben wir an den Spiegel gedacht?«, fiel ihr ein. Sie schaute auf ihre Hände, als müsste sich der Spiegel dort befinden. Der kurze Stopp hatte ihr nichts ausgemacht, im Gegensatz zu mir, und das tröstete mich.

»Er ist in der Tasche. Wenn du willst, kannst du ihn haben, wenn wir angekommen sind. Was ist es denn für ein Spiegel?« Agnes stieß sich wieder mit beiden Füßen ab, bevor sie langsam in die Pedale trat.

»Ein Spiegel für die Zähne, damit man im Mund nachsehen kann, ob man sich gut genug die Zähne geputzt hat …«

Ich blickte mich nach hinten um. Der Lieferwagen war weg. Ein junger Kerl mit einem Skateboard in der Hand überholte uns. Ich hielt Agnes noch immer an der Schulter fest. Lieferwagen gab es überall. Mit diesem Gedanken versuchte ich mich selbst zu beruhigen, aber ich presste unwillkürlich die Zähne aufeinander. Agnes plapperte drauflos, während wir weitergingen und meine Augen wachsam durch die Gegend flackerten.

***

Ich rückte zur Seite, sodass Emmy sich neben mich auf die Bank setzen konnte.

»Danke, dass du mit ihr zum Zahnarzt gegangen bist«, sagte sie.

»Das hatten wir doch letzte Woche so ausgemacht.«

»Es war eine große Hilfe.«

»Ich hätte sowieso früh Feierabend gehabt.« Ich zuckte mit den Schultern.

»Hätte gehabt?«

Wir hatten immer noch nicht miteinander geredet, und mir stand nicht der Sinn danach, über meine Beurlaubung zu sprechen. »Das ist eine längere Geschichte.«

Emmy bohrte nicht weiter nach, sie akzeptierte mein Schweigen. Die Sonnenstrahlen ließen das Schaukelgestell funkeln. Endlich ein sonniger Tag, alles leuchtete, draußen tummelten sich die Menschen. Emmy hatte Agnes angeschubst, bis die Kleine ein neues Spiel gefunden hatte – sie wollte buddeln. Agnes war bereits in den Sand neben der Schaukel vertieft, dort lag eine gelbe Schaufel. Emmy und ich setzten uns auf die nächstgelegene Bank, unsere Blicke waren auf Agnes geheftet. Eine leichte Brise trug die Stimmen vom Spielplatz fort, sodass sie einen summenden Hintergrundlärm bildeten.

Emmy zog die Beine auf die Bank. Sie sah zu Agnes, die ihren Sandhügel mit einer Reihe von kleinen Stöckchen schmückte.

»Alles okay zwischen uns?«, fragte Emmy.

»Ich will nicht diskutieren.« Ich setzte mich genauso hin wie sie.

»Ich auch nicht«, entgegnete sie.

Ein anderes Kind stellte ein Stöckchen neben Agnes' Reihe. Sie sah das fremde Kind entschlossen an. Dann klopfte sie den Sand um das neue Stöckchen flach, und die beiden rannten zusammen los, um weitere Stöcke zu suchen.

»Adam hat sich ein neues Hobby zugelegt«, sagte Emmy. »Habe ich das schon erzählt?«

»Nein, was macht er denn?«

»Du weißt ja, dass er Weine sammelt. Jetzt hat er herausgefunden, dass es wohl ein Ding ist, Korkenzieher zu sammeln.«

»Was Langweiligeres hat er nicht gefunden?«

»Es ist so öde. Er liest sich echt Dinge über Korkenzieher durch – über das Material, den Ursprung, wie viele produziert werden …«

»Ein echter Traummann.« Ich grinste.

»Scheißkorkenzieher. Weißt du, es ist eine Sache, dass er mir all das erzählt – ich höre sowieso nicht zu –, aber er erzählt es auch Agnes. Sie kapiert nicht, wie unfassbar langweilig das ist, denn *wenn Papa was erzählt, muss es toll sein*. Sie ist furchtbar stolz darauf, dass sie sie anfassen darf, weil er diese Dinger so gern mag.«

»Wie viele hat er denn davon? Zehn?«

»Sechs.« Sie rollte mit den Augen, und ich lachte.

»Gibt es sonst was Neues?«, fragte sie nach einer Weile. Ich biss mir auf die Wange.

»Nicht wirklich.«

»Was ist mit dem Kerl?« Sie stieß mich leicht mit der Schulter an. »Gibt's bei ihm was Neues?«

»Nein.«

»Aber es gab da doch einen süßen Typen, oder?«

Ich seufzte und legte meinen Kopf auf ihre Schulter.

»Gab es.«

»Vergangenheit?«

»Ja.«

»Oh.« Sie legte den Arm um mich, küsste meinen Kopf und fuhr mir über die kurzen Haare. Sie atmete tief ein und ließ die Luft langsam wieder aus ihrem Körper strömen.

»Ich habe von dem Mädchen an deiner Schule gehört.«

Ich schluckte den Kloß in meinem Hals herunter und beobachtete die beiden Kinder. Agnes saß in der Hocke und hatte die Augen auf der Erde, sicher suchte sie nach hübschen Steinen für ihre Sandburg. Ich konnte Emmy nicht von dem Lieferwagen erzählen, von der Schule, dass ich ihn hätte aufhalten können. Sie würde mir niemals einen Vorwurf dafür machen, aber ich würde es in ihren Augen sehen.

»Sie wissen nichts?«, fragte Emmy. Ich schüttelte den Kopf.

»Auch bei Olivia nicht«, fuhr sie fort. »Man wird völlig paranoid dadurch, auch weil es direkt in der Nähe passiert. Gestern habe ich Sara, Olivias Mutter, getroffen, sie ist ganz grau geworden. Sie hat ja noch mehr Kinder und muss für sie da sein, aber versuch mal, einen Alltag zum Laufen zu bringen, wenn man nicht weiß, wo das eigene Kind ist.«

Ich konnte ihr von Leo und seiner Tochter erzählen, aber ihre Atmung hatte sich schon wieder geändert. Außerdem hätte es nicht gerade eine beruhigende Wirkung. Und ganz bestimmt würde ich mich nicht beliebt machen, wenn ich die Idee vorbrachte, dass die Kinder in der Fleischindustrie benutzt wurden. Sie würde es für eine geisteskranke Verschwörungstheorie halten und fragen, welcher normale Mensch an etwas so Absurdes glaubte. Vielleicht Benedicte, vielleicht ich.

»Ich weiß einfach nicht, was man machen soll«, klagte Emmy und seufzte tief. Ihr Rücken war nicht aufrecht, so wie sonst.

»Man sollte einfach aufmerksam sein, glaube ich«, sagte ich und dachte an die Notiz auf meinem Handy.

»Lieber höre ich mir für den Rest meines Lebens etwas über Korkenzieher an, als mich mit solchen Dingen auseinandersetzen zu müssen. Stell dir mal vor, es gibt keine Aufklärung, das kann für immer so sein, wenn man sie nicht findet. Scheiße, verdammt.«

Leo hatte einen Abschluss gefunden – seine Tochter war tot in einem Kühlhaus entdeckt worden. Ich wusste nicht, ob das besser war, als in Unwissenheit zu leben. Jetzt konnte er wenigstens etwas tun. Das konnte ich auch.

Emmy legte ihren Kopf schwer auf meinen und blickte zu ihrer Tochter mit den lockigen Haaren, deren größte Sorge darin bestand, welcher Stein ganz oben auf ihrer Sandburg liegen sollte. Sie probierte einige aus, das andere Kind schlug einen großen Stock vor, aber Agnes entschied sich für einen weißen Stein. Dann klopfte sie zärtlich auf die Burg, sah stolz auf und lief zu uns. Noch war sie hier.

Kapitel 29

Lautlos ging ich durch die Schule, ich war dankbar, dass gerade die dritte Stunde begonnen hatte und sich Lehrer und Schüler in den Klassenräumen befanden, sodass die Gänge leer waren. Ich hatte meinen Kapuzenpullover über den Kopf gezogen, auch wenn niemand an mich denken würde, wenn sie einen kahlrasierten Schädel vorbeilaufen sehen würden – eigentlich waren die langen, braunen Haare mit den unkontrollierbaren Locken mein Markenzeichen. Als ich den Gang mit den Büros und dem Lehrerzimmer erreichte, erhöhte ich das Tempo und bat innerlich, dass es genauso leer war wie sonst auch. Einen Moment hielt ich inne, bevor ich die Klinke herunterdrückte.

»Du bist es, komm rein«, sagte Benedicte und stand auf, um die Tür hinter mir zu schließen. »Wir müssen einige Dinge klären.«

Leo saß auf meinem Bürostuhl, Benedicte nahm auf ihrem eigenen Platz. Ganz ungewohnt musste ich mit einem Gästestuhl vorliebnehmen – auf dem in der Regel Lehrer saßen, die Stunden verschieben wollten, oder Schüler, die krank waren und auf ihre Eltern warteten.

»Es gibt immer noch keine Neuigkeiten zu Alina. Ich habe Kontakt zur Polizei aufgenommen, zu ihren Eltern, ihrem Fußballverein – ich weiß nicht, an wen man sich sonst noch wenden könnte«, fuhr sie fort. Ich beobachtete ihren Kopf, der von einer Seite zur anderen wackelte, dann atmete sie tief ein. Und tief wieder aus. Sie hatte nie das Risiko gehabt, ein Kind zu verlieren, hatte selbst keines bekommen. Ihre Augen verrieten, dass sie sich nichts sehnlicher wünschte. Diesen Blick hatte ich an ihr noch nicht beobachtet, nicht einmal, als sie einer kranken Freya übers Haar gestrichen und ihr gesagt hatte, dass ihre Mutter bald kam. Nicht einmal, als sie mit Larsen schimpfte, weil er Matti ins tiefe Wasser gedrängt hatte, trotz dessen großer Angst. Heimatlose Fürsorge.

Leo schrieb etwas auf ein Stück Papier, Benedicte tippte auf der Computertastatur. Sie suchte nach Nachrichten und Kommentaren von der Polizei, begriff ich. War das ihre Art, zuzustimmen, ein Zeichen ihrer Bereitschaft, mitzuhelfen? Die beiden arbeiteten, während ich mir auf dem Stuhl hilflos vorkam. Ich wollte aufstehen und das Büro wieder verlassen. Nach Hause gehen und eine Serie einschalten. Meine Haare wieder an den Kopf kleben und Andreas zu mir einladen. Leo hörte auf zu schreiben und drückte mit der Hand gegen den Kugelschreiber, sodass jedes Mal ein Klicken zu hören war.

»Du bist verheiratet?«, fragte ich. Die gedrückte Stimmung zwischen Benedicte und Leo war noch immer nicht geklärt, wobei Leo sich nicht anmerken ließ, ob er sie überhaupt wahrgenommen hatte.

»War.«

»Aber du trägst den Ring?«

»Manchmal.« Seine Mundwinkel bogen sich leicht nach oben. »Das ist mein Glücksbringer. Nach Zara und allem … Allem, was passiert ist. Laura – meine Frau – hat es nicht ertragen. Sie hat sich erschossen. Rein statistisch erschießen sich nur wenige Frauen, meistens sind es Männer. Frauen nehmen öfter Tabletten, da besteht eine Chance, es sich anders zu überlegen. Aber nicht meine Laura. Wenn sie sich für etwas entschieden hatte, dann hat sie es auch durchgezogen. Das habe ich immer an ihr bewundert.«

Die Härchen in meinem Nacken stellten sich auf. Erst seine Tochter, dann seine Frau. Ich legte eine Hand auf seinen Arm.

»Das tut mir so leid.«

»Ich trage den Ring, wenn gewisse Dinge gutgehen müssen. So wie heute. Jetzt bringen wir die Dinge in Ordnung.«

Ich nickte. Benedicte hatte aufgehört zu tippen. Wenigstens kannte sie jetzt den Grund für den Ring.

»Gut, was ist der Plan?«, fragte ich. Mir war nicht klar, ob ich die Möglichkeit hatte, Nein zu sagen – unser Bündnis hatte schon bei mir zu Hause begonnen. Benedicte sah konzentriert aus, sie hatte eine Entscheidung getroffen. Wir hatten losgelegt.

»Benedicte findet, dass wir einige Dinge benötigen, und damit könnte sie recht haben. Sie muss für den Großelternnachmittag der fünften Klassen einkaufen, das könnt ihr zusammen machen«, sagte Leo.

»Wir fahren um halb«, hielt Benedicte fest.

»Um halb«, bestätigte Leo. »Ich besorge einen Lieferwagen, damit wir die Mädchen wegbringen können. Es stehen Leute von der ALF bereit, um sie in Empfang zu nehmen. Alle bereit für Donnerstag?«

»Gott steh uns bei«, murmelte Benedicte und nickte. Mein Herz pochte wie wild.

»Hannah, hier ist die Adresse und eine Karte über das Institut.« Leo reichte sie mir.

»Wenn du Kollegen hast, die so etwas hinbekommen, warum sind sie dann nicht dabei?«

»Oh, wir sind übers ganze Land verteilt, und es finden ständig Aktionen statt. Manche tragen sicher von zu Hause ihren Teil bei, andere sind draußen unterwegs. So wie wir.« Er sah zufrieden aus, stolz.

»Das ist das Crown Rose Institut?«, fragte ich.

»Genau das ist es.«

Mit dieser Übersicht ergab es Sinn, warum Leo jemanden mit Kenntnis von Sicherheitssystemen brauchte. Es erforderte schon einiges Geschick, eine so detaillierte Karte zu beschaffen, aber sie bot keinen besonderen Vorsprung, wenn man das Alarmsystem nicht überwinden konnte.

»Sollen wir hier durch?«, fragte ich und deutete auf etwas, das einem Grenzübergang mit Schlagbaum und Zaun ähnelte.

»Richtig, dort fahren wir rein, und danach müssen wir in dieses Gebäude.« Leo zeigte voller Selbstverständlichkeit auf die Karte, als stünde uns eine simple Aufgabe bevor.

»Ein HQL-Alarm?«, fragte ich.

»Das weißt du besser als ich«, antwortete er mit einem Grinsen. Dabei gab es keinen Grund zu grinsen.

»Es ist ziemlich schwer, da durchzukommen«, meinte ich leise.

»Du schaffst das locker«, erwiderte Leo und wand sich an Benedicte.

»Was meinst du mit ›ziemlich schwer‹?«, hakte Benedicte nach und legte die Stirn in Falten. Sie brauchte Kontrolle. Alles musste sich bewerkstelligen lassen, ansonsten hatte es keinen Zweck, es zu versuchen.

»Ich habe noch nie einen HQL-Alarm geknackt«, erklärte ich. »Ins Gebäude selbst komme ich sicher rein. Aber um durch das HQL zu kommen, das Haupteingangstor zum Gelände, ist die beste Möglichkeit, ein Transportmittel zu nutzen, das schon in ihrem System hinterlegt ist.« Nicht die beste Möglichkeit. Die einzige.

»Wir müssen also ein Auto von Crown Rose nehmen, um reinzukommen. Ist es das, was du sagen willst?«, fragte Benedicte.

»Ja.«

»Dann schaffen wir es gar nicht hinein?« Benedicte schüttelte den Kopf, als wäre die Idee, dort einzubrechen, von vornherein schlecht gewesen. Womit sie auch richtig lag.

»Doch, mit einem ihrer registrierten Transportfahrzeuge.«

»Hannah, du findest sicher eine Lösung dafür, nicht wahr?«, wand sich Leo an mich. Zum ersten Mal wirkte er unsicher.

Benedicte strich ihre Haare glatt und band sie zu ihrem typischen Dutt, sie schenkte weder mir noch Leo einen Blick. Noch war nichts endgültig abgemacht, nur wenige Worte, und alles konnte zusammenbrechen.

»Ich bekomme es hin«, sagte ich. Benedicte hielt inne und sah mich an. »Versprochen.« Ich klang sicherer, als ich mich fühlte.

Sie nickte.

»Gut.«

Leo stand auf und tätschelte Benedictes Schulter.

»Schön, dich dabei zu haben.« Danach richtete er sich an mich: »Ich verlasse mich auf dich.«

Damit verließ er das Büro und schloss die Tür hinter sich. Ich schaute auf die Uhr, es war fast halb zwölf. Bald fuhren wir los.

Ich zog die Kapuze wieder über den Kopf und stand auf. Benedicte blickte mich an.

»Du bist dabei?«, fragte sie.

»Wenn du es bist«, erwiderte ich.

Sie haderte einen Moment, dann stieß sie sich von ihrem Schreibtisch ab und stand auf.

Kapitel 30

Irgendwo über uns strömte eine stimmenlose Melodie durch die Luft, über die Regale und Waren hinab zu den Kunden. Wir blieben vor einem Regal stehen, und Benedicte fuhr mit dem Finger über die Preisschilder, als würde sie sie lesen.

»Die weißen sind am billigsten, aber die grauen fühlen sich besser an. Was denkst du?«, fragte sie.

Ich musterte die beiden Stapel mit Decken, auf die sie deutete.

»Ich weiß es nicht.«

»Hannah, könntest du vielleicht ein bissen mitmachen? Das hier ist ernst.«

»Glaubst du, das weiß ich nicht?«

Benedicte blickte zu mir und dann auf die Decken. Eine mechanische Lautsprecherstimme verkündete das Angebot des Tages für Rippchen.

»Die grauen sind super«, sagte ich und wandte den Blick ab.

»Grau. Siehst du, war das so schwer? Wie viele nehmen wir denn …« Jetzt redete sie mit sich selbst.

»Auf dem Gebäudeplan gibt es fünfzehn Zellen«, antwortete ich. Fünfzehn Mädchen, die gegen ihren Willen eingesperrt waren. Fünfzehn Mädchen, die wir befreien würden.

Benedicte lud die Decken in den Einkaufswagen.

»Fünfzehn … Und vielleicht noch ein paar zusätzliche. Es ist immer gut, vorbereitet zu sein. Was sonst noch?«

»Taschenlampen«, sagte ich zerstreut.

Ein HQL, neben den vielen anderen Sicherheitseinrichtungen – Überwachungskameras, Wärmesensoren, Türcodes – bewies, wie viel sie in die Sicherheit investierten.

»Taschenlampen, die sollten hier irgendwo sein. Handschuhe brauchen wir auch, erinnere mich an die Handschuhe«, forderte Benedicte mich auf, als sie den Wagen stehen ließ und ein paar Schritte weiterging.

Ich stellte mich vor den Einkaufswagen, legte die Arme darauf und lehnte mich nach vorn. Ich könnte versuchen, einen Algorithmus zu entwickeln, um den HQL-Alarm zu knacken. Selbst wenn ich es schaffen sollte, selbst wenn er entgegen allen Erwartungen funktionieren sollte, mussten wir zuerst das Control Panel finden und dann das gesamte System durchgehen. Anschließend mussten sämtliche Anknüpfungspunkte abgeglichen und auf das Fahrzeug übertragen werden. Das würde Stunden dauern, und das HQL wechselte die Codes alle sieben Sekunden.

»Hannah?« Ich sah auf und fuhr mir automatisch mit einer Hand über den kahlen Kopf, den ich unter der Kapuze versteckte. Ich fühlte mich noch immer nackt.

»Hi.« Ich hatte mein fröhliches Gesicht aufgesetzt und hoffte, dass es echt aussah. Ida würde mich bestimmt durchschauen, aber ich hatte meine Zweifel, ob Andreas es konnte. Wie gut kannte er mich eigentlich? Wie gut kannte ich ihn?

»Das ist ja eine krasse Menge Decken«, kommentierte Ida lachend, als sie in den Einkaufswagen vor mir sah.

»Für die Schule«, reagierte ich schnell. »Die Kleinen sollen sie benutzen, um Höhlen zu bauen. Bald ist Projektwoche.«

»Projektwoche über Höhlen?«, fragte Ida. »Ähm, und by the way, hattest du letztes Mal nicht gesagt, dass du beurlaubt bist oder so etwas?«

Ich spürte, wie meine Wangen zu glühen anfingen, und sah schließlich zu Andreas. Als sich unsere Blicke trafen, vibrierte mein ganzer Körper.

»Geht's dir gut?«, wollte er wissen. Seine Stimme war warm und weich, und ich wollte mich am liebsten hineinlegen und alles vergessen, was bald passieren würde.

»Fuck, ich hatte fast vergessen, dass das mit euch vorbei ist. Ist das hier unangenehm für euch? Ich will nicht, dass es weird ist«, sagte Ida.

Ich war dankbar für den Themenwechsel, auch wenn er sich nicht wie eine großartige Verbesserung anfühlte.

»Mir geht's gut. Wie läuft es bei dir?« Es war besser, ihm zu antworten als ihr – ehrlich gesagt war es unangenehm. Natürlich war es unangenehm. Einerseits hatte ich große Lust, ihn zu küssen, seine Lippen auf meinen zu spüren, ihn seine Arme um meinen Körper schlingen lassen – andererseits beging er jeden Tag unaussprechliche Dinge, ohne auch nur darüber nachzudenken.

»Auch gut.«

Ich warf einen Blick zu Benedicte, die in jeder Hand eine Taschenlampe hielt. Sie musste die Vor- und Nachteile der Lampen abwägen, bevor sie sich für eine von ihnen entscheiden konnte.

»Dann ist es nicht awkward?«, fragte Ida mit zusammengekniffenen Augen.

»Es ist halb so wild. Was meinst du?« Andreas sah zu mir, und ich schüttelte den Kopf.

»Alles okay«, antwortete ich und versuchte mich an einem Lächeln.

»Vielleicht kommt ihr ja wieder zusammen, es lief so gut bei euch.« Ida zuckte mit den Schultern und widmete sich den Fahrradlampen im Regal neben uns. Es herrschte Stille, während Ida sich abwandte und ich abwechselnd zu Benedicte und auf den

Boden sah. Die Ladengeräusche – Musik, quietschende Einkaufswagen, das Knistern und Klirren, wenn Waren in Körbe gelegt wurden und die kurzen Gespräche zwischen Kunden und Mitarbeitern – zwängten sich zwischen uns. Am besten sah ich Andreas gar nicht an, damit ich nicht in Versuchung geriet oder die Schmetterlinge in meinem Bauch freiließ. Mein Atem hörte sich sonderbar an, ich versuchte, anders zu atmen. Aber er klang nur noch sonderbarer.

»Wir müssen dann auch weiter. Ida«, sagte Andreas endlich und stieß sie an.

»Okay, dann ist es also doch komisch zwischen euch. Mein Gott. Bitte kriegt das auf die Reihe, ihr beiden«, bat Ida und hängte die Fahrradlampe zurück ins Regal. Andreas schenkte mir einen entschuldigenden Blick. Als sie an mir vorbeigingen, bemerkte ich, wie heftig mein Herz schlug. Ich atmete aus.

»Wir nehmen die hier. Und wir brauchen Handschuhe.« Benedicte legte drei Taschenlampen in den Wagen und betrachtete sie. »Wir sollten eine extra nehmen, nur um auf der sicheren Seite zu sein.« Sie ging zurück zum Regal und holte eine weitere Taschenlampe heraus. Den restlichen Einkauf über schob ich den Wagen, und Benedicte suchte die Waren. Außer den Handschuhen besorgte sie die Dinge für den Großelternnachmittag: Kaffee, Kekse, Namensschilder und Saft. Wir kauften auch drei schwarze Mützen, aber es hing ein Gefühl von Unsicherheit in der Luft. Wir wussten nicht, ob es zu viel war, oder überhaupt sinnvoll. Ob das nur etwas war, was man in Filmen sah.

»Schaden kann es ja nicht«, meinte Benedicte schließlich und legte die Mützen zu unseren übrigen Einkäufen. Wir besorgten den Mädchen keine Kleidung, auch wenn Benedicte das für eine dumme Sache hielt. Leo hatte gesagt, die ALF hielt solche Dinge bereit, wenn wir kamen. Ich schlug vor, wir könnten eigene Kleider mitbringen, wenn es sein musste. Benedicte schnaubte nur und ging Richtung Kasse.

Der schnurrbärtige Mann hinter der Kasse scannte die Waren.

»Taschenlampen und Mützen, sieht verdächtig nach einem Einbruch aus«, scherzte er.

»Ja, das wäre bestimmt ein hübscher Anblick, was?«, erwiderte ich und presste ein Lächeln hervor.

Er zog die Augenbrauen nach oben, als ich die Decken auf das Kassenband legte. Benedicte sagte kein Wort, sie nahm die Waren am Ende des Bands entgegen und packte sie sorgfältig in die Taschen, die wir mitgebracht hatten. Sie bezahlte die Dinge für die Schule, ich den Rest, dann verließen wir den Markt mit je einer Tasche in den Händen, über meinem Arm hingen die übrigen Decken. Es fühlte sich kriminell an, mit all diesen Sachen draußen herumzulaufen, fast als würden sie uns verraten – als könnten andere sehen, was wir vorhatten.

Benedicte platzierte die Taschen strategisch in ihrem Kofferraum, und ich half ihr am besten, indem ich mich heraushielt. Einkäufe für die Schule nach rechts, die für unsere Aktion nach links. Der Begriff Aktion kam mir brutal vor, aber ein anderer wollte mir nicht einfallen. Vielleicht passte er in Wirklichkeit sogar gut, obwohl ich dabei ein Prickeln in meinen Fingern spürte. Die Planung war der mit Abstand leichteste Part. Ja zu sagen, war einfach. Wir waren nicht einmal ansatzweise da angelangt, wo es schwer werden würde.

»So sieht man sich wieder«, sagte Andreas plötzlich neben mir. Er stieg gerade in das Auto neben uns ein, aber es war kein Auto, sondern ein Lieferwagen.

»Musst du nach Hause, Hannah? Andreas fährt mich, du kannst einfach mitkommen, hier ist Platz für drei. Also, wenn ihr beiden das aushaltet.« Ida hob fragend die Augenbrauen. »Dann braucht die Dame dich nicht heimzubringen.«

Die Dame, also Benedicte, funkelte Ida mit zusammengekniffenen Augen an, die jedoch nicht reagierte. Benedicte schnaubte lauter als nötig, worauf Ida sie nur anlächelte.

»Ist schon okay, ich fahre mit Benedicte, wir wollen …« Ich stockte. »Andreas, der Lieferwagen gehört der Metzgerei, oder?«

Ida hatte genug gehört, setzte sich auf den Beifahrersitz und schlug die Tür zu.

»Ja«, antwortete er. Er saß auf dem Fahrersitz, aber die Tür stand noch offen.

»Das ist jetzt eine eigenartige Frage, aber – benutzt das Crown Rose Institut den Wagen manchmal?«

Er runzelte die Stirn.

»Nein, sie haben ihre eigenen Fahrzeuge.«

Die Möglichkeit, die sich gerade eröffnet hatte, erledigte sich sogleich wieder. Ich seufzte.

»Aber wir fahren ab und zu hin und holen Cibus ab«, fuhr er fort.

Ich spürte, wie meine Augen größer wurden.

»Dann kommt ihr damit aufs Gelände und wieder herunter?«, fragte ich. Benedicte klopfte von innen ans Autofenster, ich sollte mich beeilen.

»Ähm, ja, können wir.«

»Und du darfst dir den Wagen ausleihen?«

»Ich benutze ihn, ja – gerade habe ich Pause, aber ich muss zurück in den Laden, wenn ich Ida abgesetzt habe.«

»Okay, cool. Danke«, sagte ich, auch wenn er gar nicht wissen konnte, wie dankbar ich in Wahrheit war.

Ich stieg zu Benedicte ins Auto und schnallte mich an.

»Das ist wohl der Mann zu deinen Männerproblemen, schätze ich.« Benedicte schüttelte den Kopf und startete den Motor.

Kapitel 31

»Du wirkst bedrückt«, sagte Adam, als ich die Teller zur Spüle in der Küche trug, wo er gerade den Wasserhahn aufgedreht hatte.

»Was meinst du?«

»Du hast den ganzen Abend über nichts anderes getan, als die Stirn in Falten zu legen.« Ich straffte meine Stirn und zuckte mit den Schultern.

»Es ist anstrengend, Besuch zu haben.« Ich sammelte Schüsseln und Besteck. Aus meinem Schlafzimmer kreischte Agnes, die dort mit Emmy eine Höhle baute.

»Stell dich nicht so an, du hast ja nicht einmal selber gekocht.«

»Habe ich wohl!«

»Du hast bei Ralphios bestellt und es in deine Schüsseln umgefüllt.«

Ich verdrehte die Augen – er konnte wenigstens mitspielen.

»Du bist der einzige Mensch, den ich kenne, der keine Spülmaschine hat.« Adam stellte das benutzte Geschirr in die Spüle, während sie sich mit Wasser und Schaum füllte. Mein Handy vibrierte.

»*In der Nacht? Was hast du vor?*«, antwortete Andreas auf meine Nachricht. Ich hatte den Text fünfzehn Mal neu geschrieben, bevor ich ihn abschickte. Jetzt stellte ich mir seinen stutzigen Gesichtsausdruck vor und bekam sofort Bauchschmerzen vor schlechtem Gewissen.

Mein Daumen schwebte über der Tastatur auf dem Handydisplay, er wartete darauf, dass mir eine zufriedenstellende Antwort einfiel.

»Was ist?«, fragte Adam.

»Wie, was ist?«

»Spuck's einfach aus.« Er wandte sich wieder dem Abwasch zu und spülte den ersten Teller ab.

»Es ist kompliziert.« Ich legte das Handy weg und trocknete den Teller mit einem Geschirrhandtuch.

»Versuch es einfach.«

Ich schielte zu Adam, der weiter Teller schrubbte, als wären solche Gespräche zwischen uns völlig normal.

»Ich brauche die Hilfe eines Freunds, aber … es ist zu viel verlangt.«

»Hilfe wobei?«

Ich stellte den trockenen Teller in den Schrank.

»Das kann ich nicht sagen.« Mein Kopf tat weh.

»Du machst es mir nicht gerade leicht, dir einen guten Rat zu geben«, meinte Adam. Sorgfältig ließ er die Spülbürste über den nächsten Teller kreisen.

»Ich kann es nicht einmal ihm sagen.« Ich stieß einen Seufzer aus, diese Art der Kommunikation fühlte sich am passendsten an.

»Vielleicht ist die Sache auch nicht ganz legal?« In Adams Augen lag ein Funkeln, aber je mehr Zeit verging, desto blasser wurde es.

»Jemand anderes kann dir nicht helfen?«, fragte er mit tiefer Stimme.

Ich hatte den nächsten Teller abgetrocknet und stellte ihn langsam auf seinen Platz im Schrank.

»Mir fällt keine andere Lösung ein, nein.« Adam sah mich überrascht an, als er meine kleinlaute Stimme hörte.

»Aber es ist etwas Wichtiges?«

Ich nickte.

»Dann musst du es versuchen. Wer nicht wagt, der nicht gewinnt.«

»Wie tiefgründig.«

»Nein, ich meine es ernst. Erinnerst du dich, dass du einmal über passionierte Menschen gesagt hast, wie faszinierend es ist, dass sie alles für die Dinge tun, an die sie glauben?« Ich biss mir selbst auf die Lippe, denn er ahnte nicht, wie sehr er damit ins Schwarze traf. »Irgendwie hast du ja recht damit. Manchmal muss man einfach machen und nicht so viel nachdenken.«

»Außer es geht darum, welchen Wein man zum Kochen benutzt?«, entgegnete ich herausfordernd.

»Du brauchst ja nicht gleich beleidigend zu werden«, lachte er.

»Ich will ihn da einfach nicht mit reinziehen.«

»Muss er denn wissen, worum es geht?«

Ich zuckte mit den Schultern.

»Nein, nicht wirklich.«

»Weißt du noch, als du aus dem Informatikstudium geflogen bist?«, fragte Adam.

Was für eine blöde Frage. Er spülte schnell ab, ich nahm mir ein Glas und begann, es trockenzureiben. Das Handtuch war allmählich klitschnass.

»Ja, das war ein ziemlicher Mist, aber du hast auch etwas Wichtiges getan. Ich weiß nicht, ob Emmy dir das gesagt hat, aber …« Er zögerte. »Wir waren auch stolz auf dich. Dass du etwas unternommen hast, um zu helfen.«

Hastig wischte ich mir eine Träne von der Wange. Ich fühlte mich nackt, diese Art von Gespräch war neu zwischen uns, die Worte fremd, aber ich freute mich auch darüber. Bisher hatte es keinen Anlass für eine solche Vertraulichkeit zwischen uns gegeben – ich war froh, dass es diese Möglichkeit gab.

»Komm, her mit dem nächsten Teller«, sagte ich. Adam ließ sich nichts anmerken und reichte mir eine saubere Schale.

Wir spülten das restliche Geschirr schweigend.

»Du erzählst Emmy nichts davon, oder?«

»Wovon?« Adam trocknete seine Hände an dem Handtuch und ging ins Schlafzimmer zu den anderen. »Nehmt euch in Acht, denn hier kommt der Troll!«

Agnes kreischte.

»*Kann es nicht erklären. Frage nur, weil es wichtig ist.*«

Ich ging zum Schlafzimmer. Adam kitzelte Agnes, Emmy sah zu und lächelte warm. Sie lagen zu dritt in meinem Bett. Was auch immer passieren würde, sie hatten sich. Trotz der Schwere, die während der letzten Tage auf mir lastete, trotz aller Unsicherheit, Sorgen und Ängste schenkte mir das eine Art von Ruhe. Mein Handy vibrierte wieder.

»*Sag mir eine Uhrzeit, dann bin ich da.*«

***

In dem verlassenen Gang war nichts anderes zu hören als das Geräusch meiner Sneakers, die zielstrebig auf das Büro zuhielten. Als ich mich näherte, tauchten weitere Geräusche auf, immer deutlicher, bis ich sie einige Meter vor dem Büro als Stimmen identifizierte, wenige Schritte später hörte ich auch die Worte.

»Ganz offensichtlich haben sie überhaupt nichts im Griff!« Es war Benedictes Stimme.

»Wir müssen uns wohl besser vorbereiten«, entgegnete Leo, seine Stimme klang sanft und bildete einen scharfen Kontrast zu Benedicte.

Ich klopfte mit einem gebeugten Zeigefinger an die halb geschlossene Tür, dann stieß ich sie auf.

»Hi«, begrüßte ich die beiden und sah abwechselnd von Benedicte zu Leo. Ihr Dutt saß schief, ihre Wangen waren rot angelaufen.

»Und du weißt sicher wieder nichts?«, wandte sie sich an mich. Ich schaute zurück zu Leo, der mit den Schultern zuckte.

»Gut, dass du da bist«, sagte er. »Am besten sprechen wir unter sechs Augen über die letzten Details, damit es nicht so viel schriftliche Kommunikation zwischen uns gibt.« Er wiederholte damit, was ich selbst vor einigen Tagen vorgeschlagen hatte, also nickte ich bloß.

Benedicte ließ ein deutlich vernehmbares Stöhnen von ihrem Bürostuhl hören.

»Worüber weiß ich denn nichts?«, fragte ich, obwohl ich eine gewisse Ahnung hatte, worüber Benedicte so aufgebracht war. Sie rollte mit den Augen. Leo stand auf, ging zu meinem alten Schreibtisch und setzte sich vor den ausgeschalteten Computer. Es nagte an mir, dass es nicht länger mein Platz war. Ich gehörte hier nicht mehr hin. Ich sah aus dem Fenster, aber der Schulhof war leer. Es war die letzte Stunde, und wer noch Unterricht hatte, saß mit müden Augen in den Klassenzimmern.

»Die ALF steckt in Schwierigkeiten.« Benedicte warf einen wütenden Blick auf Leo, als wäre er dafür verantwortlich. Vielleicht war er das auch – mir wurde klar, dass ich nicht wusste, welche Rolle er in der Organisation innehatte. Außerdem hatte ich mit dem Grund für ihren Zorn richtig gelegen; ich hatte die Aktivisten gesehen, den ganzen Vormittag über waren sie auf allen Bildschirmen gezeigt worden.

»Es war ein Fehler …«, setzte Leo an.

»Es gibt keinen Platz für Fehler, wenn man so etwas durchführt. Das ist vollkommen verantwortungslos. Um nicht zu sagen, gefährlich!«

»Deshalb sitzen wir doch hier, damit wir es ordentlich planen können«, verteidigte sich Leo. Seine Miene war finster. Ich konnte nicht sagen, ob er nervös war, oder ob ihn die Ereignisse der Nacht überhaupt nicht beeinflussten.

»Ja, es wäre durchaus schön, einen guten Plan zu haben, damit niemand angeschossen wird, nicht wahr? Ein Schuss ins Bein, allesamt festgenommen und niemanden gerettet, weder Cibus noch Sapiens. Natürlich gab es dort keine entführten Mädchen, es war eine ganz gewöhnliche Schlachterei. Sag mir nur eins, was ist der Sinn dahinter? Einfach wahllos Käfige öffnen, ohne jeglichen Plan?«

»Wir haben einen Plan«, erwiderte Leo.

»Falls Hannah uns überhaupt reinbringen kann.« Benedicte schüttelte den Kopf und vergrub das Gesicht resigniert in ihren Händen. »Ich sage euch eins, weder werde ich verhaftet noch angeschossen noch irgendetwas anderes. Und all das nur für Cibus«, klagte sie und sah auf.

»Cibus sind nicht *nur*«, widersprach ich. »Sie verdienen es alle, dort herauszukommen.«

Benedicte schnaubte verächtlich.

»Dann findest du es auch in Ordnung, einfach hineinzuspazieren und einen riesigen Radau für Wesen zu veranstalten, die gar nichts anderes kennen?«

Ich sagte nichts. Hätte sie mich vor ein paar Wochen gefragt, wäre meine Antwort Nein gewesen. Jetzt sah es anders aus.

Sie blickte aus dem Fenster. Ich biss mir auf die Wange und schnappte mir ein Gummiband vom Schreibtisch. Meine Finger spielten an dem Gummi, während sich die Luft im Raum immer trockener und unangenehmer anfühlte.

»Am Ende sollen wir sogar nur Cibus befreien?«, mutmaßte Benedicte. Ihre Lippen waren zu einem schmalen Strich zusammengepresst.

»Wie bitte?« Leo wirkte müde.

»Wieso glaubst du, dass Alina dort ist? Hast du überhaupt irgendwelche Beweise dafür?«, drängte sie weiter.

Leo blickte auf den Boden, kratzte sich hinter dem Ohr und sah dann zu mir.

»Hannah, du hast gesagt, du hast dich in ihr System eingehackt, richtig?«

Mein Herz begann zu hämmern. Das durfte er nicht von mir verlangen.

»Du hast gesagt, du hast in ihr System geschaut und dass du sie dort sehen konntest. Alina und die anderen.« Er war ganz ruhig, legte den Kopf auf die Seite und blickte mir direkt in die Augen.

Ich bekam eine Gänsehaut, spürte Benedictes Blicke auf mir, vermied es aber, in ihre Richtung zu sehen.

»Stimmt das, Hannah?«, fragte sie. Es war ein Leichtes für mich, Ja zu sagen. Wie oft hatte ich die Wahrheit nicht schon zu meinem Vorteil verdreht? Ich konnte Ja sagen, und sie war mit an Bord. Ich hoffte es selbst, glaubte fest daran, dass die Mädchen sich dort befanden, und wenn wir sie befreiten, würde meine kleine Lüge keine Rolle spielen.

»Ich war nicht in ihrem System, ich habe sie nicht gesehen.« Das Gummi schnalzte gegen meine Finger.

Leo seufzte und ich merkte, dass er den Kopf schüttelte. Ohne hinzusehen, wusste ich, dass Benedictes Gesicht jetzt tiefrot war. Fast konnte ich die Hitze spüren, die von ihr ausging.

»Sie sind dort, ich weiß es. Sie sind dort«, sagte Leo.

»Selbst wenn sie nicht dort wären, würde es für dich keinen Unterschied machen.« Benedictes Stimme bebte. »Aber für mich macht es einen Unterschied. Sonst kann ich es nicht tun.«

Ich bereute es auf der Stelle, ich hätte lügen sollen.

»Ich habe keine Beweise«, gab Leo zu.

»Dann bin ich raus, so einfach ist es. Hannah, was ist mit dir? Bist du immer noch komplett wahnsinnig, oder siehst du das Problem? Ich muss ja völlig verrückt werden, um einem Lügner wie dir zu glauben, Leonardo. Hannah, du hast selbst gesagt, dass es ein Problem ist, hineinzukommen, es lässt sich nicht bewerkstelligen. Wir machen nicht mit, wir können es ganz einfach nicht. Nein, vielen Dank, wir sind raus.«

Ich holte tief Luft.

»Ich habe ein Auto organisiert«, sagte ich zu Leo. »Morgen um zwei Uhr, richtig?«

Leo sah mich mit großen Augen an und nickte. Benedicte stand der Mund offen.

»Wie bitte?«, blaffte sie.

»Ich kann sehr gut für mich allein denken. Alina ist dort. Und wenn sie es nicht ist, dann sind es andere.« Mein Herz pochte wild in der Brust, es fühlte sich an, als würde sich mein Körper bei jedem Schlag mitbewegen, vor und zurück, vor und zurück. Benedicte sagte nichts mehr, aber sie atmete laut und schnell.

»Ich gehe, dann könnt ihr tun und lassen, was ihr wollt.« Sie stand auf und warf mir einen letzten Blick zu. »Aber ohne mich.«

Keiner von uns reagierte, obwohl mein Herzschlag ihr zuzurufen schien, dass sie bleiben sollte. Sie blieb nicht. Mein Magen verkrampfte sich, sie war das Zünglein an der Waage gewesen, und jetzt war sie weg.

»Und für dich ist es okay?«, fragte Leo vorsichtig.

»Lass es uns tun.«

Kapitel 32

Der Schotter knirschte unter meinen Schuhen, als ich zu unserem Treffpunkt lief. Ich versuchte, im selben Takt mit meinem klopfenden Herz zu gehen, um die dröhnenden Schläge meines Körpers durch die Schritte zu übertönen. Die frische Nachtluft streichelte meine Wangen; trotzdem fiel mir das Atmen schwer. Ich räusperte mich, um den Hals freizubekommen, aber es half nichts. Ich zwang mich, zu schlucken, es kostete mich einige Mühe. Je näher ich kam, desto schärfer zeichneten sich die Umrisse von drei Autos ab, aber ich konnte nicht erkennen, ob sie es waren – dort war kein Mensch zu sehen. Ich bog ab und stellte mich ans andere Ende des Parkplatzes. Mein Blick wanderte die Straße auf und ab, während ich überlegte, aus welcher Richtung er kommen würde.

»Guten Abend, Hannah«, meldete sich eine Stimme aus der Dunkelheit. Ich drehte mich so schnell um, dass ich beinahe über meine eigenen Füße stolperte.

»Scheiße, hast du mich erschreckt!« Ich erkannte eine dunkle Silhouette dort, wo die Stimme hergekommen war. Leo klang wie immer, als würden wir uns auf einem der grauen Schulgänge begegnen. Zum ersten Mal fragte ich mich, ob er schon einmal etwas wie das getan hatte, was wir nun vorhatten, und nicht nur, *ob*, sondern auch, wie oft.

»Wo ist der Lieferwagen?«, wollte er wissen. Ich konnte seine Augen nicht sehen, das Licht der Straßenlaterne reichte nicht bis in diese Ecke des Parkplatzes.

»Er kommt«, sagte ich.

»Du bist dir ganz sicher, dass wir ihm vertrauen können?« Jetzt klang Leo eher ernst anstatt freundlich, obwohl er mir die Frage schon viele Male gestellt hatte.

»Ja.«

»Solange er weiß, dass er genauso mit drinhängt wie wir, wenn etwas schiefgehen sollte.«

Ich rührte mich nicht. Wenn etwas schiefgehen sollte.

»Aber das wird es nicht«, hielt ich mit fester Stimme dagegen, bevor meine Gedanken in die Irre liefen.

»Natürlich nicht«, erwiderte Leo matt. Ich starrte seine Silhouette an, und plötzlich kamen mir Zweifel, wie sicher er sich seiner eigenen Worte war.

Ich stellte die Taschen mit meinen und Benedictes Einkäufen auf den Boden und rollte mit den Schultern. Es wurde wieder still in der Nacht. Ich blickte auf mein Handgelenk, zufrieden darüber, an eine Uhr gedacht zu haben wie Benedicte es bei unserem Einkauf vorgeschlagen hatte. Vor einer Minute hätte er hier sein sollen. Leo räusperte sich, wahrscheinlich hatte er den gleichen Gedanken wie ich. Die Nacht wurde kälter, als wir still dastanden. Mehrere Autos fuhren vorbei, jedes Mal folgte ich den Lichtkegeln der Scheinwerfer und lauschte, ob sie das Tempo verlangsamten. Sie taten es nicht.

»Wo wurdest du abgesetzt?«, fragte ich.

»Ein gutes Stück entfernt von hier. Ich habe einmal das Taxi gewechselt und einen Umweg genommen, das letzte Stück bin ich zu Fuß gegangen. Wie abgesprochen«, antwortete er. Exakt wie abgesprochen. Er antwortete aus dem gleichen Grund, aus dem ich fragte – nicht aus Unwissenheit, sondern einfach um etwas zu tun. Etwas zu sagen. Es half nicht viel, also nickte ich, und Stille legte sich auf uns.

Das fünfte Auto, das auftauchte, blendete ein paar Mal auf und ab, bevor es abbremste und auf den Parkplatz bog.

»Hast du ihm nicht gesagt, dass er diskret sein soll?«, zischte Leo. Ich verstand ihn, aber meine Schuldgefühle, Andreas in die Geschichte hineinzuziehen überwogen den Ärger über die aufgeblendeten Scheinwerfer.

Leo ging in die Hocke und wühlte in der Tasche, die er mitgebracht hatte. Ich hatte sie erst jetzt bemerkt.

»Hi«, sagte Andreas, als er ausstieg. Er sprach leise, als befürchtete er, die Stille zu stören.

»Hi.« Ich zögerte einen Moment, bevor ich auf ihn zuging und ihn kurz umarmte. Er fühlte sich warm an, vielleicht vom Fahren, vielleicht weil er nervös war. Er machte einige Schritte auf Leo zu und streckte ihm die Hand hin.

»Hallo, Andreas«, stellte er sich vor.

»Super«, erwiderte Leo und ignorierte die Hand. Er ging direkt zum Lieferwagen.

Ich spürte Andreas' Blick auf mir, während ich Leo innerlich verfluchte.

»Hey, was machst du da?« Andreas hatte sich zu Leo gedreht, der vor dem Lieferwagen hockte und gerade das Nummernschild abschraubte.

»Diskretion, junger Mann. Hier, wirf das hinten rein.« Er reichte Andreas das Nummernschild, bevor er ein neues anbrachte.

»Was haben wir vor?«, fragte Andreas mich mit ernster Miene.

Wäre Benedicte hier gewesen, hätte diese Frage sie fürchterlich aufgebracht – einen nichts ahnenden Kerl in etwas so Wahnsinniges mit hineinzuziehen. Sie hätte recht gehabt.

»Andreas, du hast nichts vor«, sagte ich und steckte eine Hand in die Hosentasche. »Hier, das sind meine Wohnungsschlüssel. Du kannst dort warten, bis wir zurück sind.«

Die Schlüssel baumelten an meiner Hand in der Luft, aber Andreas machte keine Anstalten, danach zu greifen. Stattdessen schüttelte er den Kopf.

»Ich bin nicht dumm«, sagte er.

»Das weiß ich«, antwortete ich.

Für einen Moment waren bis auf das metallische Klimpern von Leos Werkzeug keine Geräusche zu hören.

»Hast du geglaubt, ich würde den Wagen einfach abliefern, ohne Fragen zu stellen?« Andreas sah mich an.

»Ich konnte es dir nicht sagen, sonst wärst du nicht gekommen.« Ich biss mir auf die Wange, schämte mich über mein Verhalten, auch wenn ich wusste, dass es die einzige Möglichkeit gewesen war.

»Meinst du das ernst?«

In mir rauschte es vor Schuldgefühlen, und ich atmete tief durch.

»Du bist kein Teil hiervon. Es tut mir leid, aber ich hatte keine Wahl. Ich fahre, bringe dir den Wagen wieder zurück, und dann hattest du nie etwas damit zu tun«, sagte ich. Er stieß eine Mischung aus Schnauben und Lachen aus.

»Keine Ahnung, was ihr da treibt, aber auf mich wirkt das komplett durchgeknallt.« Wieder schaute er zu Leo, der jetzt zur Rückseite des Wagens ging. »Ist er es? Zwingt er dich zu etwas, das du nicht willst?«

»Nein, tut er natürlich nicht.«

»Können wir nicht nach drinnen gehen und darüber reden?«, bat Andreas. Seine Stimme war jetzt weicher.

»Nein«, sagte ich. Meine Entscheidung war gefallen.

»Hannah, kannst du nicht einfach …«

»Andreas, nein, ich kann nicht *einfach*, ich muss das hier tun. Du hast gesagt, du leihst mir den Wagen aus, aber wenn du es dir anders überlegt hast, dann fahr wieder. Dann finden wir ein anderes Auto und machen es zu einem anderen Zeitpunkt.« Mein Mund fühlte sich trocken an, Andreas war meine einzige Lösung.

Stille.

»Ich fahre«, sagte er schließlich. Ich ließ den Arm fallen.

»Du weißt nicht einmal, worum es hier geht. Ich brauche nur den Lieferwagen, es gibt keinen Grund, dich da mit reinzuziehen.«

»Dafür ist es wohl ein bisschen spät, oder?«, entgegnete er hart. Er hatte recht. In mir verkrampfte sich alles.

»Kannst du nicht doch hierbleiben?« Ich streckte ihm die Hand mit den Schlüsseln noch einmal hin, aber er antwortete nicht und nahm sie auch nicht entgegen.

»Das ist so dumm«, murmelte ich und rieb mir die Augen.

»Es wirkt komplett dumm. Wer ist der Typ überhaupt?«

»Nur jemand, den ich kenne. Es ist egal.«

»Klar, er schraubt mitten in der Nacht neue Nummernschilder an das Auto – aber wer er ist, ist völlig egal. Der hat sie doch nicht mehr alle.«

»Andreas …«

»Ich fahre.«

»Ich versuche, dich zu beschützen«, sagte ich leise. Er seufzte.

»Das weiß ich. Ich versuche, das Gleiche mit dir zu tun«, erwiderte er und schielte zu Leo, der jetzt hinter dem Wagen kniete. »Je weniger ich weiß, desto besser – in Ordnung. Aber wenn du mit dem da losfahren willst, komme ich mit.«

»Ich komme gut allein zurecht.« Ich spürte, dass ich zunehmend gereizt wurde.

»Das weiß ich sehr gut«, sagte er.

Seine Sturheit erinnerte mich an meine eigene, und trotz des absurden Timings spürte ich, wie meine Wangen zu glühen anfingen.

»Du stehst ja immer noch hier«, bemerkte Leo, als er sich mit dem zweiten Nummernschild in der Hand aufrappelte.

»Ich fahre«, wiederholte Andreas noch einmal, und ich überlegte, ob er damit uns oder sich selbst überzeugen wollte.

»Na, gut«, antwortete Leo langsam. Na, gut, okay. Ja, warum denn nicht. Es ist eine wichtige Angelegenheit. Gut.«

Andreas öffnete die Schiebetür des Lieferwagens, und ich sammelte die Taschen auf, während er die Nummernschilder hineinlegte. Er bewegte sich zur Seite, sodass ich an die Ladefläche kam, aber stand still hinter mir, während ich die Taschen bereitlegte.

Leo öffnete die Beifahrertür vorn, kletterte auf die Stufe und stieg ein. Mir wurde klar, dass er mit seinem Platz in der Mitte eine Mauer zwischen mir und Andreas bilden würde. Ich warf die Schiebetür mit einem Knallen zu und atmete tief ein. Mit jedem Atemzug füllte dunkle Luft meine Lungen. Dann stieg ich selbst in den schwarzen Lieferwagen, wo Leo sich gerade den Gurt anlegte. Es roch eigenartig, metallisch, ein sinnlicher Beweis dafür, wozu das Fahrzeug ansonsten benutzt wurde. Ich kurbelte schnell das Fenster herunter.

Andreas startete den Motor und drehte den Kopf zu uns.

»Ich sage dir, wo lang«, reagierte Leo. »Zuerst hier auf die Straße, und dann nach links. Hannah, hast du die Sache mit dem Zugang im Griff?«

Nachtluft wehte mir ins Gesicht, als das Auto beschleunigte, und ich schloss die Augen, um noch einmal alles durchzugehen. Die Nummernschilder waren getauscht, also konnte man den Wagen nicht wiedererkennen. Ich freute mich darüber, dass er keinen Werbeaufdruck auf den Seiten hatte und stattdessen schwarz und anonym aussah. Am Rückspiegel saß ein Sensor, der dem Fahrzeug Zugang zum Institutsgelände gab, und der generische Sicherheitscode konnte nicht zu einzelnen Fahrzeugen zurückverfolgt werden. Stundenlang hatte ich das überprüft. Zuerst hatte es mich gewundert, dann war mir übel davon geworden. Natürlich sollten ihre Lieferwagen hinein- und herausfahren können, ohne erkannt zu werden. Es war besser, wenn das System keine Fahrzeuge und Personen tracken konnte, damit die illegalen Fahrten so anonym wie möglich stattfinden konnten. Es widerte mich an, aber es machte es uns leichter, uns selbst Zugang zu verschaffen.

»Ich habe es im Griff«, antwortete ich. Jetzt blieb uns nichts anderes mehr übrig, als zu hoffen, dass das reichte. Und das sollte es besser.

Kapitel 33

Die Scheinwerfer leuchteten auf eine leere Straße, nichts als grauer Asphalt und weiße Fahrbahnstreifen waren zu sehen. Wir hatten die Stadt hinter uns gelassen, Andreas fuhr nach Leos Anweisungen, ansonsten verlor niemand ein Wort. Es waren nicht viele Autos unterwegs, weder in der Stadt noch außerhalb davon.

Wir verlangsamten das Tempo, als wir schließlich an eine einsame, gewundene Straße kamen, die zu einer Gruppe aus schwarzen Gebäuden führte.

»Licht aus«, flüsterte Leo. Andreas tat, wie ihm geheißen, und fuhr langsamer, um nicht von der Straße abzukommen. Ohne die Scheinwerfer war es plötzlich sehr dunkel. Wolken verdeckten den Himmel mit einer dicken, schwarzen Schicht, auf dem Weg hierher hatte sich der Vollmond nur selten gezeigt.

Je näher wir kamen, desto höher ragte die Mauer des Instituts nach oben, und ich ging in meinem Kopf noch einmal das Alarmsystem durch. Das Tor sollte sich öffnen, wenn der Wagen vorfuhr, da es keine Zeitbegrenzung gab und man rund um die Uhr hineinfahren konnte.

Ich merkte, dass Leos Augen auf mir ruhten, aber ich konzentrierte mich auf die Straße. Zehn Meter bis zum Tor, es war noch immer geschlossen. Keine Bewegung, keine Geräusche.

»Scheiße«, fluchte Andreas. Dann stoppte er den Wagen.

»Was ist los?«, fragte ich lauter, als ich eigentlich wollte.

»Ich kann das nicht. Das ist doch geisteskrank.« Er hielt sich mit beiden Händen am Lenkrad fest, während er den Kopf schüttelte.

Wir wollten so schnell wie möglich rein und wieder raus. Nur weil wir an den Alarmanlagen vorbeikamen, bedeutete das nicht, dass wir sicher waren.

»Raus«, kommandierte ich und schnallte mich ab.

»Was?«, sagte Andreas entgeistert.

»Raus, ich fahre das letzte Stück selbst.«

»Aber …«

»Geh die Straße zurück, dann kannst du mitkommen, wenn wir zurückfahren. Oder ruf dir ein Taxi. Irgendwas.« Ich öffnete die Tür und stieg schon aus.

»Stopp. Setz dich hin.« So hatte ich Andreas noch nie reden gehört. Er war wütend, und ich verstand ihn gut. Ich war genauso wütend auf mich, aber wir konnten jetzt nicht aufhören. Leo saß still zwischen uns und schaute zum Tor. Ich setzte mich wieder und schloss die Tür, so leise ich konnte.

Andreas ließ den Motor wieder an und rollte langsam auf das Tor zu. Sieben Meter. Immer noch nichts. Fünf. Nichts. Zwei Meter vor dem Tor begann es, sich zu öffnen. Erleichtert atmete ich auf.

Wir waren drin. Hier war es heller, an den Mauern der Gebäude leuchteten Lampen. Es waren nicht viele, aber genug, um sich einen Überblick zu verschaffen.

»Nach links«, sagte Leo, als wäre nichts geschehen, als wäre er ein emotionsloses Navigationssystem. Ich merkte ihm nicht an, ob er nervös war, seine Stimme war vollkommen ruhig. Auch meine Stimme hatte nicht geschwankt, obwohl jede Faser meines Körpers vor Angst vibrierte.

Der Eingang befand sich am linken Ende des Gebäudes, dort würden wir hinein- und wieder herauskommen.

Und dort musste auch der Code eingegeben werden, den ich eingestellt hatte. Noch ein Stück weiter links, neben dem Gebäude, entdeckte ich die schwarzen Lieferwagen. Wie Wachhunde standen sie dort und blickten bösartig über den Platz, als beobachteten sie den Eingang. Das waren die Fahrzeuge, mit denen sie die Mädchen geholt hatten. Entführt hatten. Weggezerrt. Meine Atmung wurde schneller, und ich versuchte, sie zu beruhigen. Andreas parkte vor dem Gebäudeeingang. Hier befand sich das Labor.

»Warum ist hier niemand? Warum gibt es keine Wachen?« Andreas sah sich suchend um, warf sogar einen Blick in die Seitenspiegel.

»Das ist der Witz an ihrem Sicherheitssystem – Wachleute sind überflüssig, wenn das System die Arbeit macht. Bestimmt ist jemand hier, um zu reagieren, falls ein Alarm losgeht, aber niemand bekommt einen Nachtzuschlag, deshalb sollte niemand hier sein.« Meine Gedanken überflogen die Liste über die Angestellten, ihre Gehälter und ihre Stellenbezeichnungen, anhand derer ich erraten konnte, worin ihre Aufgaben am Institut bestanden. Direktoren, Forscher, Laborassistenten, Buchhaltung, Reinigungspersonal, Kantinenmitarbeiter, Fahrer.

»Halt«, sagte Leo und griff nach meinen Händen, in denen ich ein großes Stoffknäuel knetete. »Die Mützen.«

Ich gab ihm eine und reichte Andreas die andere.

»Was ist – scheiße«, fluchte er dann. Ich zog mir meine Mütze über das Gesicht, ich hatte Löcher für die Augen hineingeschnitten. Allerdings traf ich zunächst nur ein Loch, das andere Auge blickte ins Leere. Ich zog an dem Stoff, drehte die Mütze, und endlich hatte ich freie Sicht.

Wir stiegen aus. Ich presste die Augen zusammen, als die Autotüren zufielen, auch wenn es nur zwei kleine Schläge waren. In der ohrenbetäubenden Stille klang es furchtbar laut.

Leo nahm seine eigene Tasche und eine der Einkaufstüten aus dem Wagen. Ich nahm die andere. Wir hielten auf den Eingang zu, vorbei an den motorisierten Wachhunden, die uns anstarrten und Gott sei Dank nicht wirklich bellen konnten. An dem kleinen Kästchen, in das ich den Code eintippen musste, blinkte ein rotes Licht.

Leo stellte sich vor mich und ließ mir Platz, sodass ich uns Zutritt verschaffen konnte. Ich stand jetzt vor dem Kästchen an der Wand, das noch immer rot blinkte, ich sollte das Lämpchen grün aufleuchten lassen.

Über uns hing eine Kamera, sie blinkte nicht. Sie wurde von Wärmesensoren gesteuert, und die konnte ich nicht ausschalten. Abgeschaltete Sicherheitssysteme erregten Aufmerksamkeit und wirkten verdächtig. Ich hatte die Wärmesensoren lediglich so eingestellt, dass sie erst ab einer Temperatur von 142 Grad aufzeichneten.

Es gab sowohl ein Display für Fingerabdrücke und ein Tastenfeld mit Buchstaben und Ziffern an dem Kästchen. Mit dem Universalcode, den ich generiert hatte, konnten wir ohne Fingerabdruck hineinkommen. Der Code war mit sämtlichen Mitarbeitern verknüpft, sodass sie zuerst alle Angestellten verdächtigen würden, bevor sie nach jemandem außerhalb des Instituts suchten. Es war bei Weitem nicht das erste Mal, dass ich mir illegal Zutritt zu etwas verschaffte; nur mit dem Unterschied, dass es sich weniger gefährlich anfühlte, wenn man über einen Bildschirm irgendwo eindrang, während man im Schlafanzug auf dem Sofa saß und seine Spuren innerhalb von Sekunden löschen und alle Fenster schließen konnte. Ich holte einen Gummihandschuh aus der Tüte, zog ihn über meine rechte Hand und tippte den Code ein.

Ich hielt den Atem an, bis das rote Lämpchen dreimal blinkte und grün wurde. Dann öffnete sich die Stahltür vor mir.

Ich begann zu lächeln, merkte es und wurde sofort wieder ernst. Wir waren noch nicht fertig.

»Gut gemacht, Hannah«, sagte Leo und ging durch die Tür.

Andreas bewegte sich nicht.

»Ich gehe rein«, sagte ich leise vor mich hin. Ich bekam die Tür zu fassen, bevor sie sich hinter Leo schloss, und klemmte einen Türstopper darunter.

Kapitel 34

Leos Taschenlampe leuchtete weiter vorn, und ich schaltete meine eigene ein. In dem dunklen Gang hallte jedes Geräusch wider, die Schritte vor mir, meine eigenen und die hinter mir. Ich drehte mich um und sah, wie eine weitere Taschenlampe eingeschaltet wurde. Mein Magen verkrampfte sich, ich konnte nicht sagen, ob es an der Situation an sich lag oder an Andreas' Anwesenheit. Ab und zu sah ich mich nach ihm um, aber ich konnte seine Augen nicht erkennen, sie versteckten sich im Dunkeln hinter dem Lichtkegel.

Leo überprüfte die Türen auf der linken Seite, um den richtigen Raum zu finden, obwohl wir den Gebäudeplan genau studiert hatten – das Labor befand sich erst hinter der vorletzten Tür des langen Gangs. Trotzdem orientierte er sich, und das Gleiche tat ich auch.

Endlich blieb Leo stehen und wartete neben der Tür auf mich. Er hatte kein einziges Mal nach den Codes gefragt, sondern mir einfach vertraut, mir meinen Raum gelassen. Ich tippte die Ziffern auf das Feld an der Klinke, und ein kurzes Klicken verriet, dass die Tür nun entriegelt war. Nach einem kurzen Zögern drückte ich die Klinke herunter.

Von der Decke leuchteten kleine rote Spots und tauchten den klinischen Raum in ein warmes Licht. Als Erstes fielen mir die Stühle auf – sie sahen aus wie Behandlungsstühle, nur mit Riemen für die Knöchel, den Bauch und die Handgelenke. Neben jedem der vier Stühle befand sich eine Art Armaturenbrett mit

Werkzeugen, die ich noch nie zuvor gesehen hatte. Alles war aus Metall und Glas, das meiste scharf oder mit einer Art Nadel am Ende. Ein eisiger Schauer fuhr mir über den Rücken. Es gab weiße Regale mit Glasbehältern voller Flüssigkeiten und biologischer Präparate. Ich erkannte Föten in verschiedenen Entwicklungsstadien, eine Plazenta und viele andere Dinge, die normalerweise in einen Körper gehörten. In einer Vitrine zählte ich zwölf Föten, und ich erinnerte mich, von Forschungsversuchen gehört zu haben, die das Ziel hatten, die höchstmögliche Anzahl auf einmal geborener Kinder herauszufinden, ohne dass die Mutter dabei Schaden nahm. Es gehe um Effizienz, hieß es. Neben den zwölf kleinen Föten schwamm ein Säugling mit dem Mutterkuchen unter sich, einem großen, dunklen Klumpen, der durch die Nabelschnur mit dem Kind verbunden war. Die Nabelschnur war um den Hals des Kindes gewickelt, dessen Gesicht gegen das Glas stieß, sodass die Nase leicht eingedrückt war.

Mein Blick wanderte weiter, jetzt schienen die Versuche missglückt. Einem Fötus wuchsen zwei zusätzliche Hände aus dem Körper. Ein anderer glich einem Schmetterling mit einem Bein, einem Arm und einem Kopf auf jeder Seite, die in der Mitte zusammenhingen, wo die Bäuche aufeinandertrafen. Einer hatte eher eine Schnauze als eine Nase, und der Bauch war nicht richtig zusammengewachsen, sodass die Organe sich außerhalb davon befanden. Es sah aus wie eine Blume.

Ich wandte den Blick von den Regalen und Vitrinen ab und bemerkte schließlich die anderen, die gemeinsam mit uns im Raum waren. Automatisch wich ich ein paar Schritte zurück, bis ich gegen Andreas prallte. Er war wie eine Mauer. Ein Lichtkegel deutete auf die Silhouette, die ich gesehen hatte; es war ein Mädchen, nackt und mit verbundenen Augen. Sie reagierte nicht auf das Licht, sondern stand still da und schwankte leicht von einer Seite zur anderen.

»Um Blickkontakt zu vermeiden«, erklärte Leo. »Die Käfige sind außerdem schalldicht. Die armen Forscher sollen sich bei ihrer Arbeit ja nicht unwohl fühlen.« Er sprach leise, aber mit scharfem Ton.

Ich sah wieder zu dem Mädchen, und erst jetzt fiel mir der gläserne Kasten auf, in dem sie sich befand. Von ihnen gab es hier viele, aber dieser war der einzige, in dem jemand stand. Vielleicht waren die anderen leer?

Als ich genauer hinsah, erkannte ich aber, dass alle Kästen ohne Ausnahme gefüllt waren. In jedem lag ein Mädchen auf einem flachen, dunklen Rechteck, wahrscheinlich eine Art Matratze, und schlief. Mit langen Schritten trat Leo an den ersten Käfig und musterte das Display an der Tür. Andreas stand still da, während ich mich dem Bildschirm des Kastens daneben näherte.

»*Nr. 2441. Aktivität: stabil. Art: Homo Cibus. Alter: 15 Jahre, 1 Monat, 3 Tage und 57 Minuten. Erste Trächtigkeitsphase. Samenspender: Nr. 1931 (HS). 2 Monate, 7 Tage, 9 Stunden und 37 Minuten.*« Die Minutenanzeige erhöhte sich auf 38, während ich las. »*Sicherheitsmaßnahme: Eyepatch – ON.*«

Außerdem waren Gewicht, Körpergröße, Schlafrhythmus, Nahrungsmittelzufuhr und einige andere Werte angegeben, die ich nicht verstand. Ich sah in den Kasten, in dem ein schwangeres Mädchen auf der schwarzen Matratze lag und sich die Hände auf den Bauch hielt. Als Emmy schwanger gewesen war, hatte sich ihr Bauch erst im sechsten Monat so stark gewölbt. Durch die Augenbinde konnte ich nicht erkennen, ob das Mädchen wach war oder schlief.

»Haltet zuerst nach Homo Sapiens Ausschau. Wahrscheinlich bekommen sie Medikamente und werden damit ruhiggestellt – wir müssen sie raustragen. Die anderen sind an die Käfige gewöhnt. Du da, mach dich bereit zum Tragen. Hannah, du musst die Kästen jetzt öffnen.«

Schnell sah ich mich um und entdeckte einen Tisch neben den Behandlungsstühlen, dort konnte der Schlüssel sein. Das große Display in dem Tisch war mit demselben Code wie an den Türen gesperrt, und ich bedankte mich innerlich bei Benedicte. Ich wäre niemals so gründlich vorgegangen wie sie, als ich das Alarmsystem des Instituts überprüft hatte. Danach war es einfach, sich zwischen den Nummern der Käfige und ihrem Status zurechtzufinden; bei allen stand: Geschlossen. Ich drückte auf »Öffnen«, bestätigte die Aktion und hörte im gleichen Moment ein Klicken. Die fünfzehn kleinen Knöpfe vor mir leuchteten grün auf.

In den Kästen vor mir entstand Unruhe. Die Mädchen mussten wach geworden sein, als sich die Schlösser öffneten, manche von ihnen standen auf. In anderen Käfigen regte sich nichts, darin mussten die Homo Sapiens gefangen sein – die Mädchen von außen.

Andreas und Leo waren mit je einer Decke in die Kästen gegangen und trugen nun beide je einen bewusstlosen Körper. Alina konnte eine von ihnen sein. Ich schluckte und konzentrierte mich darauf, zum dritten Kasten zu gehen.

»Du kannst hier warten«, sagte Leo leise, als er mit einem Mädchen über der Schulter an mir vorbeiging. Andreas stand vor einem Glaskäfig und hielt einen Körper in den Armen. Er blickte das Mädchen fürsorglich an, bevor auch er nach draußen verschwand. Ich eilte zu einem Käfig, in dem ein Mädchen schlaff auf dem Boden lag. Meine Nackenhaare stellten sich auf, als ich die Anzeige an der Tür las – Cibus. Die Gestalt richtete sich auf. Hinter der Glasscheibe stand jetzt ein Mädchen von meiner Körpergröße und drehte den Kopf in alle Richtungen, so als wolle es hören, ob jemand kam. Meine Atmung beschleunigte sich, ich sog Luft durch die Nase ein und spürte, wie sich hinter meiner Maske feuchte Wärme sammelte. Bis jetzt hatte ich meine eigene Nervosität kaum registriert, aber ich spürte auf einmal, wie sich Tropfen auf meiner Oberlippe sammelten und wie andere meinen Rücken hinabliefen.

Nachdem ich tief Luft geholt hatte, trat ich ruhig vor den nächsten Kasten und berührte die Tür, die daraufhin zur Seite glitt. Vor mir lag ein Mädchen auf dem Boden, ihre langsamen Atemzüge waren schwer, so als schliefe sie fest. Ich bat innerlich, dass sie sich an nichts davon erinnern würde. Ihre Haare waren abrasiert, sie trug eine Augenbinde, aber ich erkannte schnell, dass es nicht Alina war. Ich schob die Arme unter sie und hob sie hoch, wie Andreas es bei dem anderen Mädchen getan hatte. Ihr Körper war schlaff und völlig reglos, doch obwohl sich meine Beine so wackelig angefühlt hatten, als wir das Institut betraten, spürte ich jetzt Kraft in mir. Leo ging an mir vorbei, er holte das nächste Mädchen, aber schien mich nicht wahrzunehmen. Ich lief schneller. Am Eingang begegnete ich Andreas, der einen Schritt zur Seite wich, damit ich nach draußen zum Auto kam. Beide Türen des Lieferwagens standen offen, darin lagen die ersten beiden Mädchen in Decken gehüllt. Vorsichtig legte ich das Mädchen ab, trotzdem gab es einen dumpfen Schlag. Ich kroch in den Wagen und nutzte die Decke, um sie weiter hinein zu ziehen. Über mir klirrte es metallisch, als ich aufstand, und sah, dass Haken an der Decke hingen. Normalerweise holten sie mit diesem Wagen die Toten ab.

Kühle Nachtluft strömte in das Auto, aber die Luft drang nicht weit genug in meine Lungen. Ich griff nach unten, um die Augenbinde des Mädchens zu lösen, schaffte es aber nur, sie zu streifen.

»Sie müssen im System gelöst werden, ansonsten lassen sie sich nicht abnehmen.« Leo bettete das nächste Mädchen in den Wagen. Ich zog meine Hand zurück, sprang hinaus und lief leise den langen Gang bis zum Labor entlang. Meine Arme waren bereits erschöpft, aber noch waren wir nicht fertig. Ich schüttelte die Arme, sie sollten noch jemanden tragen, es war machbar. Wille und Entschlossenheit verdrängten die Schwere.

Das zweite Mädchen, das ich nach draußen trug, musste Alina sein – ich konnte ihren Kiefer spüren, ihre Ohren und die langen Finger. Es blieb keine Zeit, genau nachzusehen, wir mussten handeln, aber es war Alina. Mein Körper lief über vor Trauer und Freude, ich lief schneller, legte sie vorsichtig ins Auto und sah sie ein letztes Mal an, bevor ich zurück durch den langen Gang lief, so müde und gleichzeitig so wach wie nie zuvor. Meine Arme brannten, die Beine waren erschöpft, aber das war nicht wichtig. Andreas kam gerade mit dem letzten Homo Sapiens aus dem Gebäude. Jetzt waren nur noch Cibus übrig, die Wesen, die nichts anderes als Käfige kannten. Die Menschen, die in ein solches Leben hineingeboren waren. Gezüchtet.

Ich war allein und stellte mich vor einen gläsernen Kasten. Das Mädchen vor mir wich schnell an die hintere Wand zurück, und ich bemerkte die verzweifelten, flachen Atemzüge, die überall rund um mich erklangen, meine eigenen mischten sich darunter. Die hektischen Laute drangen durch die Öffnungen, die sich durch die entriegelten Türen aufgetan hatten.

Ich streckte dem Mädchen, das nichts sehen konnte, meine Hand entgegen. Machte einen Schritt auf sie zu, dann einen zweiten, berührte ihre Hand ganz leicht. Ein Schmerzenslaut kam über ihre Lippen, und sie zuckte zusammen, als hätte jemand sie geschlagen. Wieder und wieder fuhr sie sich über die Haarstoppeln auf dem Kopf, und ich zog mich zurück. Natürlich wollte sie nicht mit mir kommen. Sie wusste nicht, was außerhalb der Käfige lauerte. Womöglich hatten die Mädchen die Kästen das letzte Mal für die Besamung verlassen, und jetzt stand ich hier wie eine riesige Idiotin und erwartete, dass sie mir vertrauten. Wie sollten sie jemals glauben, dass jemand außerhalb der Käfige ihnen etwas Gutes wollte?

Vorsichtig zog ich die Haube von meinem Gesicht und ließ die Luft des Raums mein Gesicht umschließen. Mein stoppeliger Kopf glich ihren – ich ähnelte ihnen.

»Jetzt wird's spannend«, sagte Leo, als er wieder in den Laborraum trat.

»Wir müssen die Augenbinden lösen«, sagte ich.

»Wir müssen sie rausbringen«, erwiderte Leo und öffnete einen weiteren Käfig. Das Mädchen darin presste sich an die Glaswände in der Ecke. »Komm, es ist okay.«

»Sie müssen sehen, dass alles okay ist«, murmelte ich und ging zurück zum Kontrolldisplay. Ich navigierte mich zum Punkt Sicherheit und wählte »Eyepatch – OFF« aus.

Jetzt fassten sich die Mädchen ins Gesicht und griffen nach den Binden, als sie sich lösten. Leo versuchte, das Mädchen vor sich zu fassen zu bekommen, aber es riss seinen Arm zurück und setzte sich in die Hocke. Er ging zum nächsten Käfig und öffnete auch dort die Tür. Wieder versuchte er es mit der gleichen Herangehensweise – einer ausgestreckten Hand und freundlichen Worten, aber die Reaktion war ähnlich. Das Mädchen kehrte ihm den Rücken zu und zog den Kopf zwischen die Schultern, sobald er sich ihr näherte. Leo öffnete den nächsten Käfig, nun mit schnelleren Bewegungen.

Ich stellte mich wieder vor das Mädchen von zuvor. Bei unserem Schulausflug auf den Hof, hatte ich gedacht, dass kein Leben in den Homo Cibus steckte – dass es nur Köper waren, keine Seelen. Trotzdem stand ich jetzt einem Mädchen gegenüber und blickte tief in seine traurige Seele. Ganz langsam und behutsam zog ich nacheinander meine Schuhe und Socken aus.

Für eine lange Sekunde begegneten sich unsere Blicke, und obwohl unsere Leben bis zu diesem Moment völlig verschieden verlaufen waren, waren wir in diesem Augenblick ein und dasselbe Wesen. Das Einzige, was uns trennte, war die schreckliche Erfahrung, in Gefangenschaft aufgewachsen zu sein Alles Leid, was ihr widerfahren war, brach über mich herein, und es kam mir wie ein Wunder vor, dass ihre braunen Augen unverletzt waren – dass sie nicht eine einzige Schramme davongetragen hatten.

»Komm jetzt, wir sind hier, um zu helfen!«, bat Leo, während er es in neuen Käfigen und neuen Frauen versuchte. Andreas kam ins Labor, aber blieb in der Tür stehen – ich spürte seine Anwesenheit, doch es machte keinen Unterschied.

»Nicht bewegen«, sagte ich, langsam aber deutlich. Andreas rührte sich nicht, doch Leo nahm an, dass ich zu den Mädchen sprach und nicht zu ihm.

Der Kapuzenpulli streifte mein Gesicht, als ich ihn über den Kopf zog und dann vorsichtig auf den Boden legte. Ein Zucken im Gesicht des Mädchens ließ mich auch mein dünnes Top ausziehen, die letzte Schicht, die meine Haut verbarg, die jetzt in der Dunkelheit aufleuchtete.

»Vielleicht müssen wir ihnen Medikamente geben, so wie den anderen«, meinte Leo hektisch. In seiner Stimme lag Verzweiflung. Mir wurde klar, dass er so etwas noch nie getan hatte.

»Still«, sagte ich. »Geh weg.«

Endlich gehorchte Leo und wich ein paar Schritte zurück zu den Behandlunsstühlen. Mehrere Augenpaare richteten sich auf mich, als ich die Hose herunterließ, und das Mädchen vor mir riss die Augen auf. Das letzte Stück Stoff glitt an meinen Beinen hinab auf den Boden, und ich stieg hinaus. Wieder streckte ich meine Hand aus, und jetzt machte das Mädchen einen zögernden Schritt auf mich zu. Dann noch einen.

Sie ging so langsam, dass sie kaum das Gleichgewicht halten konnte, aber sie schaffte es bis zu mir und legte ihre Hand auf meine. Ich schloss meine Hand um ihre, den Blick noch immer fest in ihrem verankert.

Ganz behutsam machte ich einen Schritt zur Käfigtür, ging vorsichtig in die Richtung. Das Mädchen folgte mir. In den anderen Kästen entstand Unruhe, und sie drehte sich um, stieß kräftig Luft durch die Nase aus und kam dann zwei weitere Schritte mit mir. Ich wollte lachen und sie umarmen und gleichzeitig all die Trauer aus mir herausweinen, die mein Körper bald nicht mehr ertrug. Ein weiteres Mädchen verließ seinen Käfig, um zu uns zu kommen. Immer mehr von ihnen traten aus ihren Gefängnissen, sie alle waren jünger als ich. Für einen kurzen Moment stand die letzte von ihnen allein, während ihre Schwestern mir folgten, doch dann schloss auch sie sich an. Noch immer hielt das erste Mädchen meine Hand, und ich spürte, wie auch die anderen sich an den Händen fassten.

»Andreas, geh nach draußen zum Auto.« Ich sprach langsam und leise, er reagierte schnell und verschwand zur Tür hinaus. Als ich redete, drückte das Mädchen meine Hand fester.

»Warte hier«, bat ich Leo, der vollkommen still dastand. Er machte nicht einmal Anstalten, zu antworten.

Barfüßig und in einer Reihe gingen wir den Gang entlang, ganz sachte, der Freiheit entgegen. Das Mädchen an meiner Hand hielt inne, als die frische Nachtluft uns an der Tür entgegenschlug. Ich lief einfach weiter, achtete nicht auf die kalten Steine unter meinen Füßen. Die Hecktür des Lieferwagens stand offen, in dem die anderen Mädchen in Decken gehüllt nebeneinander lagen. Ich nahm mir eine Decke vom Boden, breitete sie aus und legte sie mir um die Schultern. Danach legte ich sie um die Schultern des Mädchens an meiner Seite. Sie kauerte sich darunter zusammen, bis ihre Hände nach dem wärmenden Stoff griffen, der nun ihren Körper umschloss. Ich deutete in den Wagen, aber sie bewegte sich nicht von der Stelle.

Stattdessen legte ich nun allen Mädchen eine Decke um die Schultern, und sie ahmten die Bewegung nach, deckten sich damit zu. Nachdem ich mich selbst in eine Decke gehüllt hatte, stieg ich in den Laderaum des Wagens und bedeutete den anderen, zu mir hineinzusteigen. Trotz ihrer Angst, was mit ihnen geschehen würde, blieb den Mädchen keine Alternative, und das erste Mädchen kroch zu mir hinein. Die anderen taten es ihr gleich. Ihre Bewegungen waren langsam und verhalten, als wäre die Luft für sie dicker. Als kostete es sie viel Kraft, ihre Körper zu bewegen, sich in diese Welt zu begeben.

In gebückter Haltung schob ich mich an ihnen vorbei und streckte ihnen meine Handfläche entgegen.

»Bleibt hier.« Ich ließ die Tür offen, als ich mit der Decke um mich nach vorn ging. Andreas stand an der Fahrertür und sah mich mit dunklen Augen an.

»Geht es ihnen gut?«, fragte er leise. Von dem Zorn, der seine Stimme zuvor erfüllt hatte, war nichts mehr zu hören.

»Ich weiß es nicht. Gib mir die Taschenlampe.« Er gab sie mir, ich schaltete sie ein und richtete sie auf den Boden. »Danke.«

»Wo ist Leo?«, erkundigte er sich. Ich blickte mich um, Leo war nicht mit uns nach draußen gekommen.

»Es ist meine Schuld, ich habe ihm gesagt, er soll warten. Ich hole ihn. Halt dich bereit zum Losfahren, ich will hier weg.«

»Ich auch«, antwortete er hinter mir, als ich wieder zu meinen Schwestern im Laderaum sah. Ich leuchtete auf den Boden, schwenkte den Lichtkegel ein paar Mal, bevor ich ihn auf mich selbst richtete, um zu zeigen, dass es nichts Gefährliches war. Dann leuchtete ich in den Lieferwagen und legte die Lampe hinein, sodass das Licht ihnen Gesellschaft leistete, ehe ich die Tür mit einem mulmigen Gefühl schloss. Es fühlte sich noch nicht danach an, als wären sie befreit. Wir mussten losfahren, damit sie endlich von hier wegkamen. Meine Füße waren kalt und mir wurde bewusst, dass ich nackt war.

Aus dem Labor war plötzlich ein plätscherndes Geräusch zu hören. War irgendetwas kaputtgegangen, vielleicht eines der Gläser mit den Föten? Aber wie? Ich rannte die letzten Meter und sah, wie Leo einen Kanister über dem Boden ausleerte.

»Was tust du?«, fragte ich und entdeckte sofort den Haufen mit meinen Kleidern auf dem Boden. »Beseitigst du Spuren?«

»Könnte man so sagen, ja«, antwortete Leo gepresst. Ich schlüpfte in die Unterhose, streifte mir den Pullover über, dann zog ich die Socken an und stieg in die Schuhe. Der Kanister musste in seiner Tasche gewesen sein, ich hatte keinen mitgenommen.

»Wir müssen weg von hier, komm.« Ich sammelte die Decke, das Top und meine Hose auf und ging zur Tür.

»Einen Moment.« Ich hörte ein Klicken, und im selben Augenblick entdeckte ich das Feuerzeug in Leos Hand.

»HALT!«

»Sie werden die Käfige einfach mit anderen füllen. Wir setzen ihnen kein Ende, wenn wir es nicht zerstören.« Er nahm ein Stück Stoff von dem Tisch, neben dem er stand, und hielt die Flamme des Feuerzeugs daran.

»Das war nicht abgemacht. Wir sollten sie nur befreien. LEO!« Ich schrie. Darauf erklang das Weinen eines Babys. Leo sah mich verwirrt an, während ich mich in Richtung des Geräuschs umdrehte.

Rechts neben der Eingangstür befand sich ein Käfig, in dem ein Bettchen wie in einem Krankenhaus stand.

»Ich – ich dachte, sie wären alle draußen«, stammelte Leo.

Schnell lief ich zu dem Käfig mit dem Bettchen, in dem sich ein weinender Säugling wand. Ich öffnete die Tür, trat hinein und hob das Kind an meine Brust. Ich summte dem Kind ein

Lied vor, wie Emmy es bei Agnes getan hatte, während ich einen Blick auf das leuchtende Glasdisplay warf.

»Nr. 2452. Aktivität: schwach bis stabil. Art: Homo Sapus. Ei: Nr. 2440. Homo Cibus. Samen: Nr. 218. Homo Sapiens. Anmerkung: Mutter (Nr. 2440) bei Versuch 81Q gestorben. Sicherheit: Eyepatch – ON. Alarm: ON.«

»Leo, sie hat einen zusätzlichen Alarm …« Ich schaffte es noch, die Augenbinde und den Alarm abzuschalten, aber nicht schnell genug. Auf dem Gang waren schwere Schritte zu hören, sie wurden immer lauter.

Leo warf den brennenden Stoffstreifen auf den nassen Boden, und im selben Moment schossen Flammen rund um uns in die Höhe.

»Alles wird gut«, flüsterte ich und drückte das Kind an mich.

Ein Mann trat in die Tür und erstarrte.

»Was um – HÄNDE HOCH, GEBEN SIE SICH ZU ERKENNEN!« Er zog eine Pistole von seinem Gürtel und zielte damit direkt auf den Säugling und mich. Jetzt kam er langsam in den Raum, sein Blick wanderte zwischen den Flammen und mir hin und her. Noch hatte der Wachmann Leo nicht gesehen. Das Feuer knisterte um uns, ein Glas zerbrach.

»LEGEN SIE DAS JUNGE WEG!«

»Das kann ich nicht«, wisperte ich, während das Kleine immer lauter schrie. Ich nahm ihm die Augenbinde ab und blickte in die großen, grauen Augen.

Der Mann bewegte sich auf mich zu, kam aber nicht weiter als zwei Schritte, ehe Leo sich auf ihn stürzte.

»HANNAH, LAUF!«

Meine Beine spurteten los, bevor mein Kopf überhaupt verstand, was vor sich ging. Ich blickte mich nach hinten um und sah den Wachmann auf dem Boden liegen. Leo saß auf seinem Rücken. Als ich die Tür erreicht hatte, ertönte ein Schuss.

Kapitel 35

Blut strömte über den Boden unter den beiden Körpern. In meinen Armen weinte das Baby, während das Feuer sich weiter in unsere Richtung ausbreitete, aber ich konnte nicht gehen. Mit feuchten Augen versuchte ich, Leo zu erkennen, ich wollte sehen, ob er bald wieder aufstehen würde. Er lag auf dem Wachmann, beide mit dem Gesicht auf den Boden gerichtet.

»Leo?« Meine Stimme brach. Trotz Leos schwarzer Kleidung erkannte ich das Loch in seinem Rücken, aus dem das Blut floss, während sich unter ihnen eine rote Lache bildete.

»Leo!« Noch immer keine Reaktion. Es wurde heiß, die Flammen leckten an den Wänden, und meine Haut begann zu schmerzen. Als das Feuer die beiden Gestalten am Boden erfasste, drangen die Schreie des Säuglings wieder in meine Ohren. Wie ein dicker, dunkler Schleier breitete sich der Rauch über den sengenden Flammen aus, meine Augen brannten. Bald würde irgendjemand das Feuer bemerken, und dann wären wir nicht mehr allein.

Ich presste das Kind an meine Brust und lief den Gang entlang. Raus, wir mussten nach draußen. Weg. Jetzt.

Der Gang kam mir länger vor, die wenigen Sekunden bis ich das Gebäude verlassen hatte, fühlten sich wie eine Ewigkeit an. Ich setzte mich in den Wagen.

»Fahr los.«

»Was ist mit Leonard?«, fragte Andreas und warf einen flackernden Blick in den Seitenspiegel.

»Er kommt nicht. Fahr. JETZT!« Andreas sah zu mir, wo das Kind noch immer an meiner Brust weinte. Als er in meine Augen sah, nickte er und drückte das Gaspedal durch. Mit einem Ruck setzte sich das Auto in Bewegung. Ich wiegte das Kind hin und her, das sich zum Geräusch meines klopfenden Herzens allmählich beruhigte. Tränen kullerten meine Wangen hinab.

»Scheiße«, sagte Andreas.

Plötzlich erklang ein tiefes Heulen über unseren Köpfen, das Feuer hatte den Alarm ausgelöst. Aus dem Laderaum des Wagens hörten wir es kreischen und klopfen, aber wir mussten weg von hier. Wir hatten keine Zeit, Rücksicht zu nehmen.

Andreas drosselte das Tempo, und ich blickte ihn panisch an.

»Das Tor geht nicht auf. Hannah, das Tor.« Er klang gehetzt.

»Wir müssen näher dran«, schlug ich mit brüchiger Stimme vor, ich hatte kaum noch Kraft in mir.

»Es öffnet sich nicht.« Das Auto blieb stehen. Andreas' Gesicht war so blass, dass es in der Dunkelheit zu leuchten schien. Wir hatten die Scheinwerfer nicht eingeschaltet, aber es war nur eine Frage von Sekunden, bis die Wachen uns entdecken würden. Vielleicht würden sie uns verfolgen. Vielleicht würden sie uns auf der Stelle erschießen. Ich schaute in den Seitenspiegel, die Flammen waren jetzt auch von außen zu sehen. Vor dem grellen Lichtschein bewegten sich kleine, schwarze Punkte. Wachleute.

»Der Brandalarm muss das Tor offenhalten – man soll herauskommen können. Das muss man.« Ich sah zum Tor. Um uns herum war alles dunkel, nur in den Seitenspiegeln brannte es orange. Vor Andreas' Seitenfenster blinkte ein kleines Lämpchen.

Rot. Rot. Rot. Grün.

Das Tor öffnete sich.

Ich atmete ruckweise ein, die Luft war eine Erleichterung für meinen angespannten Körper. Mit einem kräftigen Satz schoss der Wagen nach vorn, und wir fuhren in hohem Tempo davon. Bis jetzt folgte uns niemand. Vielleicht waren sie zu sehr mit dem Feuer beschäftigt, mit denen, die darin eingeschlossen waren. Mit ihrer kostbaren Forschung.

Das Kind in meinen Armen war still, seine Augen öffneten und schlossen sich langsam.

»Sie war mit einem zusätzlichen Alarm ausgestattet«, erklärte ich, ohne den Blick von dem Kind zu nehmen. »Ein Wachmann kam.«

Andreas schwieg.

»Leo hat sich auf ihn gestürzt. Ich habe nicht gesehen, was passiert ist, ich habe nur den Schuss gehört. Sie – die Kugel muss sie beide getroffen haben. Er lag einfach da.«

Noch ein Wort mehr und ich wäre zusammengebrochen. Andreas wirkte angespannt, aber er fragte nicht weiter. Wir fuhren einfach.

»Noch ein bisschen weiter, dann fahre ich wieder langsamer«, sagte er. »Du hast die Adresse?«

Ich nickte.

Nach der viel zu schnellen Fahrt über die gewundene Straße zum Labor, kam mir die gerade Landstraße wie Freiheit vor. Das Kind schlief. Endlich leuchteten die Scheinwerfer auf die Straße.

»Hörst du das?« Andreas bewegte den Kopf, als suche er nach etwas. Da hörte ich es auch, zuerst entfernt, aber es kam schnell näher. Das bekannte Geräusch von Sirenen wurde immer lauter, und bald sah ich, wie uns Feuerwehrfahrzeuge entgegenrasten.

»Sch, sch, schhh.« Ich legte meine Wange an den Kopf der Kleinen, während sie vorbeifuhren, wollte nicht, dass das Chaos sie wieder aufregte. Fünf Feuerwehrautos und drei Streifenwagen. Es tat weh, zu schlucken.

»Sie fahren weiter.« Er brauchte es nicht auszusprechen, aber es war dennoch eine Erleichterung zu wissen, dass nicht nur ich hoffte, dass die blinkenden Fahrzeuge direkt an uns vorbeifuhren. Allmählich senkte sich wieder Stille über uns, und bald waren die Sirenen außer Hörweite. Fast schien es, als wären sie nie dagewesen.

Selbst aus dem Laderaum waren keine Geräusche mehr zu hören, aber vielleicht übertönte das Dröhnen des Motors nur die Mädchen. Ich wünschte, ich könnte ihnen sagen, dass alles besser werden würde, gleich. Dass wir auf dem Weg zu einem Ort waren, wo sie ihren Platz finden und eigene Menschen werden konnten. Dass sie das Leben außerhalb der Käfige sehen würden, nun ein echter Teil der Welt sein würden, anstatt sie mit ihren Körpern zu ernähren.

Ich seufzte und fühlte mich mit einem Mal unendlich erschöpft.

»Gut, dass sie da rausgekommen sind«, sagte Andreas. Mein Blick ruhte auf ihm, müde und dankbar.

»Ja.«

***

Es sah nicht nach etwas Besonderem aus: ein altes Bürogebäude in einem Industriegebiet. Andreas fuhr bis vor den Haupteingang, wo im gleichen Moment eine Frau aus der Tür trat. In meinen Armen schlief das Kind, und aus irgendeinem Grund wollte ich die Frau es nicht sehen lassen. Behutsam legte ich das Kleine auf den Sitz zwischen Andreas und mir und stieg aus.

»Hannah?«

Ich nickte.

»Mariam, hallo. Es lief nicht ganz still ab, kann ich mir denken. In den Nachrichten haben sie zwei Tote gemeldet.« Die Frau lächelte nicht.

»Leo – Leonardo – wollte das Labor niederbrennen.« Ich blickte Mariam fest an, wollte wissen, ob sie in den Plan eingeweiht war.

Ein Moment verstrich. Dann stöhnte sie auf.

»Er hatte immer seine eigene Agenda. Ich vermute, er ist einer der beiden Toten?«

Mir fehlte die Kraft, darauf zu antworten.

»Er hat sich seiner Sache verschrieben. Wenigstens ist er jetzt wieder mit Laura und Zara vereint.« Sie schaute in den Himmel, der nicht mehr völlig dunkel war. Mir wurde klar, dass Mariam Leo besser gekannt haben musste als ich.

Inzwischen war auch Andreas ausgestiegen und hörte unser Gespräch mit. Es wurde still.

»Sollen wir …?« Er sah zu Mariam, die ihn musterte.

»Einen Moment.« Sie ging zurück zum Eingang, verschwand für einige Sekunden und kam dann mit einer Gruppe von Menschen zurück. Sie bildeten einen Ring um die Hecktür des Lieferwagens, dann trat Mariam nach vorn und öffnete sie. Drinnen drängten sich die Mädchen aneinander. Die Entführten lagen noch immer blass und bewusstlos im Wagen, die Medikamente wirkten nach wie vor. Mariam streckte ihre Hand aus, aber keines der Mädchen ergriff sie. Ich schob mich an ihr vorbei und betrat den Laderaum, wo ich Alina zwischen den anderen Entführten entdeckte. Ein erleichtertes Gefühl durchfuhr mich, als ich sie sah. Sie war da, sie war es wirklich. Langsam blinzelte sie mit den Augen.

»Hallo, meine Liebe«, sagte ich und strich ihr über den Kopf, während sich mir der Hals zuschnürte und meine Augen feucht wurden. Vorsichtig bewegte sie ihre Augen, bis sie mich sah. Dann bogen sich ihre Mundwinkel leicht nach oben.

»Bist du bereit, nach Hause zu kommen?«, fragte ich. Wieder lächelte sie, und ich zog ihren matten Körper an mich. Da griff ein anderes Mädchen nach meinem Arm, es war die erste von den Cibus, die mit mir gekommen war.

»Komm«, flüsterte ich ihr zu, ihnen allen. Mühsam schob ich meine Arme unter Alina, es war fast keine Kraft mehr in ihnen, aber ich wollte sie tragen. Ich holte Alina ganz nah an mich heran, dann hob ich sie hoch. Mein Rücken tat weh, meine Arme zitterten, die Beine brannten und mein Herz hämmerte.

Mit Alina in den Armen stieg ich aus dem Wagen, und wer kräftig genug war, zu gehen, folgte mir. Wie sollte ein Wesen, das so großes Vertrauen entgegenbrachte, etwas anderes als liebevoll sein? Das mit den Cibus war eine Lüge. Dass der Mensch, Sapiens, über andere erhaben sein sollte, das war die Lüge. Es war immer eine Lüge gewesen. Mariam schenkte mir einen langen, anerkennenden Blick, ehe sie sich umdrehte und in das Gebäude ging.

»Wir müssen in den vierten Stock.«

»Ich bleibe hier«, sagte Andreas. Ich nickte ihm zu, er blieb bei dem Kind, während ich mich um die Mädchen kümmerte.

Ich erkannte nicht, wo wir waren, wohin wir gingen oder wie lange, konzentrierte mich einzig und allein aufs Tragen. Ich musste es aushalten, für Alina. Für sie alle. Irgendwann blieb Mariam vor einer Tür stehen und zeigte hinein. Es war ein altes Großraumbüro, in dem kreuz und quer Betten mit bunter Bettwäsche verteilt waren. Auf jedem Bett lag ein Kuscheltier. Topfpflanzen rankten sich die Wände nach oben, und neben den Betten befanden sich Nachttische aus alten Papierkörben, alle mit kleinen Lampen darauf. Es sah völlig falsch aus, und trotzdem war es genau das Richtige – als hätten sie versucht, den riesigen, grauen Raum mit Natur und Kindheit zu füllen.

Mein Körper gab nach, als ich mich auf ein Bett setzte, Alina lag noch immer in meinen Armen. Ich drückte sie an mich, das

Adrenalin in mir verschwand, und die Erschöpfung wurde immer größer.

»Und was jetzt?«, fragte ich. Weiter als bis hierhin hatte ich nicht gedacht – das hier war das Ende, aber auch ein Anfang.

»Jetzt kommen sie hier unter. Wir nehmen DNA-Proben von ihnen, damit wir ihre Familien aufspüren und mit ihnen Kontakt aufnehmen können. Die anderen kommen in unser Ausbildungsprogramm – es ist komplett neu, aber es wird gut. Das heißt, wir schicken sie zum Hauptquartier der ALF, wo sie wohnen und, ja, leben lernen. Wir wollen sie auf ein Leben vorbereiten, in dem sie einen Sinn sehen. Manche wollen sicher ein Teil der Gesellschaft werden, andere werden verborgen in unseren Gebieten leben, wo sie weiter an der stillen – ich meine, meistens weitestgehend geräuschlosen – Revolution arbeiten können.«

»Und das Labor?«, fragte ich, während ich Alina ansah und immer wieder mit der Hand über ihren Arm strich.

»Die Kamera in Leos Tasche hat die gesamte Rettungsaktion live hierher übertragen. Es hat keinen Sinn, die Polizei zu verständigen, sie steckt genauso wie alle anderen mit Crown Rose unter einer Decke. Wir werden die Geschichte auf unsere Weise bekanntgeben.«

Von einer Kamera wusste ich nichts, aber ich hatte keine Kapazitäten mehr, um weitere Fragen zu stellen. Mein Kopf konnte nicht noch mehr Eindrücke und Informationen verarbeiten.

»Ich kann Alina mit nach Hause zu ihren Eltern nehmen.«

Mariam legte mir eine Hand auf die Schulter.

»Wir werden es auf unsere Art machen müssen. Sie brauchen eine Erklärung, jemanden, mit dem sie reden können, Unterstützung, Hilfe, vielleicht einen Ort, an dem sie sein können, solange Alina sich wieder erholt.«

Allmählich füllte sich der Raum mit den Mädchen, die selbst gegangen waren und anderen, die getragen wurden,

»Ihr müsst überprüfen, ob sie alle … ob sie schwanger sind.«

»Wir werden sie auf eine ganze Menge an Dingen testen, aber sie sind in guten Händen. Versprochen.«

Alinas Kopf ruhte schwer in meinem Schoß, und ich legte meine Wange an ihre Stirn. Mariam ging zu einem Mädchen, das auf unsicheren Beinen und mit flackerndem Blick hineinkam. Manche der Neuankömmlinge hatten sich schon auf die Betten gesetzt, das erste Mädchen, das ich an die Hand genommen hatte, saß bei einem hochschwangeren Mädchen und hielt ihm die Hand. Es war still in dem Raum, als hätte sich ein Schleier über alle Geräusche gelegt. Sachtes Stimmengemurmel war zu hören, nackte Füße, die ruhig durch den Raum gingen, jede Bewegung war behutsam und bewusst. Die Mädchen mussten sich den Ort und die neuen Menschen erst ansehen, ich verstand sie gut. Trotzdem überwältigte mich ihr Zutrauen. Hätte ich selbst mein ganzes Leben in einem Käfig verbracht, wäre ich mir nicht sicher, ob ich denen vertrauen könnte, die mich ohne Erklärung aus meiner gewohnten Umgebung gerissen haben.

Eine der Angestellten der ALF stellte Schüsseln mit Essen auf einen Tisch. Gemüse, Obst, Brötchen und kleine Kuchen. Eine andere stellte Kannen mit durchsichtiger und roter Flüssigkeit auf denselben Tisch. Die Mädchen würden es nicht als Essen erkennen, da sie nie etwas anderes als Cibusfutter bekommen hatten. Vielleicht hatten sie ein größeres Vertrauen zu den entführten Mädchen, die ihnen zeigen konnten, wie es funktionierte.

»Ich bin müde«, klagte Alina.

»Ich auch«, sagte ich. »Komm.«

Ich schob die Decke zur Seite, machte ein wenig Platz und half ihr, sich ganz auf die Matratze zu legen. Ganz automatisch machte sie es sich bequem, nahm sich das Kissen und ließ den Kopf schwer darauf sinken.

»Danke«, flüsterte sie. Ich deckte sie zu und streichelte ihren kahlen Kopf. Als ich aufsah, bekam ich Blickkontakt zu dem ersten Mädchen. Sie war gerade dabei, das schwangere Mädchen ebenso zuzudecken, wie ich es bei Alina getan hatte. Zwischendurch schielte sie zu mir und nahm sich Zeit, die Decke über der Schwangeren sorgfältig glattzustreichen.

»Du könntest sicher auch etwas Zucker vertragen.« Mariam stand vor dem Bett und reichte mir ein Stück Kuchen. »Du darfst so lange hierbleiben, wie du möchtest, ihr müsst nur den Lieferwagen wegbringen. Ihr könnt unter dem Gebäude parken, man fährt unter …«

»Nein – nein, wir müssen weiter. Ich gehe nach unten.« Ich stand auf, und Mariam hielt mir noch einmal den Kuchen hin. Dankbar nahm ich ihn und schaute zu Alina, die schon wieder eingeschlafen war. »Ich gebe euch meine Nummer. Bitte meldet euch, ich will gern wieder hierherkommen.«

Mariam musterte mich von oben bis unten, dann drehte sie sich um. Der süße Duft des Kuchens stieg mir in die Nase und regte meinen Appetit so sehr an, dass ich ein Stück abbiss. Mariam drehte sich wieder zu mir und gab mir Zettel und Stift, mit denen ich schnell meinen Namen und meine Nummer notierte.

»Für heute bist du fertig, ab hier übernehmen wir. Es wird schon gutgehen.« Sie lächelte mir kurz zu, sah auf den Zettel, den ich ihr gegeben hatte, und ging dann.

Ich verschlang den restlichen Kuchen mit einem Bissen, dankbar die süße Masse in meinem Mund zu haben. Fast fertig für heute, korrigierte ich Mariam in Gedanken.

***

»Ich habe die Nummernschilder zurückgetauscht«, sagte Andreas, als ich die Tür öffnete.

»Es hat nicht so gewirkt, als wolltest du sie mit hineinnehmen.« Er sah zu dem Baby, das den Blick fasziniert erwiderte. Ich zog die Tür vorsichtig zu und schnallte mich an.

»Ich weiß nicht, warum«, antwortete ich. Die beiden waren völlig voneinander eingenommen, Wärme durchströmte mich. Für einen Moment war es still.

»Was sollen wir mit ihr machen?«, fragte er. Die Kleine lachte und machte glucksende Geräusche, während ihre Füße immer wieder nach Andreas' Oberschenkel suchten, auch wenn sie noch nicht kräftig genug waren, um aufzustehen.

»Ich habe eine Idee. Bist du bereit, weiterzufahren?«, fragte ich. Er sah das Kind eine Weile an, dann gab er sie mir in die Arme.

»Sag mir nur, wohin.«

***

»Du lieber Himmel, was machst du hier? Ich habe es noch gesagt, ich habe gesagt, dass es nicht gut ausgehen wird.« Benedicte schüttelte den Kopf, während ihr Blick etwas hinter mir zu suchen schien. Ihre Augen waren rot, aus der Haustür ihres Reihenhauses drang der Ton einer Nachrichtensendung.

»Alles hat Konsequenzen, aber diese Sache, das ist gedankenlos. Sie haben zwei gefundene Leichen gemeldet, da dachte ich natürlich, ihr wärt das, aber es waren zwei Männer. Heißt das … Ist es …?« Für einen Moment senkte sie den Blick.

»Niemand sollte zu Schaden kommen, das war nicht der Plan.« Meine Stimme war leise, und meine Augen füllten sich mit Tränen, vielleicht war es eine Reaktion darauf, dass ihre es ebenfalls taten.

Benedicte nickte einige Male und holte dann tief Luft.

»Und was nun?« Ihre Stimme brach. Sie räusperte sich und versuchte es noch einmal. »Die Mädchen sind aus dem Labor verschwunden, sagen sie in den Nachrichten. Wo sind sie?«

»Wir haben sie zur ALF gebracht. Alina war auch bei ihnen.«

Sie keuchte laut auf, schloss die Augen und legte sich die Hand aufs Herz. Kaum hatte eine Träne ihr Auge verlassen, hatte sie sie auch schon wieder weggewischt.

»Dürfen wir reinkommen?«, fragte ich.

Wieder warf Benedicte einen misstrauischen Blick an mir vorbei.

»Ja, kommt rein, kommt nur.«

Ich winkte Andreas zu, der sich mit der Kleinen auf halbem Weg hinter einer Hecke versteckt hatte und sie in seinen Armen wog. Wir hatten den Lieferwagen zurück zu seiner Arbeitsstelle gebracht und von dort ein Taxi zu Benedicte genommen. Seine schweren Schritte zeugten von einer langen Nacht. Benedicte wich zur Seite und ließ uns eintreten. Als sie das Kind sah, schlug sie sich die Hände vor den Mund und starrte das kleine Wesen an, das mit den Augen blinzelte und gähnte.

»Hannah, was …?« Sie blickte abwechselnd zu mir, Andreas und dem Kind.

»Ihre Mutter ist bei einem ihrer Versuche gestorben. Ich finde, sie braucht ein richtiges Zuhause.«

Andreas hielt Benedicte das Kind hin, die einen Moment zögerte. Dann sah sie mich mit großen Augen an, und ich nickte.

»Was sagen sie dazu?«, flüsterte sie.

»Wenn mit ›sie‹ die ALF gemeint ist, dann wissen sie nichts von ihr«, weihte ich sie ein.

»Ist das nicht unverantwortlich?« Vorsichtig nahm sie das Kind an sich und war auf der Stelle gefangen von dessen grauen Augen.

»Ich weiß nicht.« Allmählich graute der Morgen, und auf einmal fühlte sich Benedictes Flur eng an. Ich musste mich hinsetzen, brauchte eine Decke, Ruhe. Ich war müde, froh, fühlte Mitleid und Wut. Ich war dankbar und trauerte, ich war stolz, und gleichzeitig tat mir alles weh.

Andreas zog die Tür hinter sich zu, und wir folgten Benedicte in ihr Wohnzimmer, wo der Fernsehschirm vor dem Sofa ein graues Gebäude zeigte, von dem Rauch in die frühe Morgensonne aufstieg.

»Leonardo?« Benedicte sprach mit ernster Stimme.

»Ein Wachmann hat uns entdeckt«, erzählte ich und setzte mich neben Benedicte. »Leo hat mich gerettet. Und sie.« Die Kleine hatte sich die Decke von den Füßen gestrampelt, jetzt bewegte sie sie in aller Ruhe. Ich streichelte ihre schöne, hellrote Ferse.

Für einen Moment war es still.

»Möchtet ihr einen Kaffee oder etwas anderes?« Plötzlich blickte Benedicte auf, als hätte sie etwas vergessen.

»Ich kann uns welchen kochen, wenn es in Ordnung ist?« Andreas deutete auf eine offene Tür, die in die Küche führte.

»Der Kaffee ist im mittleren Schrank links vom Herd, dort findest du auch Tee, wenn ihr lieber Tee möchtet. Tassen sind im Schrank rechts vom Kaffee. Löffel findest du in der Schublade rechts neben der Spüle. Und Zucker, brauch ihr Zucker?«

»Ich werde schon alles finden.« Andreas lächelte Benedicte zu und ging in die Küche.

»Ja, natürlich«, murmelte sie.

Das kleine Mädchen lutschte an Benedictes Finger, sodass er von einer glänzenden Spuckeschicht überzogen wurde. Leise brabbelnde Laute waren zu hören, und die Kleine sah Benedicte interessiert an.

»Hat sie einen Namen?«, fragte Benedicte.

»Dort standen nur Zahlen …«, antwortete ich.

Aus der Küche erklang metallisches Klappern.

»Wie wäre es mit Leonora?«, schlug Benedicte vor.

»Das ist eine ausgezeichnete Idee«, antwortete ich.

Kapitel 36

Entlang der Gehwege auf dem Friedhof waren Blumen angepflanzt, durch die es an dem toten Ort vor Leben sprühte. Ich hielt den Kranz in meinen Armen, Benedicte hielt Leonora. Gelegentlich brach die Sonne durch die dünne Wolkendecke.

»Sie haben endlich bestätigt, dass die Videoaufnahmen echt sind und die ALF sie nicht manipuliert hat. Abgesehen davon, dass die Gesichter der Aktivisten unkenntlich gemacht wurden«, sagte Benedicte. »Natürlich haben sie die Ermittlungen noch nicht abgeschlossen, aber die Anschuldigungen gegen Crown Rose wiegen jetzt um einiges schwerer. So weit, so gut.«

»Das sind gute Neuigkeiten.« Die ALF hatte die Aufnahmen aus dem Labor am Tag, nachdem es niedergebrannt war, veröffentlicht. Darauf sah man die Mädchen in den Glaskäfigen, man sah ihre Augenbinden und die eingesperrten Arten: Cibus und Sapiens. »Alina und ihre Eltern sind auch wieder zu Hause.«

»Wirklich?«

»Sie stehen immer noch mit der ALF wegen der Behandlung in Kontakt, aber ja, sie sind zu Hause.«

Benedicte gab Leonora einen Schnuller.

»Wie gut, dass mit ihr alles in Ordnung war. Ich meine …«

»Ja«, antwortete ich.

Wir blieben vor dem Grab stehen. Benedicte hatte herausgefunden, wo Leos Frau und Tochter beerdigt waren. Eigentlich hätte Leos Leichnam identifiziert werden müssen, aber Leo blieb ein anonymer Aktivist. Die einzige Erklärung bestand darin, dass die ALF ihre Finger mit im Spiel gehabt hatte. Selbst ohne seine sterblichen Überreste hatten wir uns im Stillen darauf geeinigt, dass er bei ihnen sein sollte. Benedicte hatte das Grab im Auge behalten, während ich einen kleinen Stein darauflegte. *Danke* stand darauf.

Jetzt standen wir wieder vor ihrer gemeinsamen Ruhestätte, und ich legte den Kranz zu der nun auf eine Weise wieder vereinten Familie. Leonora gähnte, verlor den Schnuller und sah sich um. Benedicte ging in die Hocke und setzte sich Leonora auf die Knie.

»Guck, Leo«, sagte Benedicte und deutete auf den Kranz. »Das ist dein Schutzengel.«

»Glaubst du etwa an etwas so Abergläubisches wie Engel?«, fragte ich leicht spöttisch.

»Hör nicht auf sie, Leo. Sie ist dein zweiter Schutzengel, auch wenn es nicht gerade leicht zu erkennen ist.« Trotz ihrer kalten Stimme fühlte ich, wie mich Wärme durchströmte.

»Wie läuft es mit der Adoption?«, erkundigte ich mich.

»Langsam regelt sich alles. Sie sind unzufrieden, weil sie nicht im System aufgenommen ist, aber ihre DNA lässt sich lustigerweise ebenfalls nicht finden. Also ist die Sache bald geregelt.« Benedicte stand wieder auf und schaukelte Leonora vor und zurück. Die Kleine quietschte vor Begeisterung. »Ich setze mich kurz da vorn hin.« Sie schaute auf eine Stelle hinter mir, lächelte kurz und drehte sich dann zum Gehen um.

Als ich mich umdrehte, sah ich Andreas mit einem Blumenstrauß kommen. Ich schaute abwechselnd zu ihm und auf den Boden vor ihm.

»Hi«, begrüßte ich ihn.

»Hi.«

»Was machst du hier?«

»Ich wollte nur … Ich weiß nicht. Kurz vorbeischauen.« Er blieb vor Leos imaginären Grab stehen und legte die Blumen vorsichtig ab.

»Ist das euer Kranz?«, fragte er.

»Ja«, antwortete ich.

»Er sieht schön aus.«

Eine Pause entstand.

»Sie suchen nach ihm«, sagte ich.

»Nach Leonardo?«

»Ja. Benedicte hat ihn als vermisst gemeldet. Er ist ja plötzlich nicht mehr zur Arbeit erschienen und sie konnten ihn nicht erreichen. Sie haben mit seinen Kollegen und Nachbarn gesprochen, aber bis jetzt haben sie keine Fortschritte erzielt.«

»Haben sie nicht mit dir gesprochen?«, wunderte sich Andreas.

»Ich wurde entlassen. Vielleicht versuchen sie es noch.« Ich hatte seine Konten gehackt und E-Mails gelöscht. Wenn sie keinen Grund zur Annahme hatten, dass er in etwas verwickelt war, würden sie keine Ressourcen darauf verschwenden, seine Sachen genauer unter die Lupe zu nehmen. Sie würden seinen Fall zur Seite legen und er würde weiter verschwunden bleiben.

»Apropos«, sagte Andreas und wandte sich an mich. »Ich habe einen neuen Job.«

»Echt?« Ich konnte nicht aufhören zu grinsen.

»Im Plukk. Ist ein pflanzenbasiertes Café.«

»Das kenne ich, da gibt es leckeres Essen.«

»Finde ich auch«, sagte Andreas und kam einen Schritt näher zu mir. Er schielte zu Benedicte und Leonora. Sie waren sehr mit sich selbst und den Blättern im leichten Wind beschäftigt. Andreas legte seine Hand an meine Wange. »Es ist so schön, dich zu sehen.«

Ich lehnte mich gegen seine Hand und erlaubte mir, diesen Moment zu genießen.

»Ich habe auch eine neue Arbeit gefunden«, sagte ich dann.

»Gratuliere! Wo denn?« Seine Grübchen ließen mein Herz höher schlagen.

»Bei der ALF. Ich soll dabei helfen, ihr Ausbildungsprogramm zu leiten.«

»Wow, das klingt echt super!«

»Es ist am anderen Ufer des Lillehavet.«

»Oh, das ist weit weg.« Eine Falte bildete sich auf seiner Stirn.

»Ich ziehe bald um. Am siebzehnten«, sagte ich.

»Aha.« Seine Hand glitt von meiner Wange, und er sah wieder zum Grab. »Ich hatte vielleicht gehofft … Ja, ich weiß nicht. Es klingt, als wäre das etwas für dich.« Er sah mir in die Augen. Ich wünschte mir, dass es anders wäre.

»Ich glaube es«, sagte ich.

»Du wirst das fantastisch machen.«

»Danke.« Ich nahm seine Hand und drückte sie.

Benedicte stand von der Bank auf und winkte mir kurz zu.

»Ich muss jetzt gehen. Wir essen bei meiner Schwester zu Abend. Ich koche«, sagte ich.

»Spannend.« Er kannte mich, es fühlte sich vertraut an, intim. Ich umarmte ihn. Er presste meinen Körper an sich, ich tauchte in seine Wärme ein, seinen weichen Körper, seinen Duft. Das Leben hätte so anders sein können. Ich löste mich aus der Umarmung, lächelte ihn an und ging zu Benedicte und Leonora. Es gab nichts mehr zu sagen.

»Hast du den Kerl in den Griff bekommen?«, fragte Benedicte.

Ich seufzte laut. »So etwas bekommt man wohl nie in den Griff.«

Benedicte lachte und hielt mir Leonora hin. Sie streckte die Arme aus, und ich nahm sie zu mir, mit einem Mal überwältigt vor Dankbarkeit. Der Kies knirschte unter unseren Füßen, die in unterschiedlichem Takt nebeneinander her gingen, nur unterbrochen von Leonoras lebhaftem Gebrabbel.

Quellen

Die Artikel in diesem Roman wurden von folgenden realen Quellen inspiriert:

Der in Kapitel 6 erwähnte Artikel über das Feiern der 55 555 555-sten Schlachtung ist angelehnt an »Fleischereiangestellte mit Kuchen belohnt: Wir haben gerade Schwein Nummer 55 555 555 geschlachtet« von Ulrik Bachmann, Ekstra Bladet, 26. Februar 2018.

Das in Kapitel 7 verwendete Zitat ›*Stark verarbeitetes Fleisch erleichtert es den Verbrauchern, sich von der Tatsache zu distanzieren, dass es einmal ein lebendiges Wesen war*‹ stammt aus dem Artikel »Forscher: Die Fleischindustrie lässt uns vergessen, dass Fleisch von Tieren kommt« von Henrik Hindby Koszyczarek, Globalen, 25. Oktober 2016.

»Emeli Glaser serviert Kurzgeschichten wie eine Barkeeperin, die zu viel gesehen hat: trocken, mit scharfem Abgang – und ohne Zuckerrand.«
Anna Yeliz Schentke

Berlin kennt man als Stadt der Szeneviertel und Creative Hubs. Es gibt aber noch ein anderes Berlin. Richtung Ostrand der Stadt wird das Leben muffig und eng. Hier stehen seelenlose Einfamilienhäuser neben DDR-Bungalows, Wendeverlierer hängen in Sportkneipen rum, Familienväter kaufen billig bei Kaufland im Industriegebiet. Es ist das wahre Berlin: das Abgehängte, das Konservative, das kleinbürgerlich Piefige. Emeli Glaser streift durch Mahlsdorf, Schöneweide und Rahnsdorf – und begegnet hier dem brutalen deutschen Durchschnitt. In ihrem ersten Buch trifft sie auf Orte, wo die Menschen sich zwischen Selbstmitleid und Größenwahn eingerichtet haben und viel zu oft den einfachen, statt den mutigen Weg gehen. Mit »Rahnsdorf Ripper« zeichnet sie ein Porträt der Absurdität des Patriarchats in unseren Zeiten.

Emeli Glaser
Rahnsdorf Ripper
und andere Männergeschichten
Gebunden, 144 Seiten
ISBN 978-3-949671-21-0
20,00 € (D) | 20,60 € (A)

EDITION W

**»Die letzte Kugel höre ich immer noch. Und nur ich.
Das meine ich, wenn ich denke, dass ich Blei hören kann.«**

Emma hat eine Pistole in der Hand und sie drückt ab. Acht Mal. Dann liegt ihr Vater leblos vor ihr. Mit acht Schüssen hat Emma sich befreit von dem jahrelangen Missbrauch, von Gewalt und systematischer Unterdrückung. Der Preis, den sie für ihre Tat bezahlen muss, ist hoch, denn acht Schüsse sind schließlich keine Notwehr, sondern Vorsatz. Doch nach ihrer Verurteilung fühlt Emma sich zum ersten Mal in ihrem Leben sicher, unsichtbar und frei. Doch als ihre Tat im Gefängnis publik wird und als feministischer Akt bald auch »draußen« Aufsehen erregt, überfallen Emma dunkle Gedanken: Kann man wirklich eine Heldin sein, wenn man einen Menschen, den eigenen Vater zumal, erschossen hat?

Lena Elfraths Roman *Leicht wie Blei* stellt Fragen rund um Täterschaft und Opferrollen und betrachtet den feministischen Diskurs aus ungeahnter Perspektive.

Lena Elfrath
Leicht wie Blei
Roman
Gebunden, ca. 300 Seiten
ISBN 978-3-949671-04-3
20,00 € (D) | 20,60 € (A)

EDITION W

»Weißt du, was sie hier sagen? Wenn es dunkel wird, gehört der Wald den Vagabunden und den wilden Tieren«

Vor ein paar Jahren hat Anne Berlin verlassen, um mit ihrem Mann aufs Land zu ziehen. Für Kim, Annes Freundin, war deren Umzug nicht nur unverständlich, er forderte auch die Freundschaft der beiden Frauen heraus. Sie hatten gemeinsam ganz andere Pläne. Nun wohnt Anne in einem Haus mit bodentiefen Fenstern und Carport. Kim besucht sie für einige Tage. Es gibt viel Wald, weite Wege, und ohne Auto kommt man weder zum Bäcker noch zum Arzt. Anne behauptet, glücklich zu sein. Doch warum dürfen ihre Kinder den Garten nicht verlassen? Warum soll Kim nicht allein in den Wald gehen?
Die Dorfbewohner sind verschlossen, fast feindselig. Sie halten zusammen, gegen die Einbrüche in der Gegend, die anfingen, als die neuen Einwohner in das Neubaugebiet gezogen waren, und gegen die Gerüchte über das, was aus dem Wald kommt.

Caroline Stadsbjerg, geboren 1994, hat einen Abschluss in Psychologie von der Universität Aarhus. Sie besuchte die »Writers Academy« und nahm an einem Mentorenprogramm der Schreibwerkstatt der Danish Talent Academy teil. »Carnivora« ist ihr Debütroman.

Justus Carl studierte Politikwissenschaft, Romanistik und Skandinavistik in Frankfurt am Main. Seit 2017 übersetzt er aus dem Dänischen, Schwedischen und Norwegischen, u.a. Werke von Thomas Korsgaard und Andrev Walden.